Suffrage/Rieger
Das Regenmacherkind
Band 1
Aufbruch

DAS REGEN MACHER KIND

Aufbruch

Victoria Suffrage
Elsa Rieger

Impressum
1. Auflage
Copyright 2019 Suffrage/Rieger
Covergestaltung und Buchsatz: Birte Lämmle
Bildmaterial:
Irochka © 123RF.com, Andrew Mayovskyy © 123RF.com,
Konstantin Kalishko © 123RF.com,
canicula © 123RF.com, Vladimir Yudin © 123RF.com

Verlag und Druck:
tredition GmbH, Halenreie 40-44, 22359 Hamburg

ISBN:
978-3-7482-6338-8 (Paperback)
978-3-7482-6339-5 (Hardcover)

Aufbruch

KAPITEL 1

rik saß fest. Die metallenen Wände des Fahrstuhls schienen auf ihn zuzustreben, kein Ausweg. Durch den Türspalt sah er die, vor denen er gerade noch hereingeflüchtet war, sich hier verkrochen hat. Wieder die Kuttenmänner. Und nun kamen die Wände auf ihn zu, um ihn zu erdrücken. Wenn nur einer der Weißgekleideten den Finger auf den Öffner legte, dann hatten sie ihn. Panisch presste Erik die Knöpfe, vielleicht setzte der Lift sich in Bewegung, vielleicht konnte er entkommen. So wie James Bond oder sonst ein Tausendsassa im Film, wo in letzter Sekunde … nichts.

Resigniert schloss er die Augen, fast wie in Kindertagen. Was er nicht sah, konnte nicht da sein. Durfte nicht. Du bist fünfundvierzig und kein Kind mehr, hörte er eine Stimme in sich. Denk an Finn, der war ein Kind und du hättest ihn retten können.

Finn! Was hatte sein Sohn damit zu tun? Eriks Fluchtgedanken, seine unerklärliche Furcht, traten für einen Moment in den Hintergrund, als ein Gesicht vor ihm erschien. Jung, mit fragendem Blick.

Wieder sah er die Gestalten in den weißen Kutten durch den Spalt, spürte die Metallwände um sich, musste schon die Schultern hochziehen, ehe ihm die Knochen zermalmt wurden.

Erik presste nun die Hände auf die Augen, hörte seinen Atem, der langsamer war, als er sein sollte. Luft brauchte er, mehr Luft! Ein sanfter Ruck unter ihm.

Bewegte sich der Fahrstuhl? Konnte er doch überleben? Wollte er leben? Nein, wenn sein Tod Finn zurückbrächte.

Er rührte sich nicht, horchte nur. Dann setzten die Schläge ein, jemand trommelte gegen die Tür. Also musste sie geschlossen sein. Erik hörte seinen Herzschlag, der das Gepolter übertönte, wagte es aber nicht, die Hände von den Augen zu nehmen. Hoffte, dass sie aufgaben und ihn in Ruhe ließen. Dass der Fahrstuhl ihn weg von ihnen in ein anderes Stockwerk brachte, die Wände ihn verschonten. Dann ginge er erneut auf die Suche nach seinem Sohn, sein restliches Leben lang.

Aber etwas stimmte nicht, das Hämmern wurde immer lauter, obwohl der Fahrstuhl doch längst fahren musste.

»Haut ab!«, schrie er und erschrak über seine eigene Stimme. Gleichzeitig stellte er fest, dass auf einmal Ruhe herrschte. Langsam nahm Erik die Hände herunter und hoffte, nichts als stabile Stahlwände im Kunstlicht zu sehen. Er stöhnte auf. Finns fragendes Jungengesicht schwebte wieder vor ihm.

»Herr von Wittgens, nun machen Sie doch endlich auf. Ich weiß, dass Sie da sind.«

Irritiert öffnete Erik die Augen. Die Stimme gehörte eindeutig seiner Nachbarin Ingrid, doch was wollte sie in dem Fahrstuhl? Blinzelnd schaute er sich um. Es dauerte eine Weile, bis er Traum und Wirklichkeit auseinandersortieren konnte. Vorsichtig streckte er den Arm aus und angelte sich eine Zigarette vom Wohnzimmertisch. Wie immer war er auf dem Sofa eingepennt, und anhand der Anzahl der leeren Bierflaschen erklärte er sich sein flaues Gefühl in der Magengrube. Der Anblick war ein gefundenes Fressen für die Alte von nebenan, die regelmäßig mit irgendeinem Anliegen ankam, seit Stella ausgezogen war.

Gierig sog er an der Zigarette und registrierte gleichzeitig, dass er sie gar nicht angezündet hatte. Das Gefühl der Übelkeit verstärkte sich in ihm, verbunden mit einer Unruhe, die er nicht einordnen konnte. Was war nur los? Er hatte von einem Fahrstuhl geträumt und … Finn. Seine Unruhe wechselte in einen Schmerz, der sich durch den ganzen Körper zog.

Finn, sein Sohn, sein Kind.

Wieder das Klopfen an der Tür. Erik ließ seinen Blick durchs Zimmer schweifen. Seit Stella mit den Kindern ausgezogen war, gehörte Aufräumen nicht zu seinem Standardprogramm.

Dass Finn weg war, hatte alles kaputtgemacht. Gut, Stella hatte behauptet, dass Erik alles ruiniert hätte, weil er falsch mit dem Schicksal aller umgegangen war. Aber da konnte sie einfach nicht mitreden. Er spielte eine Sonderrolle in diesem Drama und Stella verstand ihn einfach nicht. Anfangs hatte sie seine Suche natürlich unterstützt, aber dann gab sie auf und bald fing sie an, ihn für seine Aktionen zu kritisieren.

Suchaufrufe im Internet, eine eigene Homepage für vermisste Kinder, deswegen war Erik gerade am Anfang rund um die Uhr online im Vermissten-Forum. Er beobachtete die neuen Einträge wie Aktienkurse und irgendwann konnte Stella einfach nicht mehr. Nach der Scheidung kam die Kündigung des Jobs. Offensichtlich wollte sich jeder von ihm trennen. Dass er nicht mehr täglich in diesem Laden rumhängen und sich von Juniorchef Neukarg, Uniabsolvent und neunundzwanzig Jahre alt, sinnbefreite Anweisungen geben lassen musste, befreite ihn. Dennoch fiel er in ein tiefes Loch. Sein Tagesablauf bestand nun darin, morgens von der Couch, auf der er meistens einschlief, aufzustehen und den Fernseher anzuschalten. Nach den ersten Zigaretten und auch nur deshalb, weil er die Fernbedienung in einem Wutanfall gegen die Wand geschmissen hatte. Waschen und

Rasieren wurden zum Luxus. Lediglich vor seinen drei Verabredungen mit Stella hatte er sich gerichtet und seinen bequemen Jogginganzug gegen ordentliche Klamotten getauscht. Sogar zum Friseur war er gegangen und hatte seine schwarzen Haare in einen ansehnlichen Schnitt bringen lassen. Bei den Treffen gab er sich humorvoll und bestens gelaunt. Aber Stella und er waren zu lange verheiratet gewesen, als dass sie ihn nicht durchschaut hätte. Bei ihrem dritten Treffen sagte sie ihm, dass sich nichts geändert habe, dass Erik nicht bereit sei, über Finns Verlust hinwegzukommen.

Wieder klopfte es an der Tür und Erik wurde unsanft in die Wirklichkeit zurückgeholt. Diese Alte gab einfach keine Ruhe.

»Was ist denn, Frau Ludwig? Ich komme eben aus dem Bad.« Eine mehr als offensichtliche Lüge, wie ihm seine Nase deutlich signalisierte. Erik konnte nun nicht mehr ändern, dass er unter den Achseln roch. Später vielleicht. Es schien ihm eine Ewigkeit her, seit er jeden Morgen eine Stunde früher aufgestanden war, um das Bad für sich allein zu haben. Selbst am Wochenende hatte er diese Angewohnheit nicht abgelegt und Stella und die Kinder missbilligend gemustert, wenn sie sich in Schlafsachen an den Esstisch gesetzt hatten. Aber jetzt … eine Dusche wäre tatsächlich eine Maßnahme.

»Sie haben schon wieder vergessen, die Restmülltonne rauszustellen. Ich habe es für Sie gemacht.«

Restmülltonne! Das war mit Gewissheit nicht sein Problem. Kaum konnte er sich ein Grinsen verkneifen. Allein mit dem ganzen Zeug, das sich auf seinem Tisch und drum- herum häufte, wäre eine durchschnittliche Mülltonne bestimmt überfordert gewesen. Und die Pfandflaschen nicht zu vergessen.

»Besten Dank, ich werde mich revanchieren.« Erik bemühte sich um einen freundlichen Tonfall. Gleichzeitig wollte er keinen Zweifel daran lassen, dass das Gespräch damit für ihn beendet war. Offensichtlich erfüllte sich seine Hoffnung, denn die Schrittgeräusche verrieten ihm, dass sich Ingrid entfernte. So nannte sie jeder hier in der Straße, nur er hatte sich bisher geweigert, zu dem vertraulichen ›Du‹ zu wechseln. Er konnte sie einfach nicht leiden.

Seine Gedanken drifteten wieder zu Stella, zu dem, was sie ihm zuletzt gesagt hatte: Er sollte etwas für sich tun, sein Leben verändern. Als ob ihre Trennung nicht schon genug Änderung gewesen war nach der größten Änderung in seinem Leben.

Finn.

Es war nicht das erste Mal, dass er von seinem Sohn geträumt hatte. Auch wenn er stets das Gesicht eines Fünfzehnjährigen im Traum sah und Finn inzwischen fünfundzwanzig war.

»Er ist tot!« Das schleuderte Stella ihm sofort entgegen, wenn er etwas in der Richtung äußerte. Dabei konnte sie das gar nicht wissen. Finn war verschwunden, aber für seinen Tod gab es keinen Beweis. Zumindest keinen, den Erik akzeptiert hätte. Und Stellas Tonfall war mit den Jahren genervter geworden, endgültiger. Einmal hatte er sie angeschrien, dass sie ihren Sohn aufgegeben hätte.

Er selbst war die ersten Jahre noch regelmäßig an den Strand von Teneriffa gefahren, um alles abzusuchen. Dass im Meer treibende Menschen durch den Schock ihr Gedächtnis verloren, das passierte gar nicht so selten. Erik hatte das recherchiert. ›Amnesia by the seaside‹, Gedächtnisverlust durch das Schwimmen in kaltem Wasser. Alles war möglich. Und Finn war ein ausgezeichneter Schwimmer. Von Deutschland aus telefonierte Erik die Krankenhäuser ab, er verteilte Zettel in den Urlaubsorten, er tat wenigstens etwas, während Stella aus seiner Sicht einfach resigniert hatte. Und der Moment, in dem er ihr das vorwarf, war der Anfang vom Ende.

Sie wagte es, legte in diesem Streit zum ersten Mal den Finger auf seine Wunde – und drückte zu. Schrie: »Wer hat ihn denn losgelassen, Erik? Wer von uns beiden hat ihn einfach vom Meer fortreißen lassen? Ich etwa? Du hast ihm sogar seine Schwimmweste abgerissen, er hätte sonst eine Chance gehabt! Wir hätten ihn noch gefunden!«

Erik hatte nichts mehr gesagt. Nicht an diesem Tag. Und nicht an den Tagen danach.

Langsam, wie ferngesteuert, ging er ins Bad und betrachtete sich im Spiegel. Rote Augen, aufgedunsenes Gesicht, so konnte er keinesfalls unter Menschen gehen. Er unterdrückte den Impuls, sofort kehrtzumachen und in der Küche einen Schnaps zu trinken. Von Änderungen hatte er genug für den Rest seines Lebens. Und was sollte er schon tun?

Jobmäßig sah es mau aus, Maschinenbauingenieure gab es wie Sand am Meer, und die waren alle viel jünger als er. Sicher, finanziell konnte er sich noch einige Zeit über Wasser halten, aber was kam dann? Und was sollte er jetzt machen? Auf irgendwelche Vereine und Gruppenzwänge hatte er keine Lust.

Ein Blick aus dem Fenster in das graue Novemberwetter und Wanderungen oder Fahrradtouren schieden ebenfalls aus. Erik sah den feinen Film kalter Regentropfen am Badezimmerfenster. Er war nicht der Typ, der seine Stimmung gegen das Wetter anheben konnte. Irgendein Klugscheißer hatte ihm mal Vitamin D verschrieben. Die Tabletten lagen ungeöffnet im Schrank.

Wenn, dann war ihm nach einem Klimawechsel. Einfach raus und weg, alles hinter sich lassen. Abstand zu allem finden.

Je mehr sich Erik darauf einließ, umso besser fühlte er sich. Die Idee keimte in ihm wie eine schnell wuchernde Pflanze, verwurzelte sich in seinen Gedanken.

Raus und weg, diese drei Worte kreisten in seinem Kopf.

»Raus und weg«, murmelte er.

»Raus und weg!«, schrie er dem Spiegelbild zu, vor dem er sich ekelte.

Ein anderes Land, andere Menschen. Ein Fleckchen Erde, wo ihn niemand kannte, wo er einer von vielen sein würde. Kein Gescheiterter, kein Geschiedener, kein Versager. Und kein verwaister Vater.

Und wenn es ihm dort gefiel? Erik hatte schon davon gehört, dass in gewissen Landstrichen einiger Länder akuter Mangel an guten Ingenieuren herrschte. In den USA zum Beispiel, da hatten deutsche Ingenieure noch eine echte Chance.

Erfüllt von einem ungewohnten Energieschub, ging er zurück ins Wohnzimmer und wühlte auf dem Tisch herum. Vor Kurzem war ihm eine Urlaubsanzeige aufgefallen, er konnte sich nur nicht mehr erinnern, in welcher Zeitung. Er hatte Dutzende davon auf dem Tisch verteilt. Durchwühlte jetzt die Stapel mit Zeitschriften, warf einzelne Blätter ungeduldig beiseite, bis er die Anzeige endlich fand.

Isla des Cascadas – Die Perle im Atlantik, hieß es reißerisch in dem Artikel. Seine Fernsehzeitschrift brachte alle zwei Wochen so eine als Bericht getarnte Werbeanzeige über Reiseziele auf der ganzen Welt. Auch zur Isla des Cascadas gab es anschauliches Bildmaterial: ein grünes Tal, eingefasst von kargen, hohen Bergen, schmale, meist zweistöckige Häuser, dazu enge Gassen und eine kleine Kapelle auf einem ungewöhnlich geformten Felsen.

Am meisten aber hatte ihm das Bild des Fiordo des Cascadas gefallen. Eine kleine Bucht, die von schroff abfallenden Felsen eingerahmt war. Das Türkis des Wassers zogen sie sicher in der Bildbearbeitung nach, aber er konnte sich vorstellen, dass es dort wirklich so aussah.

Für einen Moment schloss Erik die Augen und konzentrierte sich auf die Insel.

Das satte Grün, der Geruch des Meeres und das Getöse der Kaskaden, wenn sie von dem Felsen, auf dem die kleine Kapelle stand, ins Meer fielen. Das wünschte er sich jetzt, einfach an diesem Ort zu sein. Warum, konnte er sich nicht erklären. Wollte er auch nicht. Genauso wenig konnte er sich erklären, wieso er das Getöse der Kaskaden beinahe körperlich spürte. Auf dem Bild schienen sie tot.

Erik hatte nur noch den einen Gedanken: raus und weg. Formulierte es erneut: »Raus. Und. Weg.«

Er war der ganzen Grübelei überdrüssig. Hastig schlug er die Augen auf, um seine Recherche fortzusetzen. Wie ein Wunder lag diese Anzeige vor ihm. Die Form der Insel erinnerte ihn spontan an die Silhouette eines Eisbären, der nach vorn gefallen war. Den Kopf bildete ein im Westen gelegener Berg und die Küstenlinie Richtung Nordost ergab den Körper dazu. Auf der Südseite der Insel schloss sich ein tiefer Landeinschnitt als Hals, und daran die Landzunge als Arm an. Östlich davon erschien die Badebucht wie ein dicker Bauch.

Doch was war das? Ganz winzig im äußersten Zipfel der Bucht standen vier Gestalten, fast nicht zu erkennen. Erik blinzelte heftig und schaute wieder hin. Als würden sich seine Augen scharfstellen, sah er jetzt die Kutten. Und er kannte sie.

Für einen Moment wurde ihm übel. Dann nahm er die Zeitschrift und pfefferte sie in die Ecke. Er traf eine Plastiktüte mit Leergut. Die Tüte kippte, Flaschen rollten herum und aus einer floss vergorene Flüssigkeit als dünnes Rinnsal auf den Fußboden.

Erik ging in die Küche und trank ausnahmsweise ein großes Glas Wasser. Dabei sah er aus dem Fenster auf die vorbeieilenden Menschen, die sich mit Regencapes, Schirmen oder sogar Zeitungen vor dem widerlichen Nieselwetter zu schützen versuchten. Sie alle waren sicher auf dem Weg zu einer langweiligen Arbeit oder einem kräftezehrenden Termin.

Sein Blick fiel auf eine vergessene Obstschale, in der nichts lag außer einer recht schrumpeligen Zitrone und zwei leeren Döschen Kaffeemilch. Ein paar Sekunden starrte er auf dieses seltsame Stillleben, dann nahm er die Zitrone und legte sie auf eine freie Stelle der Arbeitsplatte. Er spülte ein Messer unter fließendem Wasser ab und schnitt die Zitrusfrucht in zwei Teile. Sie hatte noch reichlich Saft, die kleinen gelben Dinger waren ganz schön widerstandsfähig. Erik drückte eine Zitronenhälfte über seinem Glas aus und füllte es mit kaltem Wasser auf. Dann trank er es in einem Zug leer. Köstlich! Die frische Säure belebte ihn auf eine fast magische Weise. Er drückte noch mehr Saft aus der Frucht, füllte wieder Wasser nach und trank. Ein Bild erschien vor seinen Augen, wie er frische Zitronen direkt vom Baum pflückte, um sie auszupressen. Ob es Obstplantagen auf dieser Insel gab?

Erik kehrte ins Wohnzimmer zurück und auf einmal kam es ihm unerträglich stickig hier drinnen vor. Der frische Zitronensaft passte nicht zu der verbrauchten Raucherluft. Als Erstes riss er die Fenster auf, dann griff er nach der zerfledderten TV-Zeitschrift und schlug die Seite mit dem Bericht über die Insel auf. Und ja, er schaute zuerst dorthin, wo er diese komischen Kuttenträger gesehen hatte, und selbstverständlich war da nichts. Das zeigte ihm lediglich, dass er am Ende war. Er sah und träumte Dinge, die es nicht gab. Und ein bisschen Vitamin C schaffte sofort Klarheit in seinem Kopf. Vielleicht hatte der Arzt doch nicht so unrecht gehabt, ihm diese Tabletten in die Hand zu drücken, aber er brauchte keine Vitaminpillen mehr, wenn er mit den Füßen in den sanften Meereswellen sonnengeladene Früchte verspeisen würde.

Erik stellte sich näher ans Fenster ins Tageslicht und las den Text zu seiner Urlaubsinsel: Selbstständiger Staat mit indianischem Einschlag, Amtssprache spanisch, Währung Dollar. Am besten gefiel ihm die letzte Information: 3.164 Einwohner. Keine überlaufene Touristenhochburg also. Das angepriesene Hotel hatte sechzig Betten und es gab zehn Ferienhäuser.

Erik entschloss sich, eines dieser Domizile zu buchen, ja, diesen Urlaub zu buchen. Sofort. Augenblicklich.

Raus und weg.

Nachdem seine Suche im Internet keine weiteren relevanten Informationen ergeben hatte, zog er sich an und fuhr in die Stadt zum nahegelegenen Reisebüro. Dort kannte man ihn gut. Die letzten Urlaube, gemeinsam mit Stella, hatte er allesamt in diesem Laden gebucht.

Die Begrüßung im Reisebüro fiel dieses Mal kühl aus. Während sonst die Inhaberin des Ladens angestürzt gekommen war, grüßte sie nur kurz hinter ihrem Schreibtisch hervor und schickte ein junges Mädchen, das sich als Frau Schneider vorstellte und dem Alter nach die Auszubildende zu sein schien.

»Guten Tag, Herr von Wittgens, was kann ich für Sie tun?«

Zumindest die Grundbegriffe der Kommunikation hat sie drauf, dachte Erik verärgert. Es widerstrebte ihm, nicht von der Chefin bedient zu werden, so wie früher auch. Wieder eine dieser Änderungen, die er so satt hatte.

»Ich interessiere mich für einen Urlaub auf der Isla des Cascadas. Können Sie mir hier ein paar Angebote zeigen? Nach meinen Recherchen gibt es ein Hotel und zehn Ferienhäuser auf der Insel, und ein solches Ferienhaus würde ich gern mieten.«

»Sie sind ja gut informiert.« Die junge Frau lachte ihn entwaffnend an. »Ich werde sofort mal suchen. Bitte nehmen Sie solange Platz.« Gleich darauf setzte sie sich an den Computer und recherchierte einige Minuten lang.

Erik beobachtete sie. Je mehr Zeit verstrich, desto mehr verdüsterte sich die Miene der Angestellten. Schließlich, es waren garantiert zwanzig Minuten vergangen, wandte sie sich ihm wieder zu: »Also Herr von Wittgens, zu dieser Insel kann ich nichts finden. Wollen Sie nicht vielleicht Madeira …«

»Nein!«, unterbrach er sie heftiger als beabsichtigt. »Meine Vorstellungen vom Urlaub sind klar definiert.«

Mit einem »Ich hol kurz die Chefin« machte die junge Frau eine Kehrtwende in Richtung Ladeninneres, sichtlich bemüht, von ihrem Kunden wegzukommen.

Erik unterdessen fühlte sich in seinem Entschluss nochmals bestärkt. Dass die Insel nicht so einfach im Computer zu finden war, gefiel ihm. Dann war sie garantiert nicht von Touristen überlaufen. Fast kam es ihm wie ein Wink des Schicksals vor. Seine Gedanken wurden unterbrochen, als seine Beraterin mit der Chefin zurückkam.

»Na, wen haben wir denn da?«, hörte er die aufgesetzte Stimme von Frau Wegener. Als ob die ihn nicht schon erkannt hätte, als er das Reisebüro betreten hatte.

»Wittgens, frisch geschieden, auf der Suche nach Urlaub, Ferienhaus statt Doppelzimmer gewünscht!« Das saß. Mit Genugtuung stellte er fest, wie der Wegener für einen kurzen Moment das Blut aus dem Gesicht wich und ihr debiles Grinsen fratzenhaft erstarrte. Doch die Frau fing sich schnell und setzte sich ohne ein weiteres Wort an den Computer. Wieder dauerte es etliche Minuten, bis sie plötzlich aufsprang und einen kleinen Reisekatalog aus dem Regal holte.

»Entschuldigen Sie, dass Sie so lange warten mussten. Aber die Kaskadeninsel ist ein neues Reiseziel, das nur von einem Reiseveranstalter angeboten wird.«

»Dafür müssen Sie sich nicht entschuldigen. Kann ich die Reise bei Ihnen buchen, sofern ich mich dafür entscheide?«

»Selbstverständlich!«

»Vielen Dank.« Ohne weitere Worte nahm er den Katalog und verließ den Laden. Wie einen Schatz barg er die Broschüre unter seinem Arm. Er konnte es kaum erwarten, dass er wieder zuhause sein würde, um sie zu studieren.

Dort angekommen, stellte er enttäuscht fest, dass sie kaum neue Informationen enthielt. Die größte Enttäuschung war jedoch, dass in dem Prospekt kein einziges Bild der sicherlich beeindruckenden Wasserfälle abgebildet war, die der Insel den Namen gegeben hatten. Wie erwartet, gab es ein Foto des Hotels, von dem er schon gelesen hatte. Kopfschüttelnd überblätterte er die Seite. Ein Hotelaufenthalt war das Letzte, was für ihn in Frage kam. Das hatte er bereits entschieden. Auf zwanghafte Tischgespräche über Karriere und Familie, denen er mit Sicherheit nicht ausweichen konnte, hatte er keine Lust. Nach einigem Blättern blieb sein Blick bei einem Ferienhaus mit dem wohlklingenden Namen »Casa Maria« hängen.

Casa Maria

Rustikal eingerichtetes Ferienhaus für vier Personen. Das ca. 70 qm große Objekt in sehr ruhiger Hanglage bietet einen herrlichen Panoramablick auf die Inselhauptstadt San Cristobal und den Kaskadenberg. Das große eingewachsene Grundstück und die viel Platz bietende Veranda laden zur Erholung und Entspannung ein. Das Ferienhaus verfügt über zwei Schlafzimmer und eine geräumige

Wohnküche. Renoviert wurde das ehemalige Bauernhaus 2003 und bietet Stromanschluss und fließendes Wasser.

Reisepreis incl. Endreinigung für vierzehn Tage ab EUR 2.249,00. Jeder Verlängerungstag EUR 20,00.

Angesichts des Reisepreises musste Erik heftig schlucken. Für diesen Betrag konnte er sogar in der Hauptsaison einen All-inklusive-Urlaub in einem Vier-Sterne-Hotel buchen. Verlockend allerdings waren die Verlängerungstage. Fast schon ein Rufen, das in ihm nachhallte. Etwas zog ihn an, versuchte, ihm plausibel zu machen, dass er länger auf der Insel bleiben sollte. Eriks Herzschlag beschleunigte sich. An sich glaubte er nicht an solche Dinge, aber da war etwas. Ja, eindeutig, da war etwas.

Ein Blick auf die angegebenen möglichen Anreisetage und den Kalender zeigte ihm, dass einzig der 18. Januar als Abreisetag in Frage kam. Dies bedeutete, dass er genau zur Fastnachtszeit wieder zuhause sein würde. Er merkte, dass er unbewusst den Kopf geschüttelt hatte, und damit war es entschieden. Also gleich sechs Wochen Urlaub und Punkt.

Raus und weg.

Sechs Wochen – so lange war er noch nie am Stück weggewesen. Er hob den Kopf und ließ den Blick schweifen. Zum ersten Mal seit Monaten fielen ihm bestimmte Dinge unangenehm auf. Der Müll, das Chaos, die umgekippten und überhaupt zahlreichen leeren Flaschen, die einen säuerlichen Gärgeruch verströmten.

Was hatte er zu verlieren? Und vor allem, wozu sollte er hierbleiben? Ein neuer Job hatte Zeit, mit seinen Ersparnissen kam er noch eine Weile hin. Und sonst erwartete ihn nichts, und er erwartete auch nichts. Aber wenn er weg war, dann würde sich alles finden. Er würde einfach so fahren, für sich. Nicht, um seinen Sohn zu suchen, nicht aus Schuldgefühlen, die an ihm fraßen, sondern weil er es wollte. Weil auch er ein Recht auf Leben hatte. Erik stand auf und straffte die Schultern. Dabei versuchte er zu fühlen, was er eben gedacht hatte.

Das Recht, weiterzuleben.

»Isla des Cascadas, ich komme!«, sprach er entschlossen in den Raum.

Am nächsten Morgen stand er bereits zehn Minuten vor Ladenöffnung am Reisebüro und wartete ungeduldig. Er wollte endlich buchen, um zu verhindern, dass er es sich wieder anders überlegte. In der Nacht hatte er wieder Finn gesehen, sein frisches Jungengesicht, in dem diesmal ein Hauch von Vorwurf zu stehen schien. Erik hatte versucht, sich seinem Sohn zu erklären, ihm klarzumachen, dass diese Auszeit nichts mit einem Aufgeben der Hoffnung zu tun hatte. Die Schuld versuchte in dieser Nacht ein weiteres Mal nach Erik zu greifen und als der Wecker klingelte, ein mittlerweile ungewohntes Geräusch, war er versucht, alles hinzuschmeißen.

Aber nun stand er hier, fast schon verblüfft über sich selbst und wartete, dass das Reisebüro öffnete. Als endlich aufgeschlossen wurde, begrüßte ihn die junge Angestellte vom Vortag noch freundlicher.

»Na, Herr von Wittgens, Sie sind aber früh dran. Haben Sie sich schon entschieden?«

Erik freute sich ein wenig über die Begrüßung und nickte entschlossen. »Ja hier, die Casa Maria möchte ich für sechs Wochen mieten.« Dabei hielt er der Frau den Prospekt hin und tippte genau auf das Bild, das er am Vortag herausgesucht hatte.

»Einen Moment bitte, ich hole meine Kollegin.«

Lange musste er nicht warten, und die Buchung war erledigt.

Wieder auf der Straße wurde ihm ein wenig schwindelig wegen seiner Entscheidungen. Die ursprüngliche Reiseplanung war ihm reichlich entglitten.

Statt eines Tapetenwechsels für zwei, drei Wochen hatte er sechs Wochen auf einer Insel gebucht, die kaum jemand kannte und über die es wenig Informationen gab.

Und wenn schon. Mit Macht drängte er die immer wieder hochwallenden Schuldgefühle zurück. Was Stella wohl dazu sagen würde?

Es ist egal, es geht sie nichts an. Das hier, das tue ich für mich, würgte er den Gedanken ab.

In der Tat, das hier war seine Sache und nur seine. Wie oft sah man im Fernsehen, dass irgendwelche Prominente von der Trauer um ein Familienmitglied aufgezehrt wurden? So gesehen grenzte es an ein Wunder, dass er noch keine chronische Krankheit entwickelt hatte bei all dem Stress. Erik dachte an die Zitrone und wie sein Körper – und seine Seele – auf dieses frische Lebenselixier reagiert hatten. Ein Zeichen dafür, wie nachlässig er sich selbst gegenüber gewesen war.

Er machte sich auf den Weg nach Hause, unternahm einen Zwischenstopp in einem gut sortierten Supermarkt, wo er sich großzügig mit Putzmitteln eindeckte. Dabei achtete er besonders auf die gelben Flaschen. Das bedeutete meistens Zitronenduft. Darüber hatte er sich nie Gedanken gemacht, dass es einen Farbcode bei Putzmitteln gab. Grün war der Apfelduft, blau meistens Meeresfrische, weiß stand für die Sensitiv-Variante und rosa bedeutete immer irgendwas mit Blumen. Erik ging mit zahlreichen gelben Flaschen, mehreren Netzen frischer Zitronen und einem Sechserpack Mineralwasser im Wagen zur Kasse.

Die Wochen bis zu seiner Abreise verbrachte er damit, Wohnung und Garten auf die Reihe zu bekommen. Dabei beschränkte er sich bei der Gartenarbeit darauf, alte Äste und Müll zu entfernen, mehr war in den Wintermonaten nicht möglich. In seiner Wohnung war es ihm zuerst schwergefallen, einen Anfang zu finden, aber inzwischen machte das Aufräumen Spaß. Er ließ das Radio oder wahlweise den Fernseher laufen, während er den Müll entsorgte, die Möbel von der Wand rückte, alles entstaubte, ja, er wusch sogar die Bezüge der Sofakissen.

Zwischendurch surfte er im Internet nach Informationen über sein Reiseziel. Es kam vor, dass er dabei völlig die Zeit vergaß und über Stunden suchte und recherchierte, mit leider dürftigen Ergebnissen, was seinen Eifer auf Informationssuche nicht minderte.

Die seitenlange Abhandlung eines Biologen über die Entwicklung des Inselrindes interessierte ihn genauso wenig wie die wissenschaftliche Studie irgendeines Institutes über die teilweise eigenständige Flora.

Interessanter dagegen war die Geschichte der Insel, die wohl 1503 von Spaniern entdeckt und danach einfach wieder vergessen worden sein sollte. Angeblich sei sie 1723 von Walfängern aus Boston erneut entdeckt worden. Wegen der steil ins Meer abfallenden Küste konnte die Insel nicht von größeren Schiffen angelaufen werden, und in der einzigen großen Bucht, der Cala des Cascadas, betrug die Wassertiefe lediglich 1,80 m. Wahrscheinlich war das auch der Grund, warum die Insel einer Kolonialisierung entgangen war. Es gab keine Rohstoffe von Wert, der Ertrag der Landwirtschaft war karg. Mitten im Atlantik, weit ab von den viel befahrenen Schifffahrtsrouten, hatte die Insel keinerlei strategische Bedeutung. Fast schien es, als habe das Eiland im Dornröschenschlaf gelegen wie Erik in der letzten Zeit. Er konnte sich ein Schmunzeln nicht verkneifen, wenn er darüber nachdachte. Die Planungen Anfang des zwanzigsten Jahrhunderts, einen Landesteg zur Insel zu bauen, seien wegen der starken Meeresströmung aufgegeben worden. Viel später, so hieß es in einer Quelle, sei 1976 mit Hilfe der UNO ein kleiner Flugplatz errichtet worden und seither war es Touristen möglich, die Insel zu erreichen. So kamen ab diesem Zeitpunkt elementare Dinge wie Medikamente auf die Insel. Ein erstes Fahrzeug gab es 1976 und bis heute beschränkte sich der »Inselfuhrpark« auf drei Traktoren, einen Bus und einige Mofas. Eine Tatsache, die Erik als Verfechter des Prinzips ›autofrei leben‹ besonders imponierte. Weniger gefiel ihm, dass die Hauptniederschlagszeit Ende Januar bis März war. Ursprünglich hatte er den Zeitpunkt für den Urlaub so gewählt, weil er den tristen Tagen in Deutschland entfliehen wollte. Andererseits erfolgte die Stromversorgung der gesamten Insel über Solaranlagen. Das wäre bestimmt nicht der Fall, wenn Dauerregen zu dieser Jahreszeit herrschen würde. Erik sog die Informationen wie ein Schwamm auf. Mehr und mehr fühlte sich die Insel wie eine vertraute Freundin an, die ein verheißungsvolles Abenteuer versprach.

KAPITEL 2

Er war überrascht, als Stella ihn am ersten Weihnachtsfeiertag zu einer gemeinsamen Feier mit den Kindern einlud. Natürlich sagte er zu. Dabei nahm er sich vor, ausnahmsweise kein Wort über Finn zu verlieren. Das gelang ihm in aller Regel nämlich nicht und es dauerte meistens keine zwei Stunden, bis der Ton ins Gereizte bis Lautstarke wechselte. Diesmal würde ihm das nicht passieren.

Seine Töchter Claudia und Anna waren aus London angereist, wo sie Betriebswirtschaft und Kommunikationswissenschaft studierten. Als sie vor einem Jahr von den Scheidungsplänen der Eltern hörten, reagierten sie kurz mit Unverständnis, gingen aber schnell wieder zur Tagesordnung über. Mit zwanzig und zweiundzwanzig beschäftigten sie andere Sorgen als die Ehe ihrer Eltern. Außerdem war die Trennung nach den jahrelangen Streitigkeiten um Finns Schicksal für sie nicht weiter verwunderlich gewesen. Das Essen verlief harmonisch, auch wenn Erik deutlich die unterschwellige Erwartung spürte, dass er mit dem Thema Finn begann. Das zu vermeiden, kam ihm zwar künstlich vor, aber er hielt es durch. Stella entspannte sich zusehends, und später saßen sie tatsächlich mit einem Glas Wein in der Sofaecke und redeten über das Studium ihrer Töchter.

Erik glaubte, dass der richtige Zeitpunkt nun da war, seine Reisepläne in den Raum zu stellen. Kaum setzte er dazu an, hob Stella abwehrend, aber ruhig, die Hand.

»Ich weiß es schon. Von Frau Wegener.«

»Sie hat dir davon erzählt?« Erik fühlte einen Anflug von Wut auf diese überhebliche Frau und überlegte, ob das Buchen von Reisen nicht einer Art Schweigepflicht unterworfen war. Stichwort Datenschutz. Und warum musste sie es gerade seiner Frau, seiner Ex-Frau berichten?

»Ich möchte nichts darüber hören«, sagte Stella. »Du musst ja wissen, was du tust.«

»Was ich tue? Ich mache Urlaub. Das soll ja angeblich im Leben von Menschen vorkommen.« Für einen Moment fühlte sich Erik vollkommen aus dem Konzept gebracht, bis er begriff, was hier vor sich ging. »Ich suche ihn nicht. Es wird ein normaler Urlaub werden.«

»Sicher.« Stella wischte mit dem Finger über den Rand ihres Weinglases. Dabei mied sie seinen Blick.

»Du denkst doch nicht wirklich, dass ich auf einer unbekannten Insel nach Finn suche«, sagte Erik und bemühte sich um einen beherrschten Tonfall. Stella musste ihn für völlig manisch halten.

Ja, er hatte früher immer wieder die Strände abgesucht, er war wieder und wieder zu ihrem Urlaubsort gefahren, hatte herumgefragt, ob jemand einen Jungen ohne Gedächtnis gefunden, gesehen oder ins Krankenhaus gebracht hätte. Oder ob ein nicht identifizierter Junge irgendwo im Koma in einer Klinik lag. Es war wie eine Sucht gewesen. Jeder Flug nach Teneriffa eine neue Hoffnung, eine neue Verzweiflung, am Ende hatte er nur noch gesucht, weil er Finns Verschwinden nicht akzeptieren oder mit der Suche aufhören konnte.

Und jetzt glaubte seine Frau – Entschuldigung: Ex-Frau! – dass er seine Suche nach zehn Jahren auf andere Inseln ausweitete. Das war einfach nur lächerlich. Erik atmete durch. Nein, er würde sich nicht rechtfertigen. Sie würde schon sehen, wie unrecht sie hatte, wenn er Wochen später als neuer Mensch wiederkam.

Oh ja, sie würde schon sehen.

Den Rest des Abends verbrachten beide schweigsam.

Bis zur Abreise rasten die restlichen Tage dahin, dann packte Erik. Er machte immer wieder Pausen, so sehr aufgeregt wummerte sein Herz, sein wehes Herz.

Das Flugzeug, das Erik ohne Zwischenfälle erreichte, hob planmäßig in Richtung Freetown ab. Von dort aus sollte nach einer zweistündigen Wartezeit sein Anschlussflug mit einer Chartermaschine der Brasil Airlines zur Insel starten. Im Flieger kam er nur langsam zur Ruhe, doch dann schläferten ihn die gleichmäßigen Motorengeräusche ein. Mühsam kämpfte er dagegen an. Auf keinen Fall wollte er wieder von Kapuzentypen träumen, was in der letzten Zeit fast jede Nacht vorkam. Er nahm an, dass sie in seinem Unterbewusstsein irgendetwas symbolisierten, aber er kam nicht dahinter, was es war. Diese Träume verfolgten ihn erst seit einigen Wochen und er konnte nicht feststellen, dass sich plötzlich etwas in seinem Leben geändert hatte. Abgesehen von der Planung dieser Reise und dem damit verbundenen Umbruch natürlich. Erik schaffte es wachzubleiben.

In Freetown angekommen, erschlugen ihn die Hitze und die feuchte Luft. Obwohl er leichte Kleidung trug, klebte sein Hemd am Körper. So verwarf er den ursprünglichen Plan, einen kleinen Rundgang zu starten und verbrachte die Zeit bis zum Abflug in der überschaubaren Wartehalle, in der es wenigstens eine Klimaanlage gab.

Endlich wurde der Flug zur Isla des Cascadas aufgerufen. Die Vorfreude, die durch den Schlafmangel und seine Grübeleien etwas gelitten hatte, lebte in diesem Moment wieder auf.

Raus und weg.

Raus und weg.

Raus und weg.

Die Worte klopften im Rhythmus seines Herzschlags in seinem Kopf und beflügelten ihn. Erik konnte es kaum erwarten, endlich am Ziel zu sein.

Schnell bewegte er sich in Richtung Flugschalter und stellte erfreut fest, dass sich außer ihm bloß zwei Ehepaare eingefunden hatten. Es schien also zu stimmen, dass die Insel touristisch kaum erschlossen war.

Geführt von einem Flughafenbeamten, betraten sie das Flugfeld und sahen ihren Flieger, eine alte L-649.

»Hoffentlich schafft das Ding die zweitausend Kilometer über den Atlantik.« Eine der Frauen, die Größere mit den roten Haaren, hatte das der kleineren Blonden leise zugeflüstert, doch Erik hatte jedes Wort verstanden. Kurz verzog er den Mund, da ihn der gleiche Gedanke bewegte. Das Einsteigen ging schnell. Im Passagierraum befanden sich achtundvierzig Sitzplätze, die sich die fünf Reisenden nun nach Belieben aufteilen konnten. Er setzte sich gleich in eine der vorderen Reihen. Nach einer weiteren halben Stunde, in der diverse Vorräte in das Flugzeug geladen wurden, hob der Flieger ab. Endlich. Entspannt lehnte Erik sich zurück und hatte das Gefühl, jeglichen Ballast in der leicht gekühlten Halle Freetowns gelassen zu haben.

Das Knacken der Bordlautsprecher weckte ihn. Nach der Durchsage, die er nur zur Hälfte mitbekommen hatte, stand die Landung unmittelbar bevor. Noch ein wenig schlaftrunken drückte Erik sein Gesicht gegen das Bordfenster, um einen Blick auf die Isla des Cascadas zu erhaschen. Genau in diesem Moment machte die Maschine eine steile Rechtskurve und gab den Blick auf die Insel frei. Erschrocken wich er zurück. In Sekundenschnelle registrierte er nur zwei Dinge: einen Felsen, der unmittelbar auf sie zuzukommen schien und eine viel zu kurze Landebahn. Das Herz klopfte ihm bis zum Hals und er versuchte, sich damit zu beruhigen, dass garantiert schon unzählige Flieger vor dem da auf der Insel gelandet waren. Es half wenig. Schließlich schloss er einfach die Augen. Wenige Minuten später berührte das Flugzeug kurz den Boden, vollführte noch drei Sprünge und kam nach einem abrupten Bremsmanöver zum Stehen. Erleichtert und beinahe fluchtartig verließ er den Flieger.

Auf dem Flugfeld wartete ein kleiner Bus auf die ankommenden Touristen, der sie bis zu einer verglasten Abfertigungshalle brachte, in der die Reisepässe oberflächlich geprüft wurden. Durch eine Scheibe sah Erik einige wenige Touristen, die anscheinend die Heimreise antraten. Gerne hätte er sie angesprochen und sich von ihnen ein paar Tipps geholt, aber durch die Trennscheibe war das nicht möglich.

Vor dem Flughafen stand ein Transfer-Bus bereit, der Erik und die anderen Touristen zu ihrer jeweiligen Unterkunft bringen sollte. Während der Busfahrer das Gepäck verlud, versuchte Erik, einen ersten Eindruck von der Insel zu erlangen. Mehr als dass sich die Luft angenehm warm anfühlte und vom Meer ein frischer Wind herüberwehte, konnte er nicht wahrnehmen. Die Koffer waren mittlerweile verstaut worden und der Chauffeur drückte mehrmals auf die Hupe.

Erik riss sich von dem Anblick los und erreichte mit raschen Schritten das Gefährt, das in einem Automobilmuseum sicherlich besser aufgehoben wäre als auf öffentlichen Verkehrswegen. Die Motorhaube wurde von einem Spanngurt gehalten. Die Türgriffe stammten offensichtlich von verschiedenen Wohnungstüren und die Holzsitze drohten bei der kleinsten Belastung durchzubrechen. Als der Fahrer den Motor startete, knarrte der gefährlich. Erik konnte nicht verhindern, dass er sofort in Gedanken die steile Strecke abrief, wie er sie auf der Inselkarte gesehen hatte. Hoffentlich musste er nicht aussteigen und schieben. Der Bus ruckelte zunächst ein Stück neben der Rollbahn her, bevor er seine Fahrt ins Innere der Insel aufnahm. Kilometer für Kilometer schleppte sich das Gefährt schnaufend die vielen Serpentinen nach oben. Bereits nach kurzer Zeit war der Scheitel des Berggrats erreicht und Erik konnte einen Blick auf das Tal und San Cristobal werfen. Die Luft war klar und es kam ihm vor, als könne er die Stadt mit der Hand greifen. Sogar einzelne Häuser glaubte er zu erkennen. Unübersehbar war der massige Kirchenbau in der Ortsmitte. Erik war beeindruckt. Besonders faszinierte ihn der Kontrast zwischen dem saftigen, grünen Tal und dem im Hintergrund liegenden gewaltigen, kargen Berg. Neben der Realität verblasste die Abbildung im Reiseprospekt.

Wenig später hatten sie das Hotel des Cascadas erreicht. Die Mitreisenden trugen ihr Gepäck zusammen und quälten sich mit Hilfe des Busfahrers durch die enge Tür. Erik sah noch, wie ein junger Page, sich ständig verbeugend, mit einem Gepäckwagen auf die Neuankömmlinge zuhielt, dann setzte sich der Bus wieder in Bewegung, ruckelte noch einige Kilometer weiter über die gepflasterte Straße, bevor er rechts abbog und über eine geschotterte Piste holperte. Vorbei an Mais- und Getreidefeldern, durch Orangenplantagen, immer am Fuß des Berges entlang. Obwohl Erik der einzige Passagier war, bemühte sich der Fahrer um keinerlei Gespräch.

Erik kam das gelegen, so konnte er die vielen Eindrücke genießen. Schon jetzt wusste er nicht, wo er mit dem Erzählen beginnen sollte, wenn er seine Familie wiedersah. Ihm fiel auf, dass er die ganze Zeit bisher nicht an Stella gedacht hatte, trotz des kleinen Disputs bezüglich seiner Reise an ihrem letzten gemeinsamen Abend. Er konnte seinen Gedanken nicht weiter nachgehen, da der Bus unvermittelt vor einer Treppe hielt.

Auf dem Schild, das sich links davon befand, konnte er Bienvenido a Casa – Casa Maria lesen. Er war also an seinem Ziel angelangt. Der Fahrer half ihm noch mit dem Gepäck, was Erik mit einem für seine Verhältnisse überaus großen Trinkgeld quittierte. Dann schaute er dem davonfahrenden Bus hinterher und wünschte sich nichts mehr, als die Ruhe und die Einsamkeit des Ortes auf sich wirken zu lassen.

Bepackt stand Erik vor der Unterkunft, die er in den nächsten sechs Wochen bewohnen würde. Gut dreißig Stufen führten zu einer kleinen Steinmauer, die auf ein Haus schließen ließ. Im ersten Impuls wollte er das Gepäck wieder abstellen und zuerst das Haus besichtigen, aber dann trug er alles sofort nach oben, um nicht zweimal laufen zu müssen. Entsprechend erschöpft kam er auf einem kleinen Plateau an, auf dem das Haus stand. Zur Talseite hin war es mit einer niedrigen Steinmauer gesichert, die wie das Gebäude selbst von riesigen Gräsern umwuchert wurde. Bei seinem Rundgang sah er in großer Entfernung noch weitere Häuser, sicherlich die anderen Feriendomizile. Allerdings lagen sie so weit entfernt, dass er keine Belästigung durch neugierige Nachbarn fürchten musste. Genauso, wie er es sich vorgestellt, gewünscht hatte.

So sehr er sich über die Stille freute, so sehr verunsicherte sie ihn auch für einen Moment. Erst jetzt wurde ihm bewusst, dass er mutterseelenallein auf einer fremden Insel mitten in der Pampa stand. Nur hin und wieder vernahm er das Rascheln der Blätter, wenn ein Windhauch durch die Bäume streifte. Ganz entfernt dann, wenn der Wind es hertrug, das Meckern von für ihn unsichtbaren Ziegen. Eine solche Ruhe kannte er nicht von daheim. Irgendein Geräusch gab es immer, sei es von einem Radio, einem Auto oder irgendeinem Flugzeug. Doch hier nichts dergleichen. Spontan – und es kam ihm fast lächerlich vor – streckte er die Arme nach oben und atmete tief ein. Vielleicht würde er genau das an dieser Stelle neu lernen, ohne sich darüber lustig zu machen.

Als löste sich gerade ein Gewicht, das ihm so lange schon auf den Rippen lag, das er bei jedem Atemzug mühsam hochstemmen musste. Jahrelang. Und – er hatte beim Anblick des Meeres nicht daran gedacht, Finn zu suchen. Ein seltsames Gefühl von Versäumnis, ein Anflug von schlechtem Gewissen streiften ihn, und er atmete dagegen an.

Loslassen.

Er würde sich daran gewöhnen. Vielleicht schon bald. Fand es nun absolut nicht mehr lachhaft. Es ging um sein Weiterleben, verdammt. Es ging hier nicht um Schuld. Nicht mehr.

KAPITEL 3

er Reiseprospekt hatte nicht gelogen. Die kleinen Fenster und der niedrige Eingang verrieten sofort das frühere Bauernhaus. Obwohl von der Witterung gezeichnet, wirkte das Mauerwerk gepflegt und nach allen Regeln der Baukunst errichtet. Nachträglich war ein Seitenflügel an die Unterkunft gebastelt worden. Ja, basteln war der zutreffende Begriff für die vielleicht drei Meter lange Ausbuchtung an der rechten Seite des Häuschens. Anscheinend hatte der Bauherr versucht, eine Aussparung in das weit heruntergezogene Dach zu werkeln, um den Anbau zu errichten, ohne dass die bauliche Erweiterung die Optik des gesamten Hauses zerstörte. Fenster und Eingangstür waren neu, das Holz hell und bisher kaum strapaziert von dem feuchten, salzhaltigen Meereswind.

Während Erik sich umsah, fiel ihm ein, dass er bisher keinen Schlüssel erhalten hatte. Fast automatisch hob er die Fußmatte an und suchte darunter. Als er sich seiner typisch deutschen Denkweise bewusst wurde, musste er laut lachen. Schließlich drückte er einfach die Türklinke hinunter und wunderte sich nicht, dass die Tür unverschlossen war. Vor ihm erstreckte sich ein größerer Raum, der Küche und Wohnzimmer zugleich war. Auf dem Küchentisch erblickte er eine Schale mit frischem Obst, an die ein Briefumschlag gelehnt war. Die leichte Ausbuchtung ließ erahnen, dass der Schlüssel darin sein musste.

Den, so erfuhr er aus dem beiliegenden Schreiben, möge er einfach auf dem Küchentisch zurücklassen, wenn er das Haus wieder räumte. Ansonsten solle er ihn aus versicherungstechnischen Gründen während seines Aufenthaltes immer bei sich führen und auch abschließen.

Der nächste Satz war fettgedruckt:
Die Inselverwaltung legt Wert darauf festzustellen, dass seit schriftlicher Erfassung von Statistiken, somit seit siebzig Jahren, keine strafbare Handlung auf der Insel begangen wurde.

»So, so«, murmelte Erik amüsiert. »Jetzt fühle ich mich aber sicher. Keine strafbaren Handlungen, aber versicherungstechnische Grün-de. Sicher ist sicher.«

Gelassen sichtete er die weiteren Unterlagen, eine Anleitung zur Bedienung des Gasherds und ein Blatt mit dem Hinweis, dass der Strom auf der Insel lediglich von acht bis zehn Uhr und von zwanzig bis zweiundzwanzig Uhr zuverlässig zur Verfügung stünde. Seine Schlepperei an Batterien und Akkus hatte sich also gelohnt.

Zuletzt studierte er die Inselkarte, die um einiges größer war als jene, die er im Reisebüro erhalten hatte. Enttäuscht stellte er fest, dass sie kaum weitere Details enthielt. Sein Domizil, die Casa Maria, war mit einem roten Punkt gekennzeichnet.

Erik beschloss, den Rundgang durch sein Häuschen fortzusetzen. Gegenüber dem Eingangsbereich befanden sich zwei Türen, hinter denen er jeweils ein Schlafzimmer entdeckte. Auf der rechten Seite des Raumes ging es weiter in den Anbau zu Toilette und Dusche. Das ganze Haus war sauber, ordentlich und geschmackvoll, wenn auch einfach eingerichtet.

Vor der Haustür erstreckte sich eine großzügige Veranda, die mit

Platten aus dem inseltypischen Fels gelegt war. Das Dach des Hauses reichte bis zum Ende der Veranda und wurde dort von vier Säulen abgestützt. Neben einer urigen Holzbank und einem Holztisch standen vier Plastikstühle auf der Terrasse, die Erik sogleich in das rechte Eck verfrachtete. Dann setzte er sich auf die Holzbank und genoss die Ruhe. Hier konnte er jetzt zu sich kommen und Pläne schmieden. Kraft würde er sammeln und etwas für seine Figur tun. Er war gespannt, ob seine Alpträume dann nachließen oder sich zumindest veränderten.

Während Erik seinen Gedanken nachhing, fiel ihm auf, wie es rasant dunkler wurde. Seine Uhr zeigte gerade mal 19.30 Uhr an, ein Sonnenuntergang konnte es also nicht sein. Er beobachtete, wie die Sonne, noch recht hochstehend, hinter dem Berg der Insel verschwand. Erik war etwas enttäuscht, dass er von seiner Veranda aus wohl nie einen Sonnenuntergang würde bewundern können. Gleichzeitig nahm er sich vor, zumindest an einem Abend auf den mächtigen Felsen zu steigen. Sicher konnte er dann von dort aus sehen, wie die glutrote Sonne am endlos weiten Horizont des Atlantiks versank.

Als Erik die Augen aufschlug, brauchte er einen Moment, um zu begreifen, wo er war. Er richtete sich im Bett auf und fühlte die Entspannung in seinen Gliedern. Hatte er wirklich die ganze Nacht durchgeschlafen? An schlechte Träume konnte er sich ebenfalls nicht erinnern, dabei hatte er fest damit gerechnet. Strand, Meer, das endlose Blau, das bedeutete für Erik seit Jahren suchen, hoffen, verzweifeln. Er hatte erwartet, Finn in dieser Nacht zu sehen oder die seltsamen Kapuzenmenschen, die ihn bedrängten, aber nichts davon war der Fall gewesen. Als Erik die Beine aus dem Bett schwang, erfüllte ihn ein schon verloren geglaubter Unternehmungsgeist.

Nachdem er mit Pulverkaffee und einem Rest an Schokokeksen seine ersten Bedürfnisse gestillt hatte, schnappte er sich seinen Rucksack und etwas Geld. Vorräte besorgen in San Cristobal stand heute auf dem Plan. Erik nahm die Inselkarte und versuchte, die günstigste Route festzustellen. Per Luftlinie schätzte er die Entfernung auf maximal vier, höchstens fünf Kilometer. Allerdings folgte die eingezeichnete Strecke einigen Umwegen, sodass er sicherheitshalber das Doppelte der Zeit einplante. Zunächst musste er auf dem Schotterweg zurück in Richtung Hotel laufen, was wohl ungefähr einen Kilometer ausmachte. Von dort aus führte eine gepflasterte Straße nach Cristobal.

Der Schotterweg erwies sich als unbequem und staubig. Die Sonne erwärmte die Luft und Erik hatte deshalb gar nicht in Erwägung gezogen, zu seinem Stadtbummel Wanderstiefel anzuziehen. Mit seinen leichten Sommerschuhen spürte er jeden Kiesel, rutschte hin und wieder leicht und schwor sich, beim nächsten Ausflug nicht wieder so dämlich zu sein.

Trotzdem fühlte er sich rundherum zufrieden, war aufgekratzt und gespannt auf das, was er zu sehen bekommen würde. Ein leichter Wind sorgte für eine angenehme Erfrischung und moderate Temperaturen.

An der Einmündung zur festen Straße schlug er den Weg Richtung Westen ein, ohne nochmals die Karte zu studieren. Durch seine Vorbereitung auf den Urlaub hatte sie sich in ihn eingebrannt. Je näher er der Stadt kam, desto häufiger traf er auf Einheimische, die hier auf den Feldern und Plantagen arbeiteten. Sie schauten ihn mit unverhohlener Neugier an, grüßten jedoch immer freundlich mit Handzeichen.

Nach zwei Stunden, einschließlich einer kleinen Pause, erreichte Erik den Ort. Die letzten Meter hatte er mit sich gehadert, denn es war offenkundig, dass es nicht weit her war mit seiner Kraft und Ausdauer.

Gut, was hatte er erwartet nach Jahren der Selbstvernachlässigung? An seiner Kondition musste er arbeiten, keine Frage, und den Gedanken an den umso mühsameren Rückweg, bei dem er all seine Einkäufe mit sich schleppen würde, verdrängte er vorerst.

Die Eingangsstraße nach San Cristobal war überraschend breit und glich einer Promenade. Das irritierte Erik ein wenig, denn er hatte sich die Stadt als eine Ansammlung verwinkelter Gassen und kleiner, in die Jahre gekommener Häuser vorgestellt. Direkt in der Flucht der Straße erhob sich der Berg, hinter dem am Vorabend die Sonne untergegangen war. Ebenso, wie ein Prozessionsgang auf das Heiligtum zuführte, schienen sich die Straße und der ganze Ort in Gestaltung und Ausrichtung an der Erhebung zu orientieren. Der Anblick faszinierte Erik. Sein Blick verschwamm und ganz kurz glaubte er, die Kapuzenmänner auf einem der Felsen stehen zu sehen. Stumm, reglos, wartend. Er richtete seinen Blick konzentriert auf etwas anderes und dann wieder zu dem Felsen. Und natürlich war dort nichts. Das zeigte ihm nur, wie nötig er die Auszeit hatte. Trotzdem erfasste seinen ganzen Körper ein Unbehagen und er merkte, wie sich überall die Härchen aufstellten.

Schnell versuchte er, seine Gedanken erneut auf die Architektur der Stadt zu lenken. Die Häuser waren zweigeschossig und bestanden durchweg aus Stein. Alle waren im gleichen Stil gestaltet und zeigten kaum Abweichungen. Lediglich die in die steinernen Türrahmen eingemeißelten und ineinander verschlungenen Ornamente sahen unterschiedlich aus. San Cristobal lag nahezu menschenleer vor ihm. Wo waren all die Bewohner? Aufmerksam ging er die Straße weiter entlang, die sich schon bald zu einem Platz öffnete. Zur rechten Seite stand eine wuchtige Kirche, völlig schmucklos.

Genau gegenüber entdeckte er ein handgemaltes Schild, auf dem er »Taberna« entziffern konnte. Direkt daneben befand sich das in der Reisebroschüre angepriesene Einkaufszentrum.

Nochmals schaute er sich verwundert um. Der Platz war groß, beinahe riesig auf diese Stadt bezogen, aber es gab keinen störenden Straßenverkehr. Auf den Kanaren oder Balearen hätte es an vergleichbaren Orten vor Menschen gewimmelt, hätten sich dutzende Tavernen aneinandergedrängt. Ganz abgesehen von den unzähligen Geschäften und Boutiquen, aus denen immer Musik auf die Straße schallte. Nichts davon gab es in San Cristobal.

Für einen Moment verunsicherte Erik dieser Umstand, dann erinnerte ihn seine staubtrockene Kehle an den Marsch, der hinter ihm lag. Warum hatte er sich nicht etwas Wasser eingepackt? Bei seiner Kondition hätte er in der Sonne Kreislaufprobleme bekommen können. Sein Blick fiel wieder auf die Taverne, die schnellste Lösung für sein Problem.

Vor dem Lokal lagen mehrere Steinbrocken, die im Kreis angeordnet waren. Sollten das die Sitzplätze für die Gäste sein? Verlegen schlich er einmal um sie herum, immer nach einem Kellner Ausschau haltend. Als nichts geschah, ging er schließlich zu der offenen Tür und klopfte. Im düsteren Licht des Innenraumes sah Erik eine Frau, die am Webstuhl arbeitete.

»Entschuldigen Sie, haben Sie geöffnet?«, fragte er auf Spanisch.

»Selbstverständlich, ich komme.« Lachend und mit erkennbarer Gastfreundschaft kam die Frau auf ihn zugeeilt und bedeutete ihm, auf einem der Steinblöcke Platz zu nehmen.

Also doch, dachte Erik.

»Was darf ich Ihnen bringen?«

»Ein Glas Wasser, bitte.« Fast entschuldigend fügte er hinzu, dass er von der Casa Maria in die Stadt gelaufen und nun am Verdursten war.

Die Wirtin nickte und verschwand im Wirtshaus, um nach kurzer Zeit mit einem Tonkrug Wasser zu erscheinen. Erik wartete ungeduldig, gar nicht mal vorrangig wegen des Wassers. Endlich hatte er jemanden gefunden, den er mit seinen Fragen löchern konnte. Enttäuscht stellte er fest, dass die Frau sofort nach dem Abstellen des Kruges wieder im Haus verschwand, noch ehe er überhaupt ein Wort herausbringen konnte. Missmutig trank er das Wasser, das einen leicht säuerlichen Geschmack hatte.

Nach einer Weile kam die Frau zurück, und er nutzte sofort die Gelegenheit: »Das Wasser ist köstlich, kommt es von der Insel?«

»Ja, klar. Es stammt aus einer Quelle in der Nähe des Hotels.«

»Komisch«, erwiderte Erik, »ich habe gar keine Fabrik in Hotelnähe gesehen. Aber gut, ich bin ja auch erst gestern angekommen.«

Die Wirtin lachte. »Fabrik brauchen wir auch nicht. Jeder kann sich dort Wasser holen, der will. Woher kommen Sie denn?«

»Aus Deutschland!«

»Dann sprechen Sie unsere Sprache ja gut.«

»Danke«, erwiderte er knapp. Beinahe hätte er sich hinreißen lassen, von Stella und ihren Spanienurlauben zu erzählen. Und während seiner Suche nach Finn hatte er sein Spanisch immer weiter perfektioniert.

Anscheinend spürte die Frau seine Verlegenheit, denn sie fuhr einfach fort: »Wie lange wollen Sie denn bleiben?«

»Sechs Wochen ungefähr.«

»Sechs Wochen?«, wiederholte sie irritiert. Als er ihr dies bestätigte, schüttelte sie ein wenig ungläubig den Kopf. »Sind Sie ein Forscher oder so etwas Ähnliches? Ich dachte, es gäbe auf unserer Insel nichts Besonderes zu entdecken.«

»Nein, ich habe nur drei Jahre keinen Urlaub gemacht und wollte mich richtig erholen.«

Die Wirtin schien ihm nicht ganz zu glauben. Sie schüttelte ihren Kopf, rollte mit den Augen, verzichtete aber darauf nachzufragen. »Dann werde ich Sie sicherlich öfter sehen.«

Sie plauderten noch eine Weile und Erik erfuhr, dass das Einkaufszentrum keine Mittagspause machte, in welcher Straße der Töpfer wohnte und an welcher Stelle des Strandes man den Muscheltaucher fand. Er zahlte und die Frau zog sich wieder zurück.

Das kurze Gespräch hatte Erik gutgetan. Jetzt genoss er die Ruhe, die nur einmal durch den vorbeischnaufenden Inselbus unterbrochen wurde. Wie kam die Wirtin nur auf die Idee, er könnte Forscher sein?

Der Wasserkrug war leer und so packte er seinen Rucksack, verabschiedete sich mit einem lauten Ruf in Richtung Eingang und schlenderte bis an das Ende der Hauptstraße, an der jedes Haus dem anderen glich, genauso wie in den Seitengassen. Seine Hoffnung, kleine versteckte Geschäfte zu finden, erfüllte sich nicht. Weit und breit gab es weder ein Geschäft mit einheimischem Handwerk noch einen Souvenirladen zu entdecken, abgesehen von dem Töpfer, der aber geschlossen hatte. Das wirtschaftliche Leben spielte sich anscheinend zwischen Kirche und Taverne ab. Auch einen Boulevard, der zum Flanieren und Verweilen einlud, konnte Erik nicht entdecken.

Komisch, wunderte er sich, faktisch ist doch die breite Hauptstraße geradezu prädestiniert dafür.

Die Isla des Cascadas würde wohl, trotz aller angepriesenen Naturschönheit, nie eine bedeutende Rolle im Tourismus spielen. Für Erik gehörte ein Andenken zu jedem Urlaub, selbst wenn es der hässlichste Plastikhirsch auf Erden war. Seinetwegen hätte es auch die Nachbildung des großen Berges aus Pappmaschee sein können. So ganz ohne Kleingeschäfte und Bars jedoch wirkte San Cristobal leblos. Erik war leicht enttäuscht.

Es war mittlerweile fünfzehn Uhr und er hatte genug gesehen. Die Dauer des Rückwegs zu seinem Heim, wobei er insbesondere den Aufstieg zu seinem Quartier bewältigen musste, schätzte er mindestens auf zwei Stunden, wenn nicht mehr.

Das Einkaufszentrum langweilte Erik genauso, wie es ihn faszinierte. Es war schon Jahre her, dass er auf einem Wochenendausflug mit der Familie in einem kleinen Ort in Brandenburg einen solchen Krämerladen gesehen hatte. Damals war Finn noch bei ihnen gewesen. Die Kinder waren herumgelaufen, fasziniert von den bunten Bonbons und Lakritzen, die in bauchigen Gläsern lose verkauft wurden. Was für einen Spaß hatten sie gehabt, sich in einer Papiertüte eine Mischung der verheißungsvollen Süßigkeiten zusammenzustellen. Erik konnte sich an Finns Gesicht erinnern, das sofort einen wichtigen Ausdruck annahm, während er seine Schwestern fachmännisch zu Waldmeisterkrachern und Pfefferminzplättchen beriet. Stella hatte an einem Schmuckständer eine kleine Kette entdeckt, mit einem Stern als Anhänger. Sie hatte ihm das Kettchen hingehalten und das Blitzen in ihren Augen hatte ihm einen Schauer über den Rücken gejagt.

Die Erinnerung an diesen perfekten Moment in seinem Leben schmerzte ihn, sodass er sie sofort verdrängte. Erik zwang sich ins Jetzt und sah sich um.

Das Sortiment reichte von Kleidung über Campingzubehör und Papierwaren bis hin zu Lebensmitteln. Das alles drängte sich auf sechzig Quadratmetern, mehr konnte es nach seiner Schätzung auf keinen Fall sein.

Kaum hatte er den Laden betreten, schon wurde er von einem jungen Mann begrüßt. Seine spanischen Vorfahren sah man ihm deutlich an. Nichts in seinem Gesicht erinnerte Erik an südamerikanische Indianer. Als er den Blick durch die Regale schweifen ließ, entdeckte er zu seiner Freude Campinggaskartuschen mit einem Lichtaufsatz. Schnell packte der Verkäufer ihm ein entsprechendes Gerät auf die Ladentheke. Obwohl es für heimische Verhältnisse unverschämt teuer war, beschloss Erik, es zu kaufen. Auch die Preise für Limonade und Cola waren horrend. Hier beließ er es bei dem Inselwasser, das er gratis haben konnte.

Zu der Lampe gesellten sich dann noch Obst und Gemüse, Hartkäse und geräucherte Würste. Außerdem kaufte er einen größeren Vorrat an Fladenbrot. Probleme hatte Erik mit dem Frischfleisch. In Deutschland hätte er die angebotenen Stücke nicht mal mit dem kleinen Finger angefasst. Als der Verkäufer seinen skeptischen Blick sah, erklärte er schnell, dass der Inselmetzger diese Woche nur ein Rind geschlachtet habe. Also nahm Erik mit etwas Widerwillen zwei Steaks und zehn Eier, falls es mit dem Fleisch nichts würde.

Als er nach dem Bezahlen den Rucksack aufsetzte, war er schockiert von dessen Gewicht. Automatisch plante er für den Rückweg die doppelte Zeit ein, machte sich sogar Sorgen, ob er das Ferienhaus noch vor der Dunkelheit erreichen konnte.

Nach einer Weile hatte er sich aber mit dem Druck auf seinen Schultern angefreundet und bewältigte die Strecke in gut drei Stunden straffen Fußmarsches. Erik war hungrig und fühlte sich am ganzen Körper schmutzig. Allerdings war er so erschöpft, dass er nur noch die Einkäufe verstaute und sich nach einem kurzen Verweilen auf der Terrasse direkt ins Bett begab. Schlaf besiegte Hunger.

Nach einer Nacht mit wüsten Träumen, an die er sich später nicht mehr im Detail erinnern konnte, wachte er gegen acht wie erschlagen auf. Hinzu kam, dass er kräftigen Muskelkater in den Beinen hatte.

Stöhnend wie ein alter Mann schleppte er sich in die Küche und bereitete sich ein kleines Frühstück zu. Dann überlegte er, wie er den Tag am besten verbringen könnte, merkte aber, dass er zu nichts Lust hatte. Also beschloss er, sich einen freien Tag zu gönnen und nichts zu unternehmen. Mit einem historisch geprägten Abenteuerroman aus dem Bücherregal bewaffnet, setzte er sich auf die Veranda und genoss die Sonnenstrahlen. Erik war ein zügiger Leser und freute sich stets über Literatur, die flüssig und rund geschrieben war. Die Kurzbeschreibung auf der Rückseite des Buches verriet, dass die Handlung zur Zeit der Kreuzzüge spielte. Ebenso wurde das Schicksal der fünf Hauptpersonen beschrieben. Die Ankündigung klang interessant, aber mit jeder Seite, die er las, mit der er sich in das Buch hineinarbeitete, stieg seine Verärgerung. Seitenweise waren Gedichte oder Lieder in hebräischer oder arabischer Sprache abgedruckt, deren Übersetzung in einem Anhang nachgeschlagen werden musste. Ferner glänzte der Wälzer durch arabische Fachbegriffe, die nicht übersetzt waren. Außerdem fehlte jeder Zusammenhang zwischen der Geschichte und den Liedern. Im Gegenteil: Die zögerten die Ereignisse hinaus und verhinderten, dass Erik sich in das Buch vertiefen konnte.

Genervt legte er es ohne Lesezeichen zur Seite und entschloss sich, das Werk erst dann wieder in die Hand zu nehmen, wenn er mit drei Gipsbeinen im Krankenhaus lag.

Stattdessen holte er die Landkarte und sein Fernglas aus dem Haus und setzte sich damit wieder auf die Veranda. Das Bild der Insel wurde von drei Bergen bestimmt, die fast wie ein Dreieck angeordnet waren. Der höchste, der Kaskadenberg, hinter dem die Sonne unterging, lag Richtung Westen und war 780 m hoch. Der Regenberg, an dem sein Haus erbaut worden war, befand sich in nordöstlicher Richtung, der Sonnenberg im Südosten der Insel. Letztere Erhebungen waren nur um die 450 m hoch, beinahe gleich groß. Zumindest sah es aus der Ferne so aus. Alle drei umrahmten sie das fruchtbare Tal um San Cristobal, das nach Angaben der Karte fünfunddreißig Meter über dem Meeresspiegel lag. Der Sonnenberg war mit dem Regenberg und dieser wiederum mit dem Kaskadenberg jeweils durch einen, Eriks Schätzung nach, circa 250 m hohen Grat verbunden und die drei Berge bildeten somit einen fast vollständigen Kreis. Lediglich westlich des Fußes des Sonnenberges öffnete sich eine kleine Sandbank, die Erik schon vom Flieger aus gesehen hatte.

Auf der Inselkarte erkannte er, dass das Hotel in unmittelbarer Nähe der Sandbucht gebaut war und dort am Strand mit dem höchsten Touristenaufkommen zu rechnen war. Die Anordnung der Berge erinnerte ihn an einen Krater. Erik war jedoch nur kurz beunruhigt bei dem Gedanken. Nirgendwo hatte er etwas über einen Vulkanausbruch auf der Insel gelesen. Auch die intakte Bausubstanz ließ darauf schließen, dass es hier wohl keine Eruptionen gab.

Erik nahm das Fernglas zur Hand und schaute sich neugierig um. Offensichtlich war der Kaskadenberg nicht nur der höchste Berg, er war auch in anderer Hinsicht sonderbar. Im Gegensatz zu den anderen beiden war er nicht mit Gräsern bewachsen, sondern wirkte wie ein völlig nackter Felsblock. Mehr noch als die Kargheit beschäftigte Erik die Form. Mehrmals ging er die Konturen mit dem Fernglas nach, bis er sich sicher war: Der Felsen hatte die Gestalt einer übergroßen mexikanischen Pyramide. Ab einer Höhe von geschätzten dreihundert Metern ging der Anstieg in ein großes Plateau über, an das sich eine senkrechte Wand anschloss, die wieder in einem ebensolchen Plateau endete. Der Wechsel zwischen den Ebenen und den senkrechten Felsabfällen reichte bis zum Gipfel des Berges, der Erik am meisten faszinierte. Wie eine übergroße Säule ragte der mit nahezu senkrecht abfallenden Wänden in den Himmel. Erik schätzte die ungefähre Höhe ab und vermutete, dass ein Pfeiler etwa zwanzig Meter haben musste. Bei genauerem Hinsehen konnte er sogar die Kapelle erahnen, die er in den Prospekten gesehen hatte, und die genau auf der Bergspitze gebaut worden war. Welch religiöser Eifer musste den Erbauer der Kapelle gepackt haben? Welche Mühen hatten die Menschen auf sich geladen, um Steine und sonstige Materialien in diese Höhe zu schleppen? Und wer würde diesen steilen Anstieg auf sich nehmen und dort einen Gottesdienst abhalten oder besuchen? Der Berg zog Erik von Minute zu Minute mehr in seinen Bann, was ihm bewusst wurde, er sich aber nicht erklären konnte. Woher kam das? Neben den Fragen stellte sich auch ein Gefühl der Vertrautheit ein, das Erik mit Ungläubigkeit registrierte. Letztlich wuchs es in ihm zu einem Selbstverständnis, wie vor ein paar Wochen, als er die Reise buchte.

Das Knurren seines Magens lenkte Erik von seinen Überlegungen ab, und ein Blick auf die Uhr sagte ihm, dass es bald Abend war. Also verschob er seine weiteren Erkundungen auf den nächsten Tag. Außerdem wollte er diese komischen Gedanken loswerden, die für seinen rationalen Verstand keine Grundlage ergaben und dennoch immer stärker von ihm Besitz nahmen.

Am nächsten Morgen konnte er es kaum erwarten, sich seine Ausflugsziele aufzuschreiben, die er in den kommenden Tagen besuchen wollte. Als er damit fertig war, betrachtete er den Zettel mit leichter Ernüchterung. Obwohl er lange gegrübelt hatte, waren ihm gerade sechs Ausflugsziele eingefallen. Auch das Hinzuziehen der Reiseprospekte und Landkarten führte zu keinem anderen Ergebnis. Er mochte gar nicht darüber nachdenken, was er sechs Wochen hier auf dieser Insel machen sollte. Irgendwie erschien es ihm nachträglich als Schnapsidee, obwohl es sich am Vortag noch gut angefühlt hatte.

Idiot, schalt er sich. Es war eine gute Idee. Langsam ging er nochmals seine sechs Punkte durch, bereits das elfte Mal.

Die Quelle am Sonnenberg war eines der Ausflugziele. Einen besonderen Reiz bot das Ziel allerdings nicht. Wasser quoll aus einem Berg. Und warum wurde brasilianisches Wasser importiert, wie auf Etiketten der Flaschen aus der Stadt vermerkt war, wenn eine einheimische Quelle zur Verfügung stand? Vielleicht konnte er noch beobachten, wie das Rinnsal von der Quelle ins Meer floss, aber auch das machte das Ziel nicht attraktiver.

Ziel zwei, der Sonnenuntergang im Atlantik, ließ sich nahezu auf jeden beliebigen Tag verschieben.

In den Urlaubsunterlagen, die die Inselverwaltung zur Verfügung gestellt hatte, wurden die Zisternen von San Cristobal als besondere Attraktion gelobt. Nach den geschichtlichen Dokumenten sollten sie nach der spanischen Eroberung der Insel errichtet worden sein. Damit waren sie historisch, aber was könnte an Wasserauffangbecken reizvoll sein? Missmutig notierte Erik hinter Zisternen als Ausflugsziel ein Okay und ging schnell zu Punkt vier über: Die Wasserfälle der Insel. Als er den Urlaub gebucht hatte, lockte ihn besonders die Vorstellung wilder Wasserfälle, die sich aus hunderten Metern Höhe ins Tal stürzten. Immerhin war der Name der Insel »Kaskadeninsel«, was sollte ihr sonst dazu verholfen haben? Obwohl Erik die Insel mehrfach mit dem Fernglas abgesucht hatte, war er noch nicht fündig geworden. Somit gab es bestenfalls Miniwasserfälle, die ihn nicht wirklich reizten.

Die Sandbucht als Ausflugsziel verwarf er gleich wieder und reduzierte die Anzahl auf fünf. Keinesfalls konnte er sich vorstellen, dass er einen Spaziergang in die Nähe von johlenden Badegästen machte.

Die Besichtigung des Kaskadenberges war aktuell das Einzige, was ihm lohnend und vernünftig erschien. Mit Sicherheit war auch die Kapelle am Berggipfel keine architektonische Schönheit, aber allemal interessanter als Zisternen. Andererseits hatte er die kahle Kirche hier im Ort vor seinem inneren Auge: Viel gab es da kaum zu sehen. Am liebsten hätte er den Berg sofort besucht, hielt ihn aber für sich als Höhepunkt zurück. Wollte seine Neugier darauf noch etwas schüren, die schon zu einem leichten Brennen geworden war. Als ›Höhepunkt‹ des aktuellen Tages zog eine kleine Ziegenherde am Haus vorbei. Etwas später kämpfte sich der Inselbus den Berg hinauf, da saß Erik gerade auf der Toilette. Danach verbrachte er einige Zeit damit, die Anzahl der Stufen am Kaskadenberg zu zählen. Zählen war nicht Besteigen!

Er fühlte sich ruhelos, als müsse er etwas tun, wisse aber nicht, was. Als würde eine Arbeit darauf warten, erledigt zu werden. Erik versuchte sich zu entspannen und sich zu sagen, dass das großer Unsinn war. Womöglich zeigte sich jetzt erst, unter welchem Druck er in Deutschland gestanden hatte. Wobei Druck sicher das falsche Wort war. Ein richtiges fand er gerade nicht.

Im Haus lief er mit verschränkten Armen hin und her, griff ab und an nach einem Buch, um es sogleich wieder beiseite zu räumen. Am Abend legte er Patiencen und ärgerte sich, dass keines der Spiele aufgehen wollte. Am Ende sortierte er die Karten so, dass er die letzten drei Spiele gewann … Das Fernglas und den damit verbundenen Blick auf den Berg verbot er sich.

KAPITEL 4

s war 4:30 Uhr. Erik schaute zum Himmel oder der Himmel schaute zu ihm. Die letzten Nächte hatte er auf der Veranda verbracht, seine Ausflugstour aufgespart. War irgendwann eingeschlafen mit wilden Träumen und spätestens ab vier Uhr lag er wach. Wie in dieser Nacht auch. Bald würde die Sonne sein Ferienhäuschen für fünfzehn Minuten anstrahlen, dann hinter dem Berg zur Rechten verschwinden, kurz danach San Cristobal in Licht tauchen, ehe sie so hochstand, dass die Strahlen die Casa Maria wieder erreichten. Er versuchte, sich einzureden, welch wunderbarer Anblick das war und wie glücklich er sich schätzen konnte, das alles zu sehen, wie herrlich Gottes Welt war. Trotz allen Bemühens, sich zu belügen, fühlte er sich nicht wohler. Diese seltsame Rastlosigkeit!

In der Wohnküche stand das schmutzige Geschirr der letzten Tage, im Gesicht juckte der Bartwuchs. Die alten Muster aus Deutschland hatten sich wieder eingeschlichen. Unmerklich und dennoch deutlich sichtbar. Erik schlug seinen Kopf gegen die Holztür, nicht allzu heftig, und hatte große Lust, etwas zu zerstören. Dann atmete er tief durch und ging ins Bad. Mindestens eine Stunde stand er unter der Dusche und kämpfte darum, die trüben Gedanken von der Haut zu schrubben. Lustlos rasierte er sich und brachte das Haus in Ordnung. Erstaunlicherweise steigerte sich sein Wohlgefühl. Nur der Zitronenduft und der Geschmack der Früchte fehlten ihm.

Schließlich setzte er sich wieder auf die Veranda. Er hatte keine Lust, nach San Cristobal zu gehen. In der Stadt gab es einfach nichts, was ihm der Mühe wert erschien. Toller Urlaub. Wie stand er denn da, wenn Stella und die Mädchen ihn löchern würden?

»Papa, erzähl doch mal! Wie war der Urlaub, zeig uns doch mal Bilder!« Erik fotografierte gut und gern, das wussten sie. Er konnte ihnen ja wohl kaum erzählen, dass er sechs Wochen auf der Veranda eines Ferienhauses gesessen und Trübsal geblasen hatte. Großartige Idee! Vor allem Stella würde sich voll bestätigt sehen in ihrer Unterstellung, dass er wieder nach Finn suchte und damit im Grunde als nicht zurechnungsfähig einzuschätzen war. Seine Ex-Frau nahm ihn nicht mehr ernst. Ja, so war das! Aber das würde er ihr nicht durchgehen lassen. Sie hatte aufgegeben. Also sollte sie sich auch aus seinem Leben heraushalten. Und er würde es ihr schon zeigen.

Widerwillig, aber mit dem aufkommenden Trotz, ging Erik nach draußen und suchte den Zettel mit den Ausflugszielen. Anschließend packte er den Rucksack, nahm das Leergut und den Müll und beeilte sich, aus dem Haus zu kommen.

»Nur weg, damit du hier nicht klebenbleibst. Schnell, ehe du es dir anders überlegst. Komm, mach.« Immer wieder feuerte er sich an.

Gleichzeitig entsetzten ihn seine Selbstgespräche. Er mutierte zur Dramaqueen. Erst die Kapuzenmänner und jetzt das. Begann er durchzudrehen?

Ohne weiter zu überlegen, schlug Erik den Weg zum Hotel ein. Erst einmal nur laufen, die üblen Gedanken loswerden. Keine Selbstgespräche mehr. Die sind eh nur wie Schach mit sich selbst. Stella hatte ihn nach dem Tod von Finn zu einem Psychologen geschleppt. Verhaltenstherapie sollte er machen, Desensibilisierung. Dieser Psychodoc hatte ihn tatsächlich aufgefordert, eine Jacke von Finn mitzubringen und diese dann loszulassen. Erik hatte die weiteren Sitzungen geschwänzt und sich stattdessen betrunken.

Beim Hotel konnte er die erste ›Sehenswürdigkeit‹, die Quelle, besuchen und gleich ein paar Flaschen Wasser für sich abfüllen. Auf dem Weg dahin erwischte er sich mehrmals, wie er nach dem Berg schielte. Später! Jetzt hier. Vielleicht konnte er auch etwas Essen einkaufen.

Er hatte kein Glück. Aber immerhin fand er hinter dem Hotel einen kleinen Souvenirladen, in dem es Kram zu kaufen gab: Schlüsselanhänger in Inselform, Kerzen als Nachbildung des Kaskadenberges, eine Plastikfigur davon, einmal sogar mit eingebauter Uhr. Nichts war auf der Insel hergestellt worden, alles kam aus China oder Brasilien. Da er wegen des Nahrungsmitteleinkaufs noch in die Stadt musste, verzichtete Erik auf die Käufe von Mitbringsel. Aber es war gut, dass er wusste, wo er das Zeug erwerben konnte. Für Stella und nur für sie würde er etwas kaufen. Wenn sein Urlaub beendet war. Und der hatte erst begonnen.

Vor dem Hotel stand der Inselbus, eine gute Gelegenheit, nach einem Fahrplan zu fragen. Der Busfahrer, ein junger Mann Mitte zwanzig, sah ihn gelangweilt an; dann ratterte er Daten und Zahlen herunter und Erik hatte Mühe, ihm zu folgen. Zumindest erfuhr er, dass der Bus in eineinhalb Stunden nach San Cristobal fuhr und fünf Stunden später zurück zum Hotel. Außerdem startete dreimal wöchentlich morgens um zehn Uhr eine Bustour zum Kaskadenberg mit anschließender Führung.

Bustour zum Kaskadenberg!

Erik hatte Mühe, seine Vorfreude zu unterdrücken. ›Bald‹ schallte es durch seinen Körper, was ihm die Röte ins Gesicht trieb.

Er schaute auf die Uhr. In eineinhalb Stunden war es zwölf Uhr, er hatte also genügend Zeit, sich die Quellen anzusehen und dann bequem mit dem Bus in den Ort zu fahren. Rasch fragte er den Fahrer noch nach dem Weg. Dieser deutete auf einen kleinen ausgetretenen Trampelpfad, der hinter dem Hotel zu sehen war.

Zunächst führte der bergan und dann ein kurzes Stück bergab. Die Quelle hier entsprang einem schmalen Schlitz im Felsen, wie es sich Erik vorgestellt hatte. Das Wasser wurde von einem steinernen Becken aufgefangen, was überlief plätscherte den Hang hinunter und mündete in das nahe Meer. Nachdem er seine Hände einige Zeit in den Wasserstrahl gehalten hatte, nahm Erik einen kräftigen Schluck und befüllte im Anschluss sein Leergut. Aus dem Augenwinkel beobachtete er dabei für einen Moment den Rhythmus der anbrandenden Wellen.

Seltsam, durchfuhr es ihn. Alle Inseln im Atlantik sind von Europäern und den Nachkommen afrikanischer Sklaven besiedelt. Warum wohl diese hier nicht?

Die Kaskadeninsel war die einzige Ausnahme. Hier lebten die Indios schon vor der Entdeckung durch Spanien. Irgendwie leuchtete es ihm dennoch nicht ein. Die Indios waren als hervorragende Seefahrer bekannt. Warum um Himmels willen besiedelten sie so ein ödes Land und nicht eine der fruchtbaren Inseln, die nördlicher lagen? Achselzuckend machte er sich auf den Rückweg.

Der Busfahrer, ein typischer Indio mit glatten schwarzen Haaren und hohen Wangenknochen, saß bereits hinter dem Steuer, obwohl keine weiteren Fahrgäste zu sehen waren. Schließlich hupte er und winkte ihm, dass er einsteigen solle. Der Bus rumpelte los, mit Erik als einzigem Mitfahrer. Angesichts der Sehenswürdigkeiten von San Cristobal war es nicht verwunderlich, dass die Hotelgäste von einem Stadtbummel Abstand nahmen.

Im Supermarkt kaufte Erik einige der Würste, die ihm so schmeckten, Eier, Gemüse und Obst und verzichtete auf den Käse, der ihm etwas zu herb war. In der Vorfreude, an diesem Abend nicht die ganze Strecke nach Hause laufen zu müssen, schlenderte er zur Taverne. Ein großer, farbenfroher Stoff war vor dem Eingang auf einen Holzrahmen gespannt. Es mochte das Tuch sein, an dem die Wirtin bei seinem letzten Besuch gewebt hatte. Ein solcher Stoff war wohl das einzige schöne Souvenir, das er auf der Insel erstehen konnte. Er fragte die Frau nach dem Preis. Die zwanzig Dollar, die sie fast zögerlich forderte, erschienen ihm lächerlich günstig und er bestand darauf, dass sie dreißig Dollar annahm.

Entspannt wartete er auf den Bus und ließ sich zurückfahren. Der Fahrer bot an, ihn bis zu seiner Hütte zu bringen, was Erik jedoch dankend ablehnte. Er spürte, dass eine regelmäßige Bewegung seiner Stimmung guttat. Am Abend zwang er sich, einen täglichen Erledigungsplan auszuarbeiten. Außerdem schaute er nur einmal nach dem Berg, was er als abendliche Routine abtat.

Er verbrachte viel Zeit mit der Zubereitung eines Abendessens und genoss eine ausgiebige Dusche.

Am nächsten Morgen erwachte er ausgeruhter und entspannter als an den Tagen zuvor. Erst in den frühen Morgenstunden drängten sich vereinzelte Bilder der Kuttenmenschen in seine Träume, die ihn aber nicht ängstigten. Vielmehr betrachtete er sie wie ein neutraler Beobachter, bis sie verblassten.

Nach einem gemütlichen Frühstück erledigte er zunächst sorgsam seine Hausarbeit und packte danach den Rucksack mit einigen Essens- und Trinkvorräten. Er war entschlossen, die Zisternen von San Cristobal zu besuchen. Schon vor einigen Tagen hatte er erkannt, dass sich durch die Plantagen vereinzelte Wege zogen. Wenn er die benutzte, ersparte Erik sich bei künftigen Ausflügen den Umweg über das Hotel. Vorsichtshalber steckte er den Kompass ein.

Nachdem er den Fuß des Regenberges erreicht hatte, wandte er sich nicht nach Süden in Richtung des Hotels, sondern schlug den Weg in nördliche Richtung ein. Tatsächlich führte nach wenigen Metern ein schmaler Pfad in die Plantagen. Erik traf einen Einheimischen, der gerade Stecklinge pflanzte. Höflich erkundigte er sich, ob es erlaubt sei, durch die Anpflanzungen zu wandern.

Verwundert schaute ihn der Bauer an. »Natürlich können Sie durch die Plantage laufen. Da lang müssen Sie gehen!« Er zeigte die Richtung an, die Erik nehmen sollte.

Nach circa zweihundert Metern mündete der Weg in einen Querweg ein. Erik entschied sich auf gut Glück, den ebenfalls in nördlicher Richtung zu gehen und entdeckte kurze Zeit später erneut einen Pfad, der nach San Cristobal führen musste. Theoretisch. Nach kurzer innerlicher Zwiesprache entschied er sich, auf sein Gefühl zu hören.

Nur fünfundvierzig Minuten nach seinem Abmarsch und nach Durchwanderung eines letzten Maisfeldes, stand er vor der Kirche des Ortes und hatte sich noch die hügelige Straße gespart.

Der Supermarkt betrieb auch ein kleines Touristenbüro. Als Erik es betrat, erkannte ihn der Verkäufer sofort wieder. »Haben Sie sich schon ein bisschen eingelebt und etwas von unserer Insel gesehen?«, begrüßte er ihn lächelnd.

»Nein, ich habe bisher nur entspannt, wollte jetzt aber mit einigen Besichtigungen beginnen.«

»Ach stimmt, Sie haben ja genügend Zeit. Was wollen Sie denn ansehen?«

Offensichtlich hatte sich der sechswöchige Urlaub auf der Insel herumgesprochen. Wahrscheinlich galt er bereits als Exot. Erik ging auf die Anmerkung nicht weiter ein. »Ich habe auf der Landkarte gesehen, dass die Zisternen ganz in der Nähe sind.«

»Ja, bleiben Sie auf der Hauptstraße Richtung Kaskadenberg. Kurz hinter dem Ende von San Cristobal geht ein kleiner Weg links ab und führt Sie direkt dorthin und auch zu den Solaranlagen. Einen Moment, ich habe hier eine kleine Beschreibung.« Mit sicherem Griff zog der Verkäufer einen dünnen Prospekt aus dem Regal hinter sich.

»Danke, den schaue ich mir später an, wenn ich bei den Zisternen bin. Haben Sie vielleicht auch Informationen zu den Kaskaden? Ich habe nirgends auf der Landkarte einen Hinweis zu den Wasserfällen gefunden.«

Der Ladenbesitzer lachte laut auf. »Ja, ja, die Wasserfälle, nach denen werde ich immer wieder gefragt. Es gibt auf der Insel keine Wasserfälle. Ich weiß auch nicht, wie unsere Insel zu ihrem Namen kam. Unter den Einheimischen wurde erzählt, dass laut einer Sage in der goldenen Vergangenheit von dem Kaskadenberg Wasserfälle stürzten. Glaubt man einigen Forschern, dann ist an der Legende sogar etwas dran. Ich kenne aber niemanden, der sie jemals selbst gesehen hätte.«

Erik schluckte seine Enttäuschung schnell hinunter. Etwas an dem Gesagten entfachte seine Neugierde. »Worum geht es in der Geschichte von den Kaskaden?«

»Das weiß ich auch nicht genau. Warum nehmen Sie nicht an der Führung zum Kaskadenberg teil? Unser Paco erzählt unter anderem die Sage.«

»Das werde ich dann wohl tun«, erwiderte Erik höflich, ärgerte sich aber über diesen Satz, den er wie eine Bevormundung empfand.

Wieder überkam ihn das Gefühl, dass er sich so langsam zur Diva entwickelte. Verdammt Kerl, nun reiße dich doch endlich mal zusammen. »Sie sagten, die Einheimischen«, versuchte er das Gespräch zu wenden, »sind Sie nicht von dieser Insel? Also Einheimischer?«

»Nein, mein Vater war Meeresbiologe und kam bei einem Tauchgang ums Leben. Meine Mutter wollte den Ort, an dem ihr Mann starb, nicht verlassen und so bin ich hier gelandet, beziehungsweise ›geblieben worden‹.« Bei den letzten Worten lächelte der Verkäufer breit.

»Das tut mir leid.« Erik war durch das Lachen verunsichert, wollte aber irgendwie seine Anteilnahme bekunden. Außerdem blitzte Finn in ihm auf, seine vielen Suchaktionen, immer wieder auf Teneriffa. Wie oft hatte er sich gefragt, ob er seinen Sohn suchte, oder einfach nur durch den Ort des Geschehens die Nähe fühlen wollte.

»Ach, nicht so schlimm, ich war noch ein kleines Kind. Die Inselbewohner haben sich rührend um uns gekümmert. Es gefällt mir hier. Aber obwohl ich es jetzt schon seit achtundzwanzig Jahren hier aushalte, verstehe ich die Leute immer noch nicht ganz. Es gibt viele Mythen und Geschichten und einen ungewöhnlichen Moralbegriff. Sie haben es bestimmt gelesen, auf dieser Insel wurde noch nie etwas gestohlen. Das stimmt auch. Wenn sie einen Cent verlieren würden, liefe man lieber um die ganze Insel, um Ihnen das Geld zu geben, als es für sich selbst zu behalten.«

»Das ist unglaublich.« Erik schüttelte den Kopf.

»Die Frage ist nur, ob es so bleibt. Der Ältestenrat macht sich Sorgen, dass durch den Tourismus die Moral der Bewohner Schaden nehmen könnte. Am liebsten wäre es den Alten, wenn überhaupt keine Besucher kämen. Aber die Jüngeren wissen, dass wir die Touristen brauchen, um nicht …«, er kratzte sich am Kopf, »wie sagen in Deutschland, am Hungertuch zu vernagen«, sagte er plötzlich auf Deutsch.

Erik unterdrückte ein Grinsen bei dem Wort ›vernagen‹.

»Fast richtig, schön. Aber es heißt nagen ohne ver.« Versorgt mit

Klatsch und Tratsch verließ er wenig später den Laden und machte sich auf den Weg zu den Zisternen.

Das Äußere der Anlage wirkte auf den ersten Blick nicht sonderlich vielversprechend. Über eine Strecke von circa fünfhundert Metern gab es zehn Gruben, die mit Stahlgittern abgedeckt waren. Dazu zog sich über die gesamte Länge der Zisterne, dem Kaskadenberg zugewandt, ein dreißig Zentimeter hohes Metallgitter. Auf der Talseite beherrschte eine großflächige Solaranlage das Bild, verschandelte es regelrecht. Auf einer Tafel fand Erik eine Beschreibung.
Die Zisterne wurde um 1530 fertiggestellt. Zunächst sollte ein Windrad das Wasser aus den Zisternen befördern, aber wegen des schwachen Windes musste es meist per Hand geschöpft werden. Dank eines spanischen Entwicklungshilfeprojekts wurde vor ein paar Jahren eine Solaranlage errichtet, um eine Pumpe betreiben zu können. Außerdem hatte man einen Filter installiert, da in der Vergangenheit die Zisternen durch das vom Berghang abfließende Wasser versandeten und immer wieder ausgehoben werden mussten.
Irgendwie fühlte sich Erik beim Lesen der Beschreibungen in seine Anfangssemester in Maschinenbau zurückversetzt. Professor Mannheim, der eigentlich Mathematik unterrichten sollte, hatte es sich auf die Fahne geschrieben, seine Studenten die Bauweise der Vorfahren berechnen zu lassen. Während die anderen stöhnten, war Erik immer mit Feuereifer dabei. Fühlte eine Bestimmung, die ihn später leider verließ. Maschinenbauer müssen nicht wissen, warum damals etwas funktionierte. Eigentlich idiotisch. Wer weiß, auf was für Erkenntnisse, auf welches Wissen man dadurch verzichtet. Durchdrungen von der Erinnerung zwang sich Erik, weiter zu lesen, zu schauen.
Die Zisternen selbst waren in den Basaltfelsen gehauen worden. Insgesamt gab es zehn Becken, jedes mit einem Durchmesser von

dreißig und einer Tiefe von fünf Metern. Am Boden waren die Becken mit Durchbrüchen verbunden. Die Brunnen dienten nicht nur dazu, eine ausreichende Wasserbevorratung zu sichern, sondern sollten auch verhindern, dass bei heftigen Regenfällen die vom Kaskadenberg herabströmenden Wassermassen die Stadt überfluteten. Erik bewunderte die Planung der alten Baumeister aufs Neue und fragte sich, mit welchen Mitteln und wie die Zisternen in den Basalt getrieben worden waren und wie lange das wohl gedauert hatte.

Gerade solche Informationen, die ihn besonders interessierten, standen hier nicht. Sehr seltsam! Auch in dem Faltblatt war kein Wort darüber vermerkt. Der Wisch war ohnehin kein Highlight. Statt über die alten Zisternen und die Baukunst wurde nur auf die Technik und Leistungsfähigkeit der Solarpumpe eingegangen. Als er das Faltblatt drehte, war ihm alles klar: Als Herausgeber des Prospekts wurde die Produktionsfirma der Solarzellen genannt.

Als Erik sich einen Moment später in Richtung Kaskadenberg wandte, sah er große graue Wolken, die sich gerade vor die Sonne schoben. Auf Regen war er nicht vorbereitet. Also hielt er es für angebracht, schleunigst zurückzugehen, um nicht durchweicht zu werden. Schnell warf er noch einen Blick auf den Kaskadenberg. Er hatte sich nicht geirrt. Es waren tatsächlich terrassenförmige Ebenen angelegt worden, die sich spiralförmig um den Berg zu ziehen schienen. Der Eindruck der Spiralform wurde noch verstärkt, da zwischen den einzelnen Terrassen Rampen aufgeschüttet waren. Außerdem schien es einen steilen Aufstieg von der letzten Ebene zum Gipfel zu geben. Erik stand da und schaute hinauf, ließ seinen Blick über die Ebenen schweifen. Blinzelte.

Unter seinem rechten Fuß fühlte er einen Stein, der sich in die Sohle bohrte. Wie lange stand er hier schon und starrte den Berg an? Schleunigst machte er sich auf den Heimweg.

Erik war umsonst nach Hause geeilt. Nicht ein Tropfen war vom Himmel gefallen. Dafür hatte er eine Entscheidung getroffen: Am nächsten Tag würde er an der Touristenrundfahrt zum Kaskadenberg teilnehmen. Der seltsame Moment, in dem er vor dem Berg ›aufgewacht‹ war, als hätte er einen Tagtraum durchlebt, wirkte nach.

Abends lag er im Bett und versuchte sich vorzustellen, wie mühevoll es gewesen sein musste, diese Zisternen zu bauen. Schon immer hatte Erik einen gewissen Respekt vor der Baukunst vergangener Zeiten gefühlt. Verglichen mit den heutigen Möglichkeiten erschien ihm das Errichten eines Doms oder auch einer Burg im Mittelalter geradezu utopisch. Und hier auf der Insel hatte es mit Sicherheit deutlich weniger Arbeiter und Werkzeuge gegeben. Er nahm sich vor, bei der morgigen Führung danach zu fragen.

Irgendwann holte der Schlaf ihn ein und die Träume fielen über ihn her. Er sah sich selbst in den halbfertigen Zisternen arbeiten, er fühlte, wie der Hammer auf den Meißel traf, er spürte den Widerstand des Felsgesteins. Im Traum achtete Erik sogar auf umherfliegende Steinsplitter. Und da war noch etwas. Andere Menschen arbeiteten mit ihm. Sie waren neben ihm, er hörte sie schwer atmen, aber er durfte den Kopf nicht drehen, seine Arbeit nicht vernachlässigen.

Die anderen trugen den Fels ab, genau wie er, wieder andere schafften die Steinsplitter fort. Mehrmals glaubte Erik, weiße Kutten im Augenwinkel zu sehen. Er konzentrierte sich auf seine Arbeit, sah nach vorne. Was würde geschehen, wenn sie ihn entdeckten? Wenn sie bemerkten, dass ein Fremder unter ihnen war, der …

Licht fiel in sein Zimmer, als Erik die Augen öffnete. Irgendwo in seinem Kopf breitete sich die Erkenntnis aus, dass nichts geschehen war, dass er wieder nur geträumt hatte. Bilder, nur Bilder, nichts weiter.

Er wandte sich zum Fenster und sah einen mit Wolken bedeckten Himmel. Nur sporadisch blinzelten einzelne Sonnenstrahlen durch das Grau. Heute würde er dort hinaufgehen, zusammen mit ganz normalen Touristen. Ein Psychologe hätte vielleicht gewusst, warum Eriks Unterbewusstsein diese Dinge mit ihm anstellte. Er selbst konnte es jetzt und hier nur akzeptieren und entsprechend damit umgehen. Vielleicht war das alles einfach ein Zeichen für seine Seelenqualen der letzten Jahre. Suchte er doch hier nach Finn, auch wenn er dies vehement verneinte? Schnell verwarf er diesen Gedanken. In ein bis zwei Wochen würde er sich bestimmt ganz anders fühlen.

Als Erik die Vorräte in seinem Rucksack ergänzt und sicherheitshalber eine Regenjacke eingepackt hatte, eilte er zum Hotel. Dort startete der Ausflugsbus und hielt noch einmal in der Stadt, um Fahrgäste aufzunehmen. Trotzdem fürchtete Erik, der Bus könne voll besetzt sein und er müsse dann seinen Ausflug verschieben. Das wollte er auf keinen Fall riskieren, auch wenn er sich beinahe darüber amüsierte, was für Sorgen er sich doch machte.

Eine Stunde vor Abfahrtstermin erreichte er das Hotel. Der bereitstehende alte Bus entlockte ihm ein Schmunzeln, es war der vom Flughafen mit den Möbelgriffen. Auch den jungen Fahrer, der gelangweilt in der offenen Bustür saß, kannte er bereits. Von einem Reiseführer war weit und breit nichts zu sehen. Sicherlich würde der erst in San Cristobal zusteigen oder auf dem Berg auf die Touristen warten. Hoffentlich war er kein langweiliger Erzähler, der nur Daten und Jahreszahlen von sich gab. Nach den enttäuschenden Prospekten und dem blöden Faltblatt vom Vortag hoffte Erik nun auf spannende Geschichten über die Insel und den Kaskadenberg.

Er zahlte also den Fahrpreis und setzte sich auf einen Stein in der Nähe, um auf die Abfahrt zu warten. Sein Blick glitt in die Ferne, zum Meer hin. Dabei erwartete er das gewisse flaue Gefühl, das sich in solchen Momenten zuverlässig einstellte. Der Anblick des Meeres war für ihn auf ewig mit dem Verschwinden seines Sohnes gekoppelt. Ein Strand glich einer endlosen Sandstraße, auf der er lief, suchend, rufend. Jeder Schatten, jeder Berg mit Seetang, angespülte Fischernetze oder Treibholz ließen sein Herz losrasen, bis er feststellte, dass es nicht der leblose Körper eines Fünfzehnjährigen war, der dort lag.

Eine Bewegung neben ihm ließ ihn zusammenzucken. Er wandte den Kopf und sah einen halbwüchsigen Jungen, der sich wenige Schritte entfernt auf einem anderen Stein niedergelassen hatte. Er trug ein T-Shirt in sonnengelb und eine kurze Hose. Seine Füße waren nackt. Mit einem Stock zeichnete er Muster in den Sand. Als er Eriks Blick bemerkte, hielt er inne und lächelte. Seine Augen blitzten Erik an, mit diesem glücklichen Ausdruck, den nur Kinder innehaben und der Erwachsenen anscheinend irgendwann verlorenging. Erik nickte ihm freundlich zu und konzentrierte sich auf etwas anderes. Ob der Junge auch auf den Bus wartete?

Nach ungefähr einer halben Stunde erschienen vier Frauen, die er auf Mitte vierzig schätzte. Schon die Kleidung der Damen, mit Ausnahme der Schuhe, hätte eher zu einem Theaterbesuch gepasst als zu der Besichtigung eines Berges. Mit absoluter Sicherheit waren die Slipper und Badelatschen, die sie trugen, für eine Bergwanderung ungeeignet. Als er hörte, wie die Damen sich unterhielten, stellte er mit Entsetzen fest, dass sie aus Deutschland stammten. Recht lautstark ließen sie sich über den attraktiven Körperbau des Busfahrers, seine gebräunte Haut, seine Jugend und sein gutes Aussehen aus. Dabei kicherten sie wie Teenager, was sich abscheulich für Erik anhörte, da er das Bild dazu nicht abstellen konnte. Eine der Frauen, rundlich und mit offensichtlich blond gefärbten Haaren, versuchte schließlich in schlechtem Spanisch, dem Fahrer ihre Bewunderung kundzutun. Erik konnte förmlich fühlen, wie unangenehm das dem jungen Mann war. Einmal hatte er sogar kurz den Eindruck, dass der ihm einen hilfesuchenden Blick zuwarf. Gerade als er von seinem Stein aufstehen und ihn in ein Gespräch verwickeln wollte, kam ihm ein anderer Reisewilliger zuvor. Die beiden englischen Ehepaare, die mit Erik auf die Insel geflogen waren, und noch ein paar andere Fahrgäste begrüßten den Busfahrer als »Paco« und zahlten ihre Fahrscheine.

Paco? Der Name sagte Erik etwas. War es nicht der Fremdenführer, der Paco hieß? Sollte der junge Mann etwa …

Er schaute sich nach dem Jungen im gelben Shirt um, aber der war verschwunden. Keine Spur von ihm. Ein paar Sekunden ließ Erik seinen Blick noch über die Landschaft gleiten, auf der Suche nach einem sonnengelben Fleck, aber da war nichts.

Höflich bot Paco den vier Frauen, die ihn bedrängt hatten, an, zuerst einzusteigen. Klar, dass die das als besonderes Kompliment empfanden und erneut zu kichern und zu gackern begannen. Erst als sie im Bus durch die nachdrängenden Fahrgäste immer mehr nach hinten geschoben wurden, schienen sie zu begreifen, dass sich um ihr Objekt der Begierde eine Menschenmauer errichtet hatte.

Zuletzt stieg Erik ein, obwohl er der Erste an der Haltestelle gewesen war. So bekam er, wie er es gehofft hatte, von Paco den Beifahrersitz zugewiesen. Sicherlich gab es jetzt eine Chance, mit dem jungen Mann ins Gespräch zu kommen. Der Bus rumpelte los und Erik schaute gedankenleer aus dem Fenster. Erst als sie die Zisternen hinter sich gelassen hatten und das alte Vehikel mühsam einen steilen, schmalen Pfad bergan kroch, konzentrierte er sich auf Landschaft und Strecke.

Irgendwann riss ihn das Knacken des Buslautsprechers aus seinen Gedanken. Paco begrüßte die Gäste in gebrochenem Deutsch, in gutem Englisch und natürlich in fließendem Spanisch. Er wies darauf hin, dass in den Taschen an der Rückseite des jeweiligen Vordersitzes Informationsmaterial zum aktuellen Ausflug in den wichtigsten Sprachen zu finden sei. Dann schilderte der Busfahrer zunächst die Fakten, die Erik größtenteils schon kannte: Höhe des Berges, durchschnittliches Gefälle der Straße, Länge der Straße …

Erik konnte sich ein Gähnen nicht verkneifen und spürte eine leichte Müdigkeit. Die verflog jedoch sofort, als der junge Mann von den Mythen und Geheimnissen um den Berg zu erzählen begann.

»Einer Überlieferung zufolge schufen die ersten Siedler der Insel diese Terrassen und bepflanzten sie. Ihre Götter, der Sonnengott und die Regengöttin, beschenkten die Menschen mit einem ausgeglichenen Maß an Sonne und Wasser. Die Insel blühte, und die Bewohner lebten in Überfluss an Gemüse und Obst. Der Kaskadenberg erbrachte fruchtbare Gärten und wurde daher auch von den Ureinwohnern als Heiligtum verehrt.«

Erik erinnerte sich an seinen ersten Besuch in San Cristobal und daran, wie ihn die architektonische Ausrichtung des Ortes auf diesen Berg beeindruckt hatte. Er konnte sich gut vorstellen, wie die ersten Siedler der Insel mit Opfergaben und feierlichen Gesängen langsamen Schrittes die breite Straße in Richtung Berg liefen. Sie stellten ihre Fackeln an den Häusern ab und tauchten die Nacht in ein warmes, weiches Licht. Er glaubte, Kinder zu sehen, die mit großen Augen etwas ängstlich die feierliche Zeremonie der Älteren verfolgten. Die gleichmäßigen Schritte von einigen hundert Festteilnehmern klangen wie leichter Donner, der in den Gassen widerhallte und sich in einer eigenen Melodie verfing.

Durch das Licht der Fackeln entstanden Schattenspiele, die an die Häuserwände geworfen wurden. Es waren … Schatten von Menschen mit Kutten …

Erik wachte aus seinem Tagtraum auf, weil Paco heftig bremsen musste. Es dauerte einen Moment, bis er sich orientiert hatte.
Bevor er über seinen merkwürdigen Traum nachdenken konnte, hörte er den Fahrer weitererzählen.

»Der Sonnengott war fast das ganze Jahr zugegen. Die Regengöttin kündigte ihr Kommen stets an, indem sie drei Wasserfälle aus dem Kaskadenberg in die Kaskadenbucht fließen ließ und sie verabschiedete sich, indem sie die Wasserfälle einstellte. Zum Dank für die Sorge der Götter feierten die Inselbewohner jedes Jahr ein großes Fest, an dem die Priester des Sonnengottes und der Regengöttin Opfer darbrachten. Eines Tages jedoch ließen sich die Bewohner von einem bösen Geist einfangen, der ihnen befahl, den Göttern nicht mehr zu huldigen. Die Rache der Götter war fürchterlich. Der Sonnengott trocknete das Land aus, die Regengöttin öffnete die Wasserfälle nur noch ein einziges Mal, um das Land zu überfluten und die fruchtbare Erde wegzuspülen. Dann schloss sie sie für immer. Die Terrassen am Berg konnten fortan nicht mehr bewirtschaftet werden, Ackerbau und Viehzucht waren nur noch in wenigen Abschnitten des Tales möglich. Die Erträge waren so knapp, dass die Inselbewohner nur mit Not überlebten. Viele Pflanzen, die die ersten Siedler auf die Insel gebracht hatten, konnten überhaupt nicht mehr angebaut werden. So nahm die Vielfalt der Früchte und Kräuter stetig ab. Jährlich spülte die Regengöttin obendrein fruchtbare Erde davon, bis sich die Inselbewohner nicht mehr anders zu helfen wussten, als die Zisternen zu bauen. So konnten sie wenigsten San Cristobal und das verbliebene fruchtbare Ackerland im Tal vor weiteren Überschwemmungen schützen.«

Erik hatte aufmerksam zugehört. Ihn beschlich das Gefühl, alles schon einmal erlebt zu haben. Immer wieder schoben sich Bilder vor sein inneres Auge, welche die Priester zeigten, wie sie in langen Gewändern die Prozession der dankbaren Inselbewohner anführten. Er stellte sich vor, wie sie mit Ziegenblut die Terrassen segneten und auf dem Gipfel der Kaskaden ein Opfertier schlachteten. Kaum konnte er es erwarten, dass Paco mit seinen Erzählungen fortfuhr, was der auch nach einem Schluck aus einer Wasserflasche tat.

»Neuere Forschungen haben ergeben, dass die Geschichten einen wahren Hintergrund haben. Die Bewohner der Kaskadeninsel wurden früher von einer Priesterschaft regiert. Wenige Jahre nach der Entdeckung durch Spanien verschwanden die Priester spurlos und bald danach versiegten auch die Wasserfälle. Geologen haben im Südwesten des Kaskadenberges drei Höhlen ausgemacht, die von den Wasserfällen herrühren könnten. Noch fehlen allerdings die finanziellen Mittel, die Höhlen zu erforschen. Mit einem Fernglas kann man sie von der Landzunge aus erkennen. Gänzlich ungeklärt ist, welcher Zusammenhang zwischen den Höhlen, den Wasserfällen und der früheren Bewirtschaftung der Terrassen besteht. Wissenschaftler haben aber festgestellt, dass die Plateaus tatsächlich vor circa 2000 Jahren von Menschenhand geschaffen wurden. Die herausgeschlagenen Felsbrocken wurden bearbeitet und für den Bau der Häuser verwendet. Allerdings zerbrechen sich jene Wissenschaftler den Kopf, weil viel mehr Steine verbaut wurden als beim Anlegen der Terrassen anfallen konnten.«

Unvermittelt hielt der Bus an, was Erik überhaupt nicht gefiel. Gerade jetzt war es so spannend und am liebsten wäre er mit tausend Fragen herausgeplatzt.

Paco stieg aus und bat die Fahrgäste auf ein kleines Plateau, von dem aus man nach seinen Worten den schönsten Ausblick auf die Kaskadenbucht hatte. Sie lag südöstlich von San Cristobal. Ein circa hundert Meter hoher und vielleicht dreihundert Meter breiter Ausläufer des Kaskadenberges trennte die große Badebucht von einem Meeresarm. Zur Bucht hin lief die Landzunge gleichmäßig aus, in dem Fjord fielen die Felswände jedoch steil ab.

Auf der Seite des Kaskadenberges schätzte Erik die Höhe der fast senkrechten Felswand auf dreihundert Meter. Sie nahm jedoch mit dem Verlauf der Landzunge ab. Auf der gegenüberliegenden Seite des Meeresarmes taxierte er die Höhe der Felsabfälle dennoch auf fünfzig Meter. Wie ein Wellenbrecher schob sich auf der gegenüberliegenden Seite der Fels ins Meer und schützte so den dahinterliegenden, weit ins Land gezogenen Strand von San Cristobal. Dafür lenkte die Landzunge Strömung und Wellen in den Fjord, in dem das einströmende Wasser wütend gegen die Felsen peitschte.

Beim Anblick des tosenden Meeres und der steilen Felsen wurde Erik regelrecht schwindlig und er trat vorsichtig einige Schritte von der Klippe zurück. Wie viele Bauern mochten wohl abgestürzt sein, wenn sie, vertieft in ihre Arbeit, einen falschen Schritt gemacht hatten?

Paco stand in der Mitte der Terrasse und räusperte sich laut, bis er die Aufmerksamkeit der Fahrgäste wiedergewonnen hatte. »Wir befinden uns nun auf einer der Terrassen. Insgesamt gibt es 113 solcher Stufen und sie sind weitgehend alle gleich, mit der Ausnahme, dass sie kleiner werden, je näher man dem Gipfel kommt. Der Höhenunterschied von einer Stufe zur nächsten beträgt jedoch gleichmäßig 2,94 m. Am Rande eines jeden Plateaus haben die Erbauer eine Felsmauer stehen lassen. Nach Ansicht der Wissenschaftler sollte dies offensichtlich verhindern, dass das Wasser abfloss und auf den

Feldern stehen blieb. Die Treppen, die Sie daneben sehen, wurden extra klein und steil gebaut, um die Ackerfläche besser ausnutzen zu können. Die durchdachte Planung der Anlage stellt die Wissenschaftler vor ein Rätsel. Wie Sie sicherlich bemerkt haben, beginnen die Terrassen erst auf ungefähr hälftiger Höhe des Kaskadenberges und ziehen sich bis knapp unter den Gipfel. Es gibt keine Erklärung, warum die Gartenflächen nicht am Fuße des Berges angelegt worden sind.«

Erik schaute sich um. Es war ihm gar nicht bewusst gewesen. Aber es war tatsächlich so. Bis eben war der Bus auf einer Schotterpiste unterwegs gewesen und stand nun auf der untersten Terrasse.

»Die Rampen, die von einem Plateau zum nächsten führen, wurden vor ungefähr hundert Jahren aufgeschüttet. Mit ihnen soll verhindert werden, dass bei starken Regenfällen Gerölllawinen den Berg hinunterstürzen. Regen und Steine werden durch die Aufschüttungen wie durch einen Kanal zur Schlucht geleitet, wo sie ins Meer fallen. Der Plan geht nur leidlich auf, viel bleibt einfach liegen. Allerdings haben die Rampen den angenehmen Effekt, dass wir sie nutzen können, um mit dem Bus weiter nach oben zu fahren.«

Unter dem Lachen der Reisegäste bat Paco, wieder einzusteigen. Er quälte den Bus noch einige Terrassen aufwärts, stoppte und teilte mit, dass ab jetzt gelaufen werden müsse, weil die Rampen immer schmaler würden und nicht mehr sicher befahrbar wären.

Die vier deutschen Touristinnen beklagten sich lautstark. Hätten sie das gewusst, hätten sie andere Schuhe angezogen. Erik verzog das Gesicht, als er diesen Schwachsinn hörte. Berg ist Berg, ob man nun zehn Meter laufen musste oder hundert. Die Frauen indes bettelten den Fahrer an, zu versuchen, noch etwas weiter nach oben zu fahren. Erik war die Dummheit der Damen geradezu peinlich. Irgendwann entschlossen sich die Weiber schmollend, nicht mit aufzusteigen. Das begrüßte Erik natürlich und atmete insgeheim auf. Die Erzählungen und Erklärungen Pacos wurden weit weniger durch dumme Fragen, albernes Kichern und unsachliche Anmerkungen gestört.

Schweigend überwand die Gruppe noch sechs weitere Ebenen und erreichte dann die oberste Terrasse an der Westseite des Kaskadenberges. Weiter ging es über zweihundert in den Felsen gehauene Treppenstufen. Erik zählte die Stufen, um sich von der Anstrengung abzulenken.

Endlich erreichten sie eine Ebene. Von hier führte ein überraschend breiter Weg an der Südseite des Berges, einer senkrecht abfallenden Felswand, entlang. Es war nicht zu erkennen, ob die Wand von Menschenhand oder von der Natur gestaltet worden war. Von dem Plateau, auf dem sie standen, mochten es wohl über dreißig Meter bis zum Gipfel sein und Erik glaubte, einen Teil des Daches der Kapelle zu erkennen. Paco schritt voran. Der Weg war zunächst fast eben und erst nach einigen hundert Metern führte er steil bergan. Der Anstieg wurde nun richtig beschwerlich. Schweigend und keuchend mühte sich die Truppe bergauf, und Erik beobachtete mit einer gewissen Genugtuung, dass auch ihr Fremdenführer kräftig schnaufen musste. Nach fünfzehn Minuten Wanderung bog der Weg im rechten Winkel nach Norden ab und sie erreichten einen kleinen Vorplatz, von dem breite Treppen wiederum nach Westen führten. Angespannt vor Neugier stieg Erik mit der Gruppe die Stufen aufwärts und gelangte auf eine Ebene, die er auf die Größe von acht Fußballplätzen schätzte. Er rang nach Fassung. Obwohl er nicht sagen konnte, was er erwartet hatte, raubte ihm das, was er sah, den Atem. Zu den Seiten hin, mittig am Ende des Plateaus, erhob sich majestätisch die Säule.

Zum Gipfel der Säule führte jedoch kein Fußweg, sondern eine breite Treppe.

Paco nahm nun wieder seine Erzählungen auf. »Eine internationale Gruppe Archäologen hat in den letzten Jahren Untersuchungen und Grabungen vorgenommen. Die Fundstücke waren leider spärlich, da man nach dem ersten Abraum bereits auf festen Felsboden stieß. Die Ergebnisse der Forschungen sind noch nicht vollständig ausgewertet, jedoch bestätigen sie die ersten Aufzeichnungen und Überlieferungen der spanischen Eroberer, dass der gesamte Gipfel des Berges ein heiliger Ort für die Ureinwohner war. Niederschriften eines Kapitäns und eines Priesters, die von den Archäologen eingehend studiert wurden, lassen darauf schließen, dass die Hälfte des Plateaus, auf dem wir uns jetzt befinden, früher durch eine Mauer abgetrennt war. Hinter der Wand befand sich eine Tempelanlage, zu der außer den Inselpriestern niemand Zutritt hatte. Verbranntes Holz und Knochenreste konnten von den Forschern auf 50 nach Christus datiert werden. Bei den Knochenresten handelt es sich eindeutig um Tierknochen und nicht, wie von den spanischen Einwanderern vermutet, um Menschenüberreste.«

Erik saugte jedes Wort von Paco ein. Ein Hochgefühl hatte ihn erfasst. So war er fast enttäuscht, als der die Gruppe zum nördlichen Plateau weiterführte. Das wies zwar eine deutliche Erhöhung auf, aber es bedurfte nach Ansicht Eriks eines hohen Maßes an Fantasie, um es als Sockel eines Gebäudes zu erkennen.

»In dem Bestreben, die heidnische Bevölkerung zu bekehren, ließen die Eroberer die Tempelanlage abreißen. Aus einem Teil der gewonnenen Steine wurde die Kapelle auf dem Festplatz der Priester errichtet.« Paco deutete auf die Treppe und ging schweigend auf sie zu. Ebenso schweigend folgte ihm die Gruppe. Erik ließ sich einfach mittreiben, obwohl er sich gern noch eine Weile umgesehen hätte.

Die Prozessionstreppe hatte kein Geländer und war schätzungsweise zehn Meter breit. Je höher sie stiegen, umso mehr spürte Erik, wie er weiche Beine bekam. Obwohl die Breite ausreichte und die Treppe auch nicht übermäßig steil war, erfasste ihn eine Panik, dass er die Balance verlieren und hinabstürzen könnte.

Nach einer schier unendlich anmutenden Zeit hatten sie das Plateau erreicht, das jetzt allenfalls noch zwanzig mal zwanzig Meter maß. Mit Ausnahme eines schmalen Rundgangs war die gesamte Fläche von der Kapelle bedeckt. Sie war ebenso wie die Häuser der Insel aus Basalt erbaut. Den Boden bildeten gewaltige Blöcke, die Wände waren aus etwa halb so großen Quadern zusammengefügt. Die Innenwände waren nicht verputzt. Trotz zweier großer Fenster, die links und rechts der kleinen Apsis nach Westen zeigten, wirkte die Kapelle düster. Mitten im Raum stand eine Jesusfigur, die grob aus einem einfachen Brett geschnitzt war. Erik war keineswegs ein fleißiger Kirchgänger, trotzdem litt er regelrecht unter der Lieblosigkeit der Ausstattung. Ein Gefühl, das er sich nicht erklären konnte. In dem Zustand, in dem sich die Kapelle befand, hatte sie überhaupt nichts Festliches an sich und lud erst recht nicht zur Besinnung ein. An ihr selbst waren keine deutlichen Schäden zu erkennen, dennoch machte sie einen vernachlässigten und heruntergekommenen Eindruck. Dabei war sie zweifelsohne, schon aufgrund dieses ungewöhnlichen Ortes, eine der wenigen touristischen Attraktionen, die die Kaskadeninsel zu bieten hatte. Ein solch exponiertes Gotteshaus wäre sicherlich anderenorts aufwendig renoviert und restauriert worden. Wahrscheinlich auch touristisch vermarktet.

»Paco, sagen Sie, wie oft finden in dieser Kirche Gottesdienste statt und wie viele Gläubige nehmen den schweren Aufstieg auf sich?«

Der Fremdenführer drehte sich sichtlich überrascht zu Erik um.

»Keiner.« Damit wandte er sich zu den anderen Gästen und bat diese hastig, zurück zum Bus zu gehen. Schließlich sollten noch die Zisternen besichtigt werden.

Obwohl Erik gern nachgefragt hätte, folgte er der Anweisung Pacos.

Während des Abstieges auf die oberste Ebene überlegte er hin und her. Er kannte die Zisternen schon und brauchte sie nicht erneut besichtigen. Viel lieber würde er noch auf dem Kaskadenberg bleiben.

Als sie schon fast am Bus angekommen waren, stand sein Entschluss fest. »Paco, ich werde nicht mit zurückfahren. Ich kenne die Zisternen schon. Ich schaue mich hier noch ein wenig um und wandere dann ins Tal.«

»Kommen Sie lieber mit uns. Der Abstieg ist beschwerlich und außerdem«, er zeigte zum Himmel, »sieht es nach Regen aus, nach heftigem Regen.«

»Keine Sorge, ich bin gut ausgerüstet.«

»Wie Sie meinen. Aber falls der Regen zu stark wird, über der dritten Terrasse von oben gibt es eine kleine Schutzhöhle. Sie liegt ein wenig oberhalb des Plateaus, ist aber leicht zu finden.« Schulterzuckend verabschiedete sich Paco, und Erik konnte sich des Eindruckes nicht erwehren, dass es dem nicht recht war, ohne ihn fahren zu müssen.

Zunächst beobachtete er noch, wie der Bus wegfuhr und setzte sich dann auf einen der Felsen. Er holte eine Wurst, ein Fladenbrot und seine Wasservorräte aus dem Rucksack, aß und trank und genoss den wundervollen Ausblick. Zweimal noch sah Erik den immer kleiner werdenden Bus bei der Umrundung des Berges, dann schulterte er den Rucksack.

Die Insel erschien ihm zunehmend seltsamer. Warum waren die Terrassen einem Korkenzieher gleich in Spiralform angelegt worden? Soweit Erik aufgrund seiner technischen Kenntnisse beurteilen konnte, hätten die Terrassen auch in Ringen um den Berg gelegt werden können. Das wäre sicher mit erheblich weniger Aufwand verbunden gewesen. Unverständlich war ihm auch, dass die Wissenschaft bisher keine Erklärung dafür gefunden hatte, warum vor der spanischen Entdeckung der Boden auf den Terrassen feucht genug gewesen war, um Ackerbau zu betreiben. Mit Sicherheit hatten die Ureinwohner nicht tagtäglich Unmengen an Wasser den Berg hinaufgetragen. Woher sollte das Wasser auch kommen? Wie Erik wusste, gab es lediglich die eine kleine Trinkwasserquelle, aus der er sich auch bediente und einen Brunnen im Tal, der gerade ausreichte, die Felder dort zu bewässern. Stieg im Berg in der Vergangenheit etwa Wasser auf, das dann auch dazu führte, dass die Kaskaden erschienen? Doch seit wann stieg Wasser den Berg hinauf?

In Eriks Kopf schwirrten tausend Fragen und er versuchte, die Verwirrung abzuschütteln, was ihm kaum gelang. Gleichermaßen irritierte ihn nämlich der heruntergekommene Zustand der Kirche und Pacos seltsame Reaktion auf seine Frage. Andere durch die Spanier bekehrten Völker Südamerikas waren nahezu fanatische Katholiken geworden. Die Gotteshäuser waren zum Bersten voll mit Gold und sonstigem Prunk und die Gläubigen huldigten Gott bis zur Selbstkasteiung.

Fette Regentropfen rissen Erik aus seinen Gedanken. Es blieb keine Zeit mehr zu philosophieren, der Weg ins Tal war noch weit. Hektisch trat er den Rückweg an und erreichte auch schnell die oberste Terrasse. Von dort konnte er ohne größere Gefahren nach Hause laufen. Der Regen hatte deutlich zugenommen, der Wind frischte böig auf und wurde immer stärker. Langsam machte sich Erik doch

Sorgen und schaute sich nach der Schutzhöhle um. Akribisch musterte er den Felsen vor sich und blieb an einer runden dunklen Stelle hängen. Die lag circa fünfzehn Meter über der Terrasse, auf der er sich gerade befand.

Er ging einige Schritte nach vorn und stand nun direkt darunter, dadurch entpuppte sich der Fleck als schwarzes Loch. Es musste die Höhle sein. Während er nach oben schaute und sich immer wieder den Regen aus dem Gesicht wischte, rätselte er, wie er dorthin kommen sollte. Schließlich bemerkte er einen kleinen Felsabsatz auf der letzten Terrasse, von wo aus man mit einigen kleinen Unwägbarkeiten zu dieser Höhle gelangte. Ohne noch mehr Zeit zu verlieren, stieg Erik zurück, kletterte die steile Felswand etwa einen, vielleicht auch zwei Meter in die Höhe und erreichte so den Felsvorsprung, den er von unten gesehen hatte.

Der begehbare Bereich war schmal aber eben, und Erik wunderte sich, mit welcher Exaktheit die Natur hier diesen Felsvorsprung errichtet hatte. Er presste sich an die Felswand und setzte Fuß neben Fuß, kämpfte sich so zur Höhle aufwärts. Ein paar Mal rutschte er an den nassen Felsen ab, was ihm besonders beim ersten Mal einen Mordsschrecken bereitete. Mit den Fingern tastete er nach Felsvorsprüngen oder kleinen Spalten, an denen er Halt finden konnte. Bei besserem Wetter wäre dieser Anstieg problemlos zu bewältigen gewesen. Aber der heftige Regen machte alles glitschig und die Windböen erschwerten es Erik, das Gleichgewicht zu halten. Dazu musste er sich immer wieder die Regentropfen aus den Augen wischen. Er spürte Angst in sich aufsteigen. Gleichzeitig wusste er, dass es absolut keinen Sinn machte, jetzt wieder hinabzuklettern.

Endlich erreichte er die Höhle. Der Einstieg war eindeutig zu niedrig und so schmal, dass Erik zunächst seinen Rucksack hineinwerfen musste, bevor er gebückt folgen konnte. Innen präsentierte sich der Hohlraum jedoch sehr geräumig, zur Mitte hin konnte er sogar gut stehen. Die fast kreisförmige Bodenfläche wurde nur an einer Stelle durch eine hüfthohe und circa einen Meter lange Ausdehnung unterbrochen.

Als Schutz vor Regen und Wind funktionierte die Höhle aber nicht wirklich. Ständig trieben die Böen das Wasser zum Eingang herein. Erik hockte sich in eine Ecke und beobachtete besorgt, wie sich in einer Rinne, die sich schräg durch die Grotte zog, das Wasser sammelte. Da der Eingang etwa dreißig Zentimeter über dem Boden lag, würde es wohl nicht lange dauern, bis ihm der Wasserspiegel über die Knöchel reichte.

Erik fröstelte. Seine Regenjacke hatte ihm nützliche Dienste erwiesen und ihn am Oberkörper weitgehend trocken gehalten. Die Hose jedoch war völlig durchnässt und klebte ihm an den Beinen. Früher hatte er sich bei Wandertouren immer Ersatzkleidung mitgenommen. Insgeheim verfluchte er jetzt seine Nachlässigkeit. Der Regenschleier tauchte die Umgebung in eine düstere Atmosphäre, als würde die Nacht jeden Moment hereinbrechen, dabei war es erst Nachmittag. Hoffentlich würde der Starkregen bald nachlassen, denn so konnte er den Abstieg vergessen. War es erst dunkel, dann durfte er den Heimweg in diesem Gelände nicht riskieren. Aber eine Übernachtung in der Höhle kam nicht in Frage. Gedankenleer starrte er vor sich hin und rieb sich über die kalten Beine. Wieso hatte er nicht auf Paco gehört, sondern seiner Neugier nachgegeben?

Gleichzeitig empfand er seine Situation als aufregend. Es war hier nicht gefährlich, nur misslich. Dafür erfüllte ihn ein Gefühl, Freiheit und etwas Außerordentliches zu erleben. In einem von Wind und Regen geschützten Eckchen legte er den Kopf auf den Rucksack und beschloss zu ruhen, bis das Unwetter nachgelassen hatte.

Das gleichmäßige Rauschen des Regens schläferte ihn bald ein. Zumindest glaubte er das, denn irgendwann schrak er hoch und fühlte die leichte Desorientierung, die jemanden ergreift, den man aus dem Schlaf reißt. Sein Herz raste los, bis er sah, dass der Schatten bei ihm in der Höhle kein Mensch in einer seltsamen Kutte war.

Da ist nichts, da ist nichts … so blöd, seine Visionen, verdammt. Er fuhr sich durchs Gesicht und schaute zum Eingang. Ein sonnengelber Fleck huschte davon. Er glaubte, schlanke Jungenhände gesehen zu haben, die sich von dem Felsen abstießen. Sofort war Erik auf den Beinen. Er streckte den Kopf hinaus, schaute nach rechts, links, nach unten und sogar über sich den Felsen hinauf, aber da war niemand.

Der Junge kann doch nicht verschwunden sein, niemals so schnell. Und was macht er hier bei dem Wetter?, grübelte Erik. »Hey! Wo bist du? Ich hab dich gesehen!« Er rief es auf Spanisch in den strömenden Regen, der ihm die Worte vom Mund riss. Das hatte keinen Sinn, er wurde klitschnass wegen eines Teenagers, der sich anscheinend einen Spaß daraus machte, einen dummen Touristen auszuspähen – wozu auch immer. Vielleicht sauste er jetzt ins Tal und lachte sich mit seinen Kumpels über den Höhlensitzer da oben schlapp.

Oder es war ganz anders und Paco hatte ihn geschickt, um nach Erik zu sehen?

Was auch immer. Er ging zu seinem Gepäck, ließ sich nieder und starrte auf die graue Regenwand.

Ebenso plötzlich, wie Sturm und Regen eingesetzt hatten, brachen die Wolken auf und Sonnenstrahlen beschienen den Kaskadenberg. Erik kroch aus der Grotte und spürte, wie die Unsicherheit von ihm wich. Der Wetterumschwung kam rechtzeitig vor der Nacht, die Höhle war nicht überflutet, und er konnte gemächlich den Rückweg antreten. Er schnappte den Rucksack und machte sich an den Abstieg.

Die Beine brauchten ein wenig, bis sie ihm wieder gehorchten. Nach einigen Schritten fühlte er sich freier und leichter. So ganz allein unterwegs und weitab von der Zivilisation – beinahe kam er sich wie ein Entdecker vor.

Der Weg ins Tal stellte keine großen Anforderungen an ihn, die Terrassen und Rampen ließen ein unbeschwertes Wandern zu und ermöglichten es, dass Eriks Gedanken sich auf die Landschaft konzentrieren konnten. Da er den Berg immer wieder umrunden musste, zog sich der Weg allerdings in die Länge. Langsam meldeten sich von dem permanenten Abwärtslaufen leichte Schmerzen in den Schienbeinen. Jedes Mal, wenn er die Westseite des Kaskadenbergs erreichte, legte Erik eine kleine Pause ein. Er konnte sich nicht sattsehen an der unendlichen Weite des Ozeans, an den Lichtspielen, die Sonne und Wolken auf das Wasser zauberten. Mit Verwunderung stellte er fest, dass ihm der Anblick des Meeres gar keinen Stress bereitete. Im Gegenteil. Und er hatte das Farbenspiel betrachtet, ohne an seinen Sohn zu denken. Ohne automatisch – und völlig sinnlos, wenn man Ort und Zeit bedachte – die Wellen abzusuchen. Für einen Moment drängte so etwas wie ein schlechtes Gewissen hoch, doch er schob das Gefühl zurück. Und es gelang ihm erstaunlich gut.

An der Bergseite des aufgeschütteten Weges hatte sich ein kleines Rinnsal gebildet, das anschwoll, je tiefer Erik hinabstieg, und zuletzt in einen Meeresarm geleitet wurde. Langsam näherte er sich San Cristobal, konnte die Stadt schon aus der Ferne erkennen. Er genoss die Wanderung und verlor jegliches Zeitgefühl. Mit jedem Schritt wuchs in ihm die Gewissheit, dass er den Weg schon oft gelaufen war. Ein Déjà-vu, das ihn auf seltsame Weise beruhigte.

Endlich erreichte er den Treppenaufgang zu seinem Haus und stieg vorsichtig hinauf. Drin tastete er nach den bereitgestellten Taschenlampen und leuchtete sich den Weg zur Gaslampe. Das weiche gelbliche Licht bestärkte das Gefühl, seinen Seelenfrieden wiedergefunden zu haben. Er setzte Wasser auf, um sich einen Tee zuzubereiten. Dann zog er die nasse Kleidung aus, hüllte sich in eine warme Decke und vertrieb mit dem heißen Getränk die letzte Kälte aus den Gliedern. In Gedanken besuchte er nochmals die Kapelle, die große Ebene, auf der einst die Tempel gestanden haben sollten und erst, als die Grenze zwischen den Bildern in seinem Kopf und der Wirklichkeit verschwamm, fiel er in einen tiefen Erschöpfungsschlaf.

KAPITEL 5

In der Nacht hatte er wirre Träume von Priestern in weißen Gewändern mit Kapuzen und von Einheimischen mit bunten Ponchos, die in einer Prozession den Berg hinaufzogen. Erik träumte von lodernden Fackeln und blutigen Opferritualen. Er sah sich an dem Abgrund zur Kaskadenbucht und bald darauf vor einer gigantischen Tempelanlage. Im Traum kämpfte er mit strömendem Regen und Wassermassen, die den Berg hinabstürzten. Und dann sah er sich in der schützenden Höhle, wie er das Rinnsal auf dem Boden beobachtete.

Erik gelang es nur mühsam, die Augen zu öffnen und seinen Traum abzustreifen.

Als er die Decke beiseite zog, erblickte er blaue Flecken an seinen Beinen. Einer davon, nahe dem Schienbein, hatte sich bereits dunkelviolett verfärbt. Erik betastete vorsichtig die Stelle und versuchte aufzustehen. Wie zu erwarten, schmerzte das ziemlich. Seltsam, bei der Kletterei war ihm gar nicht aufgefallen, wie heftig er an die Felsen gestoßen war. Mit schmerzverzerrtem Gesicht hinkte er ins Bad. Ein großartiger Entdecker war er … wirklich beeindruckend. Nach einem halben Tag unterwegs schon ein Wrack. Er wusch sich das Gesicht mit kaltem Wasser und warf einen Blick in den Spiegel. Immerhin hatte er sich nicht erkältet. Die Hämatome würden abheilen und zur Not könnte er später Aspirin einwerfen. Er zog sich aus und stieg vorsichtig in die Dusche. Das heiße Nass lief an seinem Körper hinab und bald fühlte er sich besser. Die Wärme linderte die Schmerzen und entspannte seinen Nacken. Erik wischte sich die Augen trocken, den Blick auf das Wasser und den Abfluss gerichtet. Das war schon merkwürdig. Ja, gestern war es ihm nicht aufgefallen. Vielleicht weil der Junge ihn abgelenkt hatte. Das Regenwasser war durch den Wind in die Höhle gepeitscht worden. Dazu kamen noch die Wassermassen, die vom Felsen ebenfalls hereinliefen. Und trotzdem hatte er die Schutzhöhle Stunden später fast trockenen Fußes verlassen. Das Wasser musste abgeflossen sein, doch wohin? Hatte er sich doch nicht getäuscht, als er auf dem unebenen Höhlenboden etwas wie eine gerade Linie, eine Falte gesehen hatte? Wieder blickte Erik in das Duschbecken und sah, wie das Wasser im Abfluss verschwand. Beobachtete die kleinen Strudel, die sich rund um das Sieb bildeten.

Er drehte den Wasserhahn zu und griff nach dem Handtuch. Ohne sich abzutrocknen, wickelte er es sich einfach um die Hüften und stellte sich vor die Dusche. Dann trat er wieder in die Kabine, öffnete den Wasserhahn und schaute erneut zu, wie das Wasser verschwand. Bloß gut, dass ihn keiner dabei beobachten konnte, sicher hätte ihn jeder für verrückt erklärt.

Noch verrückter waren seine Gedanken.

Die Höhle konnte nicht natürlichen Ursprungs sein. Die Höhlenkuppel hatte Kanten und Furchen, wies aber dennoch die natürliche Form eines Rundzeltes auf. Der kleine Stollen erinnerte mit seinen glatten Wänden an eine Röhre. Und – während der Höhlenboden nackter Fels war – befanden sich am Schacht Steinbrocken, die ihn verstopften. Die wie von menschlicher Hand aufgestellt wirkten.

Eriks Neugierde war geweckt. Er merkte, wie er fröstelte und verspürte den Wunsch, sich etwas anzuziehen. Trotzdem konnte er seinen Blick nicht von der Dusche losreißen. Dieser Höhleneingang war genauso gleichmäßig geformt wie der Abfluss hier. Sicher, der Regen hatte ihn im Laufe der Jahrhunderte ausgespült. Wenn Erik aber alle seine Gedanken zusammenfasste, dann kam er immer mehr zu der Überzeugung, dass die Höhle von Menschenhand geschaffen worden war.

Er trat einen Schritt zurück und stieß mit seinem Schienbein gegen einen Hocker, der neben dem Waschbecken stand. Ein heftiger Schmerz ließ ihn aufschreien. Garantiert hatte er den blauen Fleck erwischt.

Willkommen in der Wirklichkeit. Was hing er auch solchen blödsinnigen Gedanken nach? Archäologen hatten alles abgesucht und nun kam Erik aus Old Germany und war der große Entdecker.

Amüsiert und genervt gleichzeitig warf er das Handtuch zur Seite. Zwischenzeitlich war sein Körper getrocknet. Ächzend zog er sich an. Er konnte ja noch mal mit Paco hochfahren und genau schauen. Zeit genug hatte er. Wobei, wenn er sich richtig erinnerte, waren die Spuren der Einwohner nur auf den Plateaus gesucht worden. Hatten die Forscher die Höhle nicht beachtet, weil sie ihnen nicht interessant genug erschien? Auf jeden Fall musste es Aufzeichnungen geben.

Hätten sie die Höhle nicht erforscht, wären diese Gesteinsbrocken nicht weggeräumt worden. Und nur hinter die konnte das Wasser abgeflossen sein.

Darüber zu Grübeln war müßig. Mit bloßen Gedankenspielen kam er nicht weiter. Und doch ließ es ihn nicht los.

Erik lief in die Küche, schenkte sich ein Glas Wasser ein und setzte sich damit an den Tisch. Immer wieder musste er der Versuchung widerstehen, das Glas auszuschütten und zu schauen, wohin das Wasser abfloss. Dabei hatte er die Höhle ständig vor Augen, durchlief jeden Meter. Schließlich holte er sich einen Zettel, einen Kuli und eine Taschenlampe. Aus der Erinnerung malte er die Höhle nach. Seine Hand warf gleichmäßige Schatten auf das Papier. Erik legte den Stift weg und formte mit den Fingern ein Schattenbild der Höhle und des Höhleneingangs nach. Schließlich steckte er sich die Lampe in den Mund und umrahmte den Schatten mit dem Stift. Als er fertig war, legte er das Bild vor sich hin und betrachtete es aus allen Winkeln. Er war sich sicher, dass die Höhle ein Geheimnis barg.

Jetzt brauchte er einen Tee. Erik setzte Wasser auf und bereitete sich ein einfaches Frühstück. Sah, wie die ersten Sonnenstrahlen durch die Feuchtnebel krochen und der Tag erwachte. Da beschloss er, einen zweiten Ausflug zu der Schutzhöhle zu machen. Diesmal bei gutem Wetter, mit entsprechender Ausrüstung und dem nötigen Maß an Zeit.

Von dem Gedanken fühlte er sich regelrecht beflügelt. Als hätte er die Aufgabe entdeckt, nach der er gesucht hatte. Ja, vielleicht würde er hier tatsächlich etwas ganz Neues oder zumindest Interessantes entdecken und dann in Deutschland ein Buch darüber schreiben. Oder sogar hier? Einfach mal was anderes probieren? Möglich, dass er größenwahnsinnig war, aber in diesem Moment liebte er den Gedanken. Es fühlte sich einfach richtig an.

Als er gerade in sein Fladenbrot beißen wollte, klopfte es an der Tür. Erik zögerte, dann drehte er seine Aufzeichnungen auf dem Tisch herum, sodass sie nicht einsehbar waren, und öffnete die Haustür.

Paco stand davor. »Guten Morgen, ich hoffe, ich bin nicht zu früh oder zu spät. Ich wollte nur schauen, ob Sie wieder heil nach Hause gekommen sind. Ich sagte Ihnen ja, dass es einen Regenschauer geben wird.«

»Ach, der Regen war nur halb so schlimm.« Erik war irritiert und wusste nicht recht, was er sagen sollte. »Ich habe mich in der Schutzhöhle versteckt. Nur meine Knochen tun mir weh von der langen Wanderung.«

»Das vergeht wieder. Dann ist alles gut. Also auf Wiedersehen.«

Paco wandte sich ab und hatte schon fast den Treppenaufgang erreicht, als Erik ihm nachrief: »Entschuldigung, wo habe ich nur meine Gedanken. Wollen Sie nicht auf einen Tee hereinkommen?«

»Ich möchte Ihnen keine Umstände machen.«

»Das machen Sie nicht. Ich wollte mir gerade selbst noch einen zubereiten. Kommen Sie.«

Beide gingen ins Haus und Erik überlegte, was ihn geritten hatte. Wieso lud er den Fremdenführer ein? Gerade jetzt, wo er am liebsten allein wäre und weiter dem Geheimnis nachginge. Dann aber beschloss er, die Gunst der Stunde zu nutzen. Vielleicht konnte er ja noch einiges in Erfahrung bringen.

Während er umständlich mit den Teetassen hantierte, dachte er darüber nach, welches Thema er auf welche Weise anschneiden konnte. Am liebsten hätte er natürlich über die Höhle gesprochen, aber etwas in seinem Inneren sagte ihm, dass er es nicht tun sollte. Aufgrund des abrupten Endes der Führung am vorhergehenden Tag schloss Erik, dass Paco die Themen Kirche und Religion wahrscheinlich verstörten. Dennoch hatte er das Gefühl, dass genau der Glaube ein Puzzlesteinchen war, um die Geschichte und das seltsame Gemeinschaftswesen der Insel besser zu verstehen.

»Es ist bedauerlich«, nahm er das Gespräch behutsam wieder auf, »dass so wenig über die Ureinwohner dieser Insel und deren Kultur bekannt ist. Das Plateau, auf dem einst der Tempel gestanden haben soll, und der seltsame Berggipfel haben mich schwer beeindruckt. Ich habe gestern versucht mir vorzustellen, wie der Berg früher ausgesehen hat. Leider fehlen jegliche Anhaltspunkte. Ist denn gar nichts aus der Zeit der Spanier bekannt?«

Paco lächelte. »Alles, was die Archäologen bisher herausgefunden haben, verwirrt mehr, als es aufklärt. In den Streit der Geschichtsforscher mischen sich auch der Padre der Insel und die Vertreter der katholischen Kirche ein, sodass die Vergangenheit immer unklarer wird. Ich bin nur ein einfacher Busfahrer und will mich in den Disput nicht reinhängen.«

»Worum geht es in diesem Streit? Und warum finden die Archäologen nicht zu einem einheitlichen Ergebnis?«

»Der Vorgänger unseres jetzigen Padre fand in den alten Kirchenbüchern auch Aufzeichnungen der ersten spanischen Eroberer. Er hat diese Schriften ausgewertet und neu aufgeschrieben. Die Originale befinden sich zurzeit in den USA und werden dort konserviert. Ich habe die Werke des alten Padre nie gelesen und kenne deshalb nur die Gerüchte.«

»Und was sagen die Gerüchte?«

Paco schaute grübelnd, fast verlegen zu Boden. »Alle Erzählungen unserer Vorfahren besagen, dass erst durch die Spanier die Schrift auf die Insel gelangt sei. Der erste Inselpfarrer hingegen behauptet, er habe unzählige Schriftrollen der früheren Inselpriester gefunden. Doch wo die Archäologen auch suchten, sie fanden keine einzige dieser Rollen. Dabei haben sie fast jeden Stein in jedem Haus hochgehoben. Nicht ein Zeichen, eine Schnitzerei haben sie entdeckt. Dieser erste Inselpfarrer hatte zunächst von Menschenopfern durch die Inselpriester berichtet, dann aber das alte Volk als friedlich, hilfsbereit und nahezu beispielhaft christlich beschrieben. Und damit begann der Streit. Einige Geschichtsforscher schließen nun, dass vor der Eroberung auf dieser Insel ein hochkultiviertes Volk gelebt hat. Alles Wissen und alle Zeugnisse dieser Kultur seien jedoch von den Spaniern binnen kürzester Zeit und rücksichtslos zerstört worden. Die Gegenlehre, unterstützt von der Kirche, behauptet hingegen, die

Eroberer hätten ein barbarisches Volk angetroffen. Erst durch die Bekehrung hätten auf der Insel christliche Werte Einzug gehalten.«

Erik hörte dem Indio gespannt zu. »Aber Sie sagten doch, dass der erste Padre seine Meinung geändert hätte.«

»Ja, aber diejenigen, die der Meinung anhängen, das Urvolk wäre barbarisch gewesen, unterstellen ihrerseits, dass viele der Eroberer, auch Priester, teils unter Drogen dem Wahnsinn verfallen wären.«

Erik war unsicher. Statt Antworten auf seine Fragen zu erhalten, hatte das Gespräch mit Paco neue aufgeworfen.

Der unterbrach sein Grübeln. »Wenn Sie Lust und Zeit haben, dann lesen Sie doch die Aufzeichnungen des alten Padre. Ich glaube, es gibt einige Kopien davon.«

»Einige Kopien!« Erik hörte den weiteren Erzählungen Pacos nur noch mit einem Ohr zu, während er sich ausmalte, welche spannenden Geschichten er erfahren könnte. Diese Aufzeichnungen hatten auch immenses Potenzial für sein eventuell zu schreibendes Buch. Abgelenkt durch diesen Gedanken vernahm er auch nur noch den Rest des Satzes: »… im Übrigen interessiert mich die Vergangenheit nicht. Ich lebe in der Gegenwart, kann die Vergangenheit nicht ändern und muss schauen, wie ich jetzt zurechtkomme.«

»Sie haben recht, zumal dies hier ein ausgesprochen schönes Fleckchen Erde ist. Es muss eine besondere Freude sein, abseits der hektischen Industrienationen zu leben. Oder vermissen Sie die moderne Technik?«

»Ich habe die Isla des Cascadas noch nie verlassen und kann daher keinen Vergleich anstellen. Ich arbeite hier als Busfahrer und Fremdenführer, morgens und abends fahre ich mit dem Bus je zweimal zur Quelle und bringe frisches Quellwasser nach San Cristobal. Was ich verdiene, reicht gut zum Leben. Ich vermisse nichts. Viele Touristen schwärmen von der Isla des Cascadas, von der Ruhe und ihrer Schönheit und bedauern, wieder nach Hause reisen zu müssen. Wenn ich diesem Schwärmen glauben darf, müssen wir uns hier in einem kleinen Paradies befinden. Dennoch nehmen auf der Insel die Probleme zu. Der Ackerboden ist ausgelaugt. Das Tal muss intensiv bewirtschaftet werden, damit wir genug Nahrung für unsere Versorgung ernten. Wir müssen für viel Geld Dünger kaufen, um unsere Felder weiter nutzen zu können. Besonders schlimm ist, dass die letzten fruchtbaren Krumen immer wieder vom Regen weggespült werden. In den letzten Jahren hatten wir nur eine kurze, dafür aber umso heftigere Regenzeit. Der Boden kann sich nicht richtig vollsaugen, auch wenn es stark regnet. Sturzbäche und Gerölllawinen reißen die gute Erde mit ins Meer. Und die Zisternen sind nicht in der Lage, die enormen Wassermassen aufzunehmen.«

Erik schaute aus der offenen Haustür zum Kaskadenberg. Kein Baum, kein Strauch wurzelten in dem kargen Felsen, der die Erde hätte festhalten können.

»Die Vereinten Nationen haben sich dieses Problems angenommen. Vor zwei Jahren haben wir erfahren, dass ein Projekt ausgearbeitet und von der UNO finanziert werden soll, um diese Überschwemmungen zu unterbinden.«

Die UNO. Erik horchte auf. »Und was will die UNO unternehmen?«

»Das wissen wir nicht.« Paco sah Erik resigniert an. »Seit der Ankündigung haben wir nichts mehr von denen gehört. Aber es gibt so viele Probleme auf der Welt und wir sind ein kleines Land. Ich glaube nicht, dass sich die UNO überhaupt an unsere Sorgen erinnert.«

Es war, als trage Paco diese Sorge allein. Während er anfangs noch verhalten erzählt hatte, sprudelte es nun aus ihm heraus.

Er berichtete von den sozialen Problemen der Insel. Alle Bürger seien gleichberechtigt, es gäbe keinen nennenswerten Streit und in Fällen der Not wäre gegenseitige Hilfe selbstverständlich. Dennoch trenne sich die Inselbevölkerung in reine Indios und spanisch-indianische Mischfamilien. Er sei vor einigen Jahren in ein Mädchen aus einer spanisch-indianischen Familie verliebt gewesen, doch habe sich der Familienrat gegen eine Hochzeit ausgesprochen. Das Mädchen hatte mittlerweile die Insel verlassen und arbeitete in Mexico.

»Aber wieso haben Sie das Mädchen nicht trotzdem geheiratet, wenn Sie es lieben?« Verwundert, beinahe empört schaute Erik den Indio an.

»Man darf das Tabu der Familie nicht brechen. Vielleicht werden irgendwann die Traditionen auf der Insel aufweichen oder andere hinzukommen, aber jetzt ist es so. Es beginnt ja schon. Nur noch wenige Alte sprechen den Dialekt, den die Sprachforscher dem indianischen Sprachkreis zuordnen. Weil es keine Schriftzeichen dazu gibt, ist es schwierig, die Tradition zu erhalten. Damit ist die Sprache bald ausgestorben, wie auch Traditionen aussterben werden.«

Paco schaute zur Uhr. »Oh, schon so spät. Ich muss zum Hotel und nachschauen, ob Gäste nach San Cristobal fahren wollen.«

Erik nutzte die Gelegenheit, gleich mit in die Stadt zu fahren. Er wollte seine Vorräte auffrischen und Näheres über die Inselchronik erfahren.

Auf der Fahrt in die Stadt erzählte Paco weitere Einzelheiten über das politische Leben auf der Insel. Durch die Schilderungen des jungen Indios fühlte sich Erik in vergangene Zeiten zurückversetzt. Die politischen Geschicke wurden durch den Ältestenrat bestimmt. Trotz einer deutlichen Lockerung des Wahlrechts auf Druck der UNO vor zwei Jahren galt noch immer, dass nur solche Personen in den Ältestenrat gewählt werden durften, deren Familien seit mindestens drei

Generationen hier lebten, zudem mindestens fünfunddreißig Jahre ihres Lebens auf der Insel verbracht und die letzten fünf Jahre vor der Wahl diese nicht verlassen hatten.

Paco hatte an diesem Wahlsystem keine Zweifel. Auf eine Nachfrage Eriks erklärte er: »Nur derjenige, der die längste Zeit seines Lebens auf der Insel verbracht hat und nur derjenige, der die Sorgen der Bevölkerung kennt, kann die richtigen Entscheidungen zugunsten der Bewohner treffen. Die Familie der Kandidaten muss deshalb seit mindestens drei Generationen Inselbewohner sein, damit die Gewählten mit den Traditionen und den gewachsenen Strukturen vertraut sind. Da gibt es keine Bonzenwirtschaft, denn die Kandidaten haben nur das Privileg, ausschließlich an den Tagen ihrer Beratungen von ihrer üblichen Arbeit freigestellt zu sein.« Er trank einen Schluck, ehe er weitersprach. »Der Ältestenrat tagt einmal im Monat, wenn nichts Besonderes anliegt. Da geht es um Landwirtschaft, wo und auf welchen Ackerflächen welches Gemüse angebaut wird und welche Baumaßnahmen geplant und umgesetzt werden sollen.«

Es gab demnach eine zentrale Verwaltung, was Erik interessant fand, denn die großen Plantagen und Ackerflächen gehörten zum Gemeindeeigentum. »Das Privateigentum der Inselbewohner ist also beschränkt? Irgendwie eine Art Kommunismus?«, fragte er.

»Es ist schon seltsam«, antwortete Paco. »Auf allen Flecken der Erde, an denen die europäischen Eroberer landeten, haben sie europäische Systeme durchgesetzt, gab es plötzlich Könige und Fürsten, Großgrundbesitzer und kleine Bauern. Nur auf der Kaskadeninsel ist wohl alles so geblieben, wie es die Spanier angetroffen haben. Vielleicht liegt es daran, dass die Eroberer alle Soldaten waren und deshalb den Ackerbau und die Landverwaltung den Eingeborenen überließen. Nun, ich weiß es nicht. Auf jeden Fall …«

Da war es wieder, stellte Erik fest. Statt einer Antwort warf Paco neue Fragen auf, die die Geschichte der Insel immer spannender, aber auch unverständlicher machten. Dass hier noch lange nicht alles erklärt und entdeckt war, konnte niemand leugnen. Der Fahrer plapperte weiter, doch Erik hörte ihm nicht mehr richtig zu.

Vor dem Hotel hatten keine Urlauber auf den Bus gewartet und so fuhr der Indio mit Erik als einzigem Gast auf den Marktplatz der Insel.

»Wann fahren Sie wieder auf den Kaskadenberg?«

»Erst nächste Woche. Wollen Sie mitfahren?«

Erik zuckte mit den Achseln. »Vielleicht, zunächst will ich mich um die Inselchronik bemühen. Wenn ich zum Berg will, komme ich zum Hotel.« Er stieg aus und hob grüßend die Hand.

Paco nickte, schloss die Bustür und ratterte mit dem Museumsstück davon.

KAPITEL 6

rik erinnerte sich an das bevorstehende Wochenende und an sein Einkaufsvorhaben. Er hatte mit sich kämpfen müssen, nicht sofort zur Kirche zu stürzen, sondern sich erst um seine Vorräte zu kümmern. Auch jetzt zwang er sich, gemütlich über den Marktplatz zu schlendern, um die Einkäufe zu erledigen.

Die seltsame Rolle der Kirche bei der Aufarbeitung der Geschichte der Kaskadeninsel ließ Erik keine Ruhe und mahnte ihn zur Achtsamkeit dem Padre gegenüber. Angespannt betrat er das Gotteshaus. Das Innere entsprach dem äußeren Bild. Nur blasse, unscheinbare Gemälde über den Leidensweg Christi zierten die Wand, die Jesusfigur hinter dem Altar war aus grobem Basalt gemeißelt. Kein feierlicher Schmuck, keine aufwendigen Dekorationen, keine wertvollen Kunstschätze ließen auf religiöse Eiferer schließen. Die Kargheit der Kirche verlieh dem Innenraum eine seltsame Kälte, vermittelte Unbehagen statt Geborgenheit.

Der Sichtschutz aus schwerem Stoff zu den Beichtstühlen war zugezogen. Erik wollte sich gerade auf eine Bank setzen, als einer der Vorhänge zurückgezogen wurde. Eine junge Frau trat aus dem Beichtstuhl, verhüllte ihren Kopf mit einem dunklen Tuch und eilte zum Ausgang. Kurze Zeit später wurde auch der zweite Vorhang beiseitegeschoben und der Dorfpfarrer trat heraus. Er war jung, vielleicht fünfunddreißig Jahre alt, und nach Eriks Einschätzung eindeutig ein Spanier. Dunkelhaarig, mit schlanker, athletischer Figur, etwas kleiner als er selbst, hätte der Padre auch als Torero oder Flamencotänzer durchgehen können. Das harte Gesicht, die in den Augen lesbare Freudlosigkeit jedoch widersprachen dem sonstigen Erscheinungsbild.

»Ich bin Padre Anselmo. Sie wollen ebenfalls Ihre Sünden beichten?«

Der strenge Blick und die harte Stimme verunsicherten Erik und mahnten ihn zur Wachsamkeit. Ein unbedachtes Wort, eine unangemessene Reaktion konnten alle Möglichkeiten, sich mit dem Pfarrer zu verständigen, zerstören. Deshalb wollte Erik auch nicht offenbaren, dass er Protestant war. Sein schlechtes Gewissen hielt sich in Grenzen.

»Nein, Hochwürden, ich habe erst vor meiner Abreise die Beichte abgelegt. Seit dieser Zeit lebe ich enthaltsam in der Casa Maria auf der anderen Seite des Tals. Auch hatte ich seit dieser Zeit keine unkeuschen Gedanken, da sich mein Geist an der Schönheit der Insel und an ihrer Geschichte erfreute.«

Er wartete die Reaktion des Pfarrers ab, doch der verzog keine Miene. Trotzdem hatte Erik den Eindruck, dass er ihn in seinem Missionarseifer verletzt hatte. Salbungs- und respektvoll fuhr er deshalb fort: »Ich habe gehört, dass einer Ihrer ehrwürdigen Vorgänger im Amte eine Chronik der Insel verfasst hat, die nunmehr in dieser Kirche aufbewahrt wird.«

Die Augen des Padre zogen sich zu Schlitzen zusammen und bevor Erik fortfahren konnte, schnarrte ihn der Pfarrer an: »Sind Sie etwa auch einer von diesen Archäologen, die unter dem Vorwand der Wissenschaft nichts anderes im Kopf haben, als alte heidnische Kulturen wieder auferstehen zu lassen und den armen Geist der Inselbewohner unnötig zu verwirren?«

Eriks Betroffenheit und Entsetzen waren spontan. »Nein, bei Gott, ich bin Ingenieur und die Geschichte ist mein Hobby.«

Das Gesicht des Pfarrers entspannte sich und Erik blieb kurz Zeit, sich eine weitere Antwort zu überlegen. »Ich gestehe«, sagte er dann, »dass in erster Linie die Besiedlung Südamerikas und die Bekehrung der Ureinwohner zum rechten Glauben mein Steckenpferd sind. Doch soweit ich weiß, handelt die Inselchronik in großen Teilen auch davon, dass den Eingeborenen der Glaube an den einzigen Gott vermittelt wurde.« Erik wusste nicht, ob er zu dick aufgetragen hatte, denn der Pfarrer schien immer noch misstrauisch.

Völlig unvermittelt fragte der Padre: »Und Ihre Frau stört es nicht, wenn Sie den ganzen Tag lesen?«

»Ich bin nicht verheiratet«. Er hatte nicht gelogen und die Antwort »Ich bin geschieden« hätte den Padre sicherlich verschreckt. So aber schien Padre Anselmo zufrieden, einen enthaltsamen und gottesfürchtigen Mann vor sich zu sehen.

»Nun, ich will nachschauen, wo die Chronik gelagert ist.«

»Danke, Hochwürden. Können Sie mir sagen, wo ich den Opferstock finde?«

Der Pfarrer wies neben den Altar. Als Erik ihm den Rücken zuwandte, wusste er genau, dass er ausgiebig beobachtet wurde. Deutlich sichtbar zog er eine Zwanzig-Dollar-Note aus seinem Geldbeutel und stecke sie in den Opferstock. Dann drehte er sich bedächtig um und stellte fest, dass sich der Pfarrer in der ganzen Zeit nur zwei Meter von seinem ursprünglichen Standplatz entfernt hatte und eben erst die Suche aufnahm.

Erik musste einige Minuten warten, bis der Pfarrer mit einem dicken Paket unter dem Arm zurückkehrte. Padre Anselmo schien völlig verändert, offensichtlich hatte Eriks großzügige Spende in den Opferstock Wirkung gezeigt.

»Ich kann die Menschen hier nicht verstehen«, platzte es aus ihm heraus. »Bisher hat sich keiner der Einheimischen für die Chronik interessiert. Es würde bestimmt nicht schaden, wenn diese verstockten Insulaner nachlesen würden, dass früher heidnische Priester ihr Volk wie Sklaven hielten. Sie könnten endlich mal zur Kenntnis nehmen, dass die Freiheit des göttlichen Wortes erst mit den spanischen Missionaren auf der Insel Einzug hielt. In meinen zwei Jahren, die ich nunmehr auf der Insel lebe, haben außer Ihnen nur diese unglückseligen Archäologen Interesse an den Aufzeichnungen gezeigt. Hätte ich damals schon gewusst, welches Chaos von diesen sogenannten Geschichtsforschern angestellt würde, ich hätte alles verbrannt.«

Erik wollte sich das Lamento des Pfarrers nicht anhören, hielt es jedoch für unklug, einfach mit dem Buch zu gehen. Womöglich hätte es sich der Mann noch anders überlegt. So blieb er notgedrungen stehen und blickte, so interessiert er konnte, vor sich hin.

»Bereits mein Vorgänger im Amte, Gott hab ihn selig, klagte in jungen Jahren, dass die Kirche kaum besucht sei, nur die wenigsten der Inselbewohner würden regelmäßig den Gottesdiensten beiwohnen. Als ich dann nichtsahnend seine Aufzeichnungen den Archäologen aushändigte und die bald darauf ihre hanebüchenen Forschungsergebnisse veröffentlichten, ist die Zahl der Kirchenbesucher nochmals deutlich zurückgegangen. Manchmal denke ich, die meisten Inselbewohner sind nicht wirklich bekehrt und glauben im Stillen immer noch an ihre heidnischen Götter. Zum Glück gelang es mir mit der Unterstützung des Heiligen Stuhls, das Schlimmste zu verhindern. Stellen Sie sich vor, es gab Stimmen, die alte Tempelanlage wieder aufbauen zu lassen.«

Erik befürchtete, dass man ihm sein Entsetzen ansah.

Bei allem religiösen Eifer des Padre konnte er nicht verstehen, dass Pfarrer Anselmo wissenschaftliche Forschung verteufelte und historische Nachbildung verhinderte, weil sie nicht in sein beschränktes Weltbild passte. Anselmo deutete das wohl entsetzte Gesicht offensichtlich anders und schien sich bestärkt zu fühlen, seine Schimpftiraden fortzusetzen. »Und was ist der Dank für die Mühen unserer Kirche? Noch nicht einmal eine schöne Madonnenfigur oder ein anständiges Glockengeläut haben wir hier. Es ist eine Schande. Nein, wir haben nichts, nur einen feuchten Händedruck und zwanzig schäbige Kopien dieser Chronik.« Der Pfarrer redete und redete, als hätte er seit Wochen mit keinem Menschen gesprochen. Dabei gab er unmissverständlich zu verstehen, dass er sich auf dieser Insel fehl am Platze fühle und es bedaure, auf Bitten des Bischofs seine strenggläubige Gemeinde nahe Barcelona aufgegeben zu haben, um auf dieser Insel aussichtslose Missionsarbeit zu verrichten.

Padre Anselmo hätte wohl noch weitergeschimpft, wäre nicht die Tür zur Kirche aufgegangen und eine Frau eingetreten. »Verzeihen Sie, ich muss mich ein wenig um meine Schafe kümmern. Nehmen Sie diese Kopie ruhig mit nach Hause und lesen Sie in Ruhe, welchen Segen unsere heilige Kirche dieser Insel brachte. Ich kenne Ihr Haus, die Casa Maria, benannt nach unserer Heiligen Jungfrau.«

Notgedrungen schüttelte Erik die angebotene Hand, bedankte sich artig und wollte schon dem Ausgang zustreben. Gerade noch rechtzeitig fiel ihm ein, sich nochmals dem Kreuz zuzuwenden, wie er es in einigen katholischen Kirchen beobachtet hatte. Er kniete nieder und bekreuzigte sich, während er aus dem Augenwinkel beobachtete, dass der Pfarrer wohlwollend nickte.

Vor der Kirche musste Erik erst einmal tief durchatmen, seine Gedanken und Gefühle ordnen. Seit dem Gespräch mit Paco fieberte er der Chronik entgegen, nun hielt er sie in den Händen. Mit großen Schritten eilte er durch die Plantagen seinem Heim zu und musste sich immer wieder zusammenreißen, sich nicht bereits an den Wegrand zu setzen und die ersten Seiten der Aufzeichnungen zu lesen. Ein paarmal war er kurz davor. Auf den letzten Metern ermahnte er sich, dass er sich von den Schriften nicht so sehr beeinflussen lassen durfte. Er wollte unbedingt vermeiden, in alte Muster zurückzufallen. Um seinen guten Vorsätzen Nachdruck zu verleihen, legte er die Chronik bemüht achtlos auf den Tisch und schrieb sich einen Plan mit Tagesaufgaben auf ein DIN A4 Blatt.

- rasieren
- frühstücken
- spazieren gehen, mindestens 60 Minuten
- Mittagessen
- Abendbrot
- Spaziergang, wieder mindestens 60 Minuten.

Ich werde immer seltsamer, dachte Erik. Wann hatte er jemals derartige Tagespläne verfasst? Dann konnte er seine Neugier nicht mehr zügeln, nahm die Chronik und begann zu lesen.

Der Pfarrer wies in seinen Einleitungsworten darauf hin, dass die folgenden Seiten eine systematische und zeitliche Ordnung der Niederschriften eines Admirals und Inselkommandanten sowie seiner Vorgänger im Amte und Auszüge aus den Kirchenbüchern seien. Bei der Zusammenfassung wolle er sich bemühen, nichts wegzulassen, aber auch nichts hinzuzufügen. Außerdem wolle er die Niederschriften wörtlich wiedergeben und nicht bewerten. Die Handschrift des alten Pfarrers war sauber und schnörkellos, die Sprache einfach und Erik freute sich, da er so sicher alles verstehen konnte. Bereits nach den ersten Seiten war er von dem Buch gefangen, obwohl die Aufzeichnungen bis auf wenige Originalzitate mehr als trocken waren. Bald stellte er fest, dass sich in seinem Kopf eigene Bilder des Gelesenen manifestierten.

Er verlor sich in Träumen, sah alles wie einen Film vor sich.

Nachdem Fernando Calvez anno 1503 von König Ferdinand zum Admiral ernannt worden war, las Erik in der Chronik, begab er sich von Cádiz aus mit zwei Schiffen auf Expedition Richtung Westen, um die große Insel zu erreichen. Der Priester schrieb: Dies sind hier die Gedanken und Aufzeichnungen von Admiral Calvez im teilweise erhaltenen Logbuch der San Cristobal, als er durch Zufall diese Insel entdeckte. Sein Schiff war die oben genannte San Cristobal, der die Santa Rosa mit fast immer gleichem Abstand in einer achtel Legua folgte. Für die Überfahrt zur großen Insel hatte Calvez eine Route geplant, die sich wesentlich von denen seiner spanischen Vorgänger unterschied. Diese starteten ihre Fahrten nach Westen nämlich ausnahmslos von den Kanarischen Inseln. Der Admiral hatte die Aufzeichnungen des Amerigo Vespucci über den Verlauf der afrikanischen Küste eingehend studiert. Er verglich die Messungen, versuchte, eine Karte zu zeichnen. Kein Zweifel, wenn seine eigenen Berechnungen und Messungen und die von Vespucci zutreffend waren, gab es einen kürzeren Weg über den offenen Atlantik.

Nach allen Unterlagen, die Calvez zusammengetragen hatte, konnte er zunächst im Schutze der afrikanischen Küste nach Süden segeln. Dieser Kurs stellte einen Umweg dar, denn der Weg über den offenen wilden Atlantik war etwa halb so weit wie die Route, die von den Kanaren direkt in südwestliche Richtung geführt hätte. Das Risiko, das eine Fahrt über den Ozean in sich barg, wurde jedoch verringert. Nachdem der Admiral in seinen Überlegungen keinen offensichtlichen Fehler entdeckt hatte, übergab er seine und Vespuccis Messungen an Ronte, den er als Kapitän der Santa Rosa angeheuert hatte. Wie Calvez in seinen Aufzeichnungen schrieb, wusste er, dass der Kapitän nicht genügend Erfahrungen in der Kartographie hatte, dennoch erhoffte er sich Anregungen und Fragen Rontes, die ihn in seinen Plänen bestärken würden. Nach drei Tagen des Studiums suchte Ronte den Admiral auf und meinte, soweit er die Messungen verstehe, gebe es einen kürzeren Weg über den Ozean als den, welchen die bisherigen Westfahrer genommen hätten. Calvez zog die von ihm selbst gefertigte Seekarte heraus, legte sie dem Kapitän vor und fragte ihn, ob es seinen Berechnungen nach möglich sei, dass die große Insel in der Position zu Afrika liege, wie er, Calvez, es in dieser Karte versucht habe aufzuzeichnen.

Ronte studierte die Karte eingehend und bestätigte, er wisse keine andere Lage der Insel als die, die der Admiral vermerkt habe. Ohne von Calvez beeinflusst zu sein, schlug auch Ronte vor, an der afrikanischen Küste entlangzusegeln und erst zu einem späteren Zeitpunkt Kurs nach Westen zu nehmen. Und doch blieb eine Ungewissheit, die Calvez sich nicht erklären konnte, jedoch Ronte gegenüber nicht zugab. Entweder, so sagte er sich, mussten sich die Kaufleute, die die Größe der Welt von Byzanz bis China errechnet hatten, erheblich geirrt haben, was er für unwahrscheinlich hielt, oder die Erde hatte nicht die Gestalt einer Kugel, sondern die eines Zapfens, oder Colón hatte gar nicht China und Indien entdeckt, sondern lediglich vereinzelte Inseln, und der Atlantik reichte noch viel weiter nach Westen. Die vierte Möglichkeit, die entdeckten Inseln wären von einer solchen Größe, dass sie einen eigenen Kontinent darstellten, schloss Calvez kategorisch aus, da die Welt mit Ausnahme einzelner Inseln bekannt war und niemand, sei es in Indien, China oder Europa von einem solchen Kontinent wusste.

So oft Calvez über das Problem nachdachte, wie er schrieb, er konnte es nicht lösen. Obwohl er sich schließlich damit tröstete, dass wohl klügere Köpfe als er eine Antwort auf seine Fragen finden würden, reichte die Ungewissheit dennoch aus, dass er seine Reiseroute stets aufs Neue in Frage stellte, um sie sich dann letztendlich zu bestätigen.

Hier nun seine komplett erhaltenen Einträge ins Logbuch:

Ich bin der festen Überzeugung, dass die Erde keine Scheibe ist, dass es keine Stelle auf der Erde gibt, von der aus der Mensch ins Nichts stürzen kann. Ich bin allerdings nicht sicher, ob ich mir die Erde als Kugel oder eher als Ei vorstelle. Um dies zu erforschen, sind zahlreiche Karavellen der spanischen Flotte auf den Weltmeeren unterwegs. Ich ordnete an, zunächst in nördlicher Richtung mit ausreichendem Abstand zur Küste zu segeln.

Wir segelten etwa fünfhundert Varas an der Küste entlang, ich erkannte begrünte, jedoch zum Teil steif abfallende Berghänge, und es schien nicht möglich, vor Anker zu gehen. Mit Einbruch der Dämmerung war sicher, dass wir der Insel nahe genug gekommen waren. Ich ließ einen Teil der Segel reffen und setzte den Anker, um zu verhindern, dass eines der Schiffe in der nächtlichen Strömung gegen den Felsen getrieben wurde. Wir sind noch einige dutzend, wenn nicht hunderte Leguas von der großen Insel entfernt. Verdammt, wenn sich doch einmal die Sonne blicken ließe, damit wir unsere Position anständig bestimmen können. Ich weiß, dass wir vor einer mir unbekannten Insel liegen und das ist auch das Einzige, dessen ich mir sicher bin. Gibt es dort Wasser? Gibt es wilde Tiere, die unseren Männern gefährlich werden könnten? Ist die Insel bewohnt? Und wenn ja, sind uns die Bewohner wohlgesonnen? Wie sind die Strömungsverhältnisse rings um die Insel? Wenn wir alle Fragen beantworten wollen, benötigen wir viel Zeit, Zeit, die wir später vielleicht dringend bräuchten.

Im frühen Morgengrauen weckte mich heftiges Glockenläuten. Ich stürzte an Deck und fragte mich, ob erneut ein Sturm aufzog. Fast erleichtert erkannte ich auf der Brücke, dass beide Schiffe durch die Strömung trotz Anker bedrohlich nahe an die Insel herangetrieben waren. Auf der Santa Rosita waren bereits die Segel gehisst und auch ich scheuchte meine Männer in die Wanten. Als beide Schiffe einen Abstand von fünfhundert Varas zur Küste gewonnen hatten, setzten wir die Erkundungen in südlicher Richtung fort. Den Nordwesten der Insel krönt ein gewaltiger Berg. Die Erhebung besitzt die gleichmäßige Beschaffenheit eines Vulkankraters, doch ist ihr oberes Ende völlig abgestumpft und noch mehr fällt auf, dass aus dieser Ebene ein runder Felsen, ähnlich einer großen Säule, herausragt. Der mittlere Teil des Berges ist üppig bewachsen, während der untere und obere Teil eher karg erscheinen. Erst als ich mir den Felsen genauer anschaute, hatte ich den Eindruck, dass die begrünten Teile in Terrassen angelegt sind.

Damit ist die Frage, ob die Insel bewohnt ist, schon beantwortet.

Im Süden der Insel schneidet das Meer tief in den Berg. Da ist eine Bucht, eher eine Schlucht, die geschätzte vierhundert Varas ins Land ragt. Die Felswand im Westen der Schlucht ist wohl über dreihundert Varas hoch und fällt senkrecht ins Meer ab.

Gefangengenommen hat mich der Anblick von drei dicht nebeneinanderliegenden Wasserfällen, die aus gewaltiger Höhe tosend in die Bucht stürzen. Auch General De Manoz konnte seinen Blick kaum abwenden und nach einer Weile des Schweigens flüsterte er fast andächtig: Isla des Cascadas.

Hier enden die persönlichen Einträge von Admiral Fernando Calvez, schrieb der alte Padre.

Wer war nur dieser Mann gewesen? Erik schlug die Chronik zu, ging nach draußen und lief aufgeregt mehrmals um die Casa Maria herum. Er musste mehr über den Admiral erfahren, wie er überhaupt dazu gekommen war, so eine Route einzuschlagen, was ihn angetrieben hatte, zum Teufel, was war das für ein Kerl gewesen, und vor allem, was genau hatte er auf der Kaskadeninsel herausgefunden?

Während Erik sich Tee zubereitete, schwebte er in einem fremdartigen, aber faszinierenden Ausnahmezustand.

Der hielt auch die nächsten Tage an. Dennoch gelang es ihm, seinen Erledigungsplan einigermaßen einzuhalten, obwohl er fieberhaft darüber nachdachte, wie er denn mehr über Calvez, sein Leben und sein Abenteuer erfahren konnte. Zwar ging er keine Nacht vor ein Uhr ins Bett, so sehr hielten ihn die Grübeleien wach, stand am nächsten Morgen jedoch beim ersten Sonnenstrahl auf, um das Licht zum Lesen zu nutzen. Am Samstagmorgen verpasste er sich eine Katzenwäsche, schnitt sich zweimal bei der Nassrasur, stopfte ein Frühstück in sich hinein und wanderte danach zügig nach San Cristobal, um sich vorsichtshalber eine Ersatzkartusche für die Gaslampe zu kaufen. Da überfiel ihn eine Idee, warum hatte er nicht eher daran gedacht! Er suchte das Hotel auf und bat ums Telefon, rief seinen guten Freund Peter in Deutschland an. Eine Stunde lang erzählte er ihm von Calvez und bat ihn, über den Mann zu recherchieren, da er das von der Insel aus nicht konnte. Sie machten sich einen weiteren Telefontermin in einer Woche aus. Der Anruf kostete Erik ein kleines Vermögen.

Sein geplanter Abendspaziergang beschränkte sich allerdings auf zehn Runden ums Haus. Am Sonntagmorgen eilte er nach Frühstück und Rasur zur Wasserquelle, um seinen Frischwasservorrat aufzufüllen. Den Rest seiner Zeit verbrachte er mit Lesen.

Es dauerte keine Woche, schon am Dienstag ließ Peter Erik ausrichten, er solle ihn umgehend zurückrufen. Paco war extra zu ihm heraufgefahren und bot ihm an, ihn zum Hotel mitzunehmen, wofür Erik sich x-mal bedankte.

Auf dessen Frage, was denn so wichtig sei an dem Anruf, wich Erik aus, plauderte von beruflichen Ereignissen daheim, denn schlafende Hunde sollte man besser nicht wecken. Es war sein persönliches Projekt, das ihn fesselte.

»Ich komme mir schon vor wie ein Bibliothekar«, begrüßte ihn Peter und dann berichtete er, was er über den Admiral Fernando Calvez herausgefunden hatte. Es war nicht allzu viel, ein knochentrockener Lebenslauf im Grunde. Aber in Eriks Geist schienen andere Gesetze zu herrschen. Es war das Erleben der Geschichte, das ihn überflutete und das er um keinen Preis in Frage stellen wollte. So etwas war ihm noch nie passiert und er wollte, nein, er durfte nicht zulassen, dass es endete.

Von dieser Nacht an floss das Dasein des Admirals mit allen Details in ihn hinein – von denen Erik nichts wissen konnte, lediglich die Namen, Zahlen und Fakten hatte er von Peter erfahren –, die ganze Biographie, ja, später die beschwerliche Schifffahrt. Wie ein Konzentrat an Informationen, das sich in ihm zu seinem vollen Ausmaß entfaltete. Erik war es egal, woher diese Bilder kamen. Dinge, die er gar nicht lesen konnte, weil sie nicht dort standen. Trotzdem fühlte er, dass sie genauso stattgefunden hatten.

Nach der ersten ereignisreichen Nacht lief Erik in aller Frühe zum Hotel und wartete dort auf Paco, um in die Stadt zu fahren. Er hatte zwei Stunden Zeit, setzte sich auf die Terrasse des Restaurants und bestellte ein Frühstück. Danach war immer noch eine Stunde herumzubringen.

Erik schlenderte zum Souvenirladen, schaute in die Auslage, um wirklich nur Kram zu finden. Aber dann entdeckte er in einer verstaubten Ecke hinter dem Verkaufspult einen verdreckten Karton.

Er betrat den Laden, grüßte und fragte, ob es alte, vielleicht antike Souvenirs gebe. Dabei deutete er auf den Karton.

»Ach, das sollte schon lange weg. Kaputtes Zeug.« Der Inhaber zuckte die Achseln.

»Darf ich es sehen? Ich mag altes kaputtes Zeug.«

Erik grinste, aber sein Herz raste, er konnte sich die Gier nach der Pappschachtel nicht erklären.

»Ist wirklich zum Wegwerfen, glauben Sie mir.« Trotzdem hob der Besitzer den Karton auf den Tresen.

Bemüht entspannt schaute Erik hinein. Gleich würde er tot umfallen, sein Puls hüpfte, es fühlte sich an, als springe der ihm bald aus dem Hals. In der Schachtel lagen eine alte zerfledderte Seekarte und ein Kompass aus Messing.

»Sie sehen ja, die Karte ist kaum leserlich, uralt, will keiner mehr haben und der Kompass hat keine Nadel mehr, die Ziffern sind verblasst. Das kommt jetzt weg.«

»Wissen Sie, ich sammle so Zeug als Dekoration, wenn Sie es wegwerfen wollen, ich würde es gern haben.«

Der Besitzer taxierte Erik mit gierigem Funkeln in den Augen.

Also Geld. Okay, dann würde er dafür zahlen, alles, was er besaß, würde er dafür geben. »Natürlich will ich es nicht umsonst, was soll der Plunder denn kosten?«

Der Mann kratzte sich im Nacken. »Was ist es Ihnen denn wert?«

Erik zockte. »Also für Dekozeug gebe ich nie mehr als fünfzig aus.« Er wartete. Es kam keine Antwort. »In Anbetracht, dass das Messing ist«, er drehte den Kompass in den Händen, »würde ich auch achtzig geben.«

Gut, er war näher dran, denn der Kerl runzelte die Stirn, schien zu überlegen.

Erik legte den Kompass bedächtig neben die Seekarte, klappte die Schachtel zu, wandte sich zum Gehen.

»Warten Sie, für hundert gehört das Ihnen.«

Ganz offensichtlich war Eriks Understatement richtig schlecht gewesen, der Typ hatte gemerkt, wie viel ihm daran lag. Er nickte, zahlte den Betrag und nahm seinen Schatz mit. Noch ein Zeichen, nein, es konnte kein Zufall sein.

In der Stadt kaufte Erik Lebensmittel ein, eintausend Seiten Kopierpapier und genügend Kugelschreiber. Er würde die wahre Chronik des Admirals und der Insel verfassen. Er musste! Vor Glückseligkeit machte er einen Luftsprung.

KAPITEL 7

urück in der Casa entfaltete er mit zitternden Fingern die zerfledderte Seekarte, starrte minutenlang darauf. Erik konnte sein
Glück kaum fassen; sie war wirklich alt, ein Original! Vergleichbar
mit den Berichten von Calvez in der Chronik des Padre.

Schlaflos und damit traumlos wälzte er sich die ganze Nacht im
Bett, stand mit einem Brummschädel auf und vertiefte sich erneut
in die Karte. Schaute immer wieder in die Chronik, ließ es sacken.
Dann verbummelte er den restlichen Tag, lief spazieren und hoffte
auf tiefen Schlaf, um zu träumen. Erik musste einfach ins 16. Jahr-
hundert gelangen, die Geschichte aufschreiben. Es erfüllte ihn mit
einer Leidenschaft, die er nur von seiner Suche nach Finn kannte.
Nur diesmal nicht von Trauer geprägt.

Der einundzwanzigste April des Jahres 1503 erwachte mit einem
blauen, klaren Himmel und einem beständigen Wind von Ost. Die Zeit
der launischen Frühjahrsstürme war vorbei und im Hafen von Cádiz
lichteten die beiden Karavellen Santa Rosita und San Cristobal ihre
Anker, um, getrieben vom beständigen Nordostpassat, die gefährliche Reise über den Atlantik anzutreten. Leiter des kleinen Verbundes war Fernando Calvez, seit kurzem »Admiral Fernando Calvez«.

Mit der linken Hand leicht am Geländer der Brücke abgestützt, versuchte der Admiral mit der anderen Hand seine Augen gegen das gleißende Licht der Sonne zu schützen, während er die Arbeiten an Bord überwachte. Immer wieder musste er seinen Kopf senken, blinzeln, bis er die Kontrolle wiederaufnehmen konnte. Beim Auslaufen aus dem Hafen beobachtete er genau, wie die restlichen Segel gehisst wurden, freute sich über die Mannschaft, welche zügig und sorgfältig arbeitete, und genoss den Moment, als die Schiffe langsam Fahrt aufnahmen. Die Segel waren prall gefüllt und das neue weiße Tuch hob sich strahlend gegen den tiefblauen Himmel ab. Das Holz der Karavelle leuchtete hell, das Deck wirkte sauber und glatt wie ein Esstisch. Erst vor drei Monaten war sein Schiff fertiggestellt worden. Jetzt führte seine kleine Reise zu den Kanaren. Eine Fahrt, die er nur unternahm, um Karavelle und Mannschaft zu prüfen.

Eigentlich hatte Fernando Calvez nicht damit gerechnet, dass er in seinem Leben jemals das Kommando für eine Atlantikübung erhalten würde. In diesen Tagen waren Abenteurer und Hasardeure gefragt, und ein solcher war er nicht. Weder war er Schützling eines einflussreichen Herzogs, der seine Gelder in aberwitzige Expeditionen steckte, noch eine kraftstrotzende, junge Zukunftshoffnung für das spanische Königreich. Das Einzige, was für ihn als Kommandanten sprach und was man ihm nicht absprechen konnte, war seine weitreichende Erfahrung. Mit sechsundfünfzig Jahren trug er das Haar immer noch dicht und voll. Die Zeit und die Sorgen hatten es ergrauen lassen und seine einst stolze Haltung war einer demütigen Beugung gewichen. Aber die klaren Augen, die in einem gebräunten, faltigen Gesicht lagen, der feste Griff, mit dem er sich am Geländer festhielt, ließen erahnen, dass er nichts von seiner Entschlossenheit eingebüßt hatte.

Sein Vater war ein kleiner Beamter am königlichen Hofe gewesen. Schon als Kind erwachte bei Calvez die Sehnsucht nach Reisen und fernen Ländern, wenn er Kaufleute in der Stadt oder Kapitäne mit schicken Uniformen vor den Gängen des Schreibzimmers seines Vaters sah. Dann hörte er sie von ihren Abenteuern berichten, von der unendlichen Pracht des Meeres, von den Reichtümern Chinas und Indiens.

Als die Eltern das Betteln ihres Sohnes nicht mehr hören konnten, nutzte der Vater seine Beziehungen bei Hofe. Ein Kaufmann, der in seiner Schuld stand und eine Flotte von drei Handelsschiffen besaß, versprach dem Vater, Fernando dem besten Kapitän seiner Flotte anzuvertrauen. So gelangte er auf die Santa Maria, ein ansehnlich großes Handelsschiff, das im Mittelmeer segelte. Die Santa Maria stand unter dem Kommando von Kapitän Sontante. Wie seinem Vater zugesichert, wurde Fernando so ausgebildet, dass er alles lernte, was ihn später befähigen würde, als Kapitän ein Schiff zu führen.

Dennoch legte Kapitän Sontante Wert darauf, dass Fernando in die Masten kletterte, Segel reffen, bergen und hissen konnte. In den ersten Wochen musste er sogar mit den einfachen Matrosen das Deck schrubben. Der Kapitän war ein penibler Lehrmeister, forderte präzise Kursbestimmung, saubere Navigation und schnelle und reibungslose Seemanöver. Ungenauigkeiten in der Seekarte wurden von ihm eigenhändig korrigiert.

All dies lehrte er über die Jahre auch den jungen Fernando, der mit zunehmendem Wissen den Eindruck gewann, dass die Seefahrt weniger Abenteuer als vielmehr Wissenschaft war. Bald wurde aus Calvez ein guter Navigator und brauchbarer Kartograph.

Ebenso viel Wert wie auf das Wissen um Navigation und Karten legte Sontante jedoch darauf, dass Fernando es verstand, Menschen zu beobachten. Er lernte die Bedeutung einer zufriedenen, harmonischen Mannschaft für die Geschicke an Bord kennen. Nur ein einziger übelgelaunter Seemann konnte die Stimmung einer ganzen Mannschaft vergiften. Und so galt es, Unruhen frühzeitig zu erkennen und diesen entgegenzuwirken. Erkannte Sontante aufkommende Nachlässigkeiten an Bord, so hielt er sich immer an sein eigenes Motto, nicht die Peitsche, sondern allein kräftige Arme könnten die Segel hissen. Daher versuchte er so weit wie möglich, Strafen zu vermeiden. Er sprach viel mit den Matrosen und teilte mit ihnen sogar das Abendessen. Die Mannschaft dankte es Sontante mit ihrer Kraft und Loyalität, denn trotz des kargen Lohnes und der schlechten Verpflegung arbeitete sie gern für ihn.

Auf der Santa Maria lernte Calvez die Handelsrouten des Mittelmeeres kennen, die ihn sogar bis ins ferne Byzanz führten. Er verstand, dass der kürzeste Weg nicht immer der beste sein musste. So zog es Sontante beispielsweise vor, bei schweren Unwettern einen Umweg im Schutze der Küste zu nehmen, anstatt auf offener See einen Mastbruch zu riskieren. Bekannte Piratenrouten umsegelte der Kapitän weiträumig, nicht nur, um das Leben der Mannschaft und das Frachtgut zu schützen, sondern weil nach seiner Meinung Ausweichmanöver bei der Flucht vor Piraten ebenso viel Zeit kosteten wie der von ihm vorgezogene Umweg.

Fernando war fasziniert von all den neuen Häfen, den Städten, den fremden Menschen und den unbekannten Pflanzen. Er konnte sich nicht sattsehen an den wechselnden Baustilen, an unterschiedlichen Moden, und er bereute zu keinem Zeitpunkt, sich für die See entschieden zu haben. Nach zehn Jahren in der harten Schule von Kapitän Sontante vertraute ihm der Kaufmann Jaime De Nabero eine eigene Karavelle an.

Die Saleno war ein kleines, schwerfälliges und betagtes Schiff, das auf der Handelsroute zwischen Valencia und Neapel eingesetzt wurde. Auch wenn die Route seemännisch keine Herausforderung darstellte, so erfüllte Fernando der Kapitänsposten auf diesem Segler mit Stolz. Er genoss die Freiheit, sein eigener Herr zu sein. Sicher führte er den Zweimaster, wie Sontante es ihn gelehrt hatte, und er musste in den fünf Jahren seines Dienstes weder den Verlust einer Ladung noch den eines Seemannes beklagen. Dann benannte ihn Jaime De Nabero plötzlich völlig überraschend zum Kapitän der Santa Maria.

Bei der Übergabe des Schiffes führte Sontante Fernando durch die Santa Maria, übergab Logbuch und Seekarten und schüttelte ihm, nachdem sie die Besichtigung beendet hatten, auf der Brücke die Hand und wünschte ihm alles Gute. Erst kurz bevor Sontante das Schiff verließ und von Bord ging, gab er seine förmliche Haltung auf, schaute Fernando nochmals an und sagte ihm leise, dass er überzeugt sei, dass De Nabero die richtige Wahl getroffen habe. Es war das letzte Mal, dass Calvez den Kapitän sah. Bereits auf seiner ersten Fahrt nach Norden erreichte Sontante mit seinem neuen Schiff den Zielhafen nicht. Das erfuhr Fernando aber erst Monate später.

Gleich nach der Übergabe der Santa Maria setzte er Segel und brachte eine Fracht nach Venedig.

In den folgenden Jahren steuerte er die Santa Maria in nahezu alle wichtigen Häfen des Mittelmeeres. Vor der Einfahrt in Häfen der Städte, die er noch nicht kannte, schloss er die Augen und malte sich aus, wie die Menschen wohl aussähen, wie sie ihre Häuser bauten, wie sie sich kleideten und welche Gewürze es zu schmecken gab. Jedes Mal, wenn er etwas Neues entdeckte, stach es ihm ins Herz, denn anstatt seine Sehnsucht nach Neuem zu befriedigen, weckten die Eindrücke nur die Neugier, was es noch auf dieser Welt geben mochte. Obwohl er wusste, dass nur Seeleute die Möglichkeit hatten, so viel von der Welt zu sehen, packte ihn doch manchmal Wehmut, dass das Mittelmeer an den Grenzen des maurischen Reiches endete und ihn nicht bis in das sagenhafte China führen konnte.

Calvez war gerade erfolgreich von einer Handelsfahrt in den Hafen von Valencia zurückgekehrt und wollte die Nachricht, die sich wie ein Lauffeuer in allen Gassen ausbreitete, zuerst nicht glauben. Seeleute klopften sich lachend auf die Schenkel, wenn sie die Geschichte von dem offenbar verrückten Genuesen erzählten, der tatsächlich Freiwillige suchte, die ihn auf einer »Narrenmission« begleiten sollten.

Dieser Narr namens Colón glaubte doch tatsächlich, er könne die Erde umsegeln. Unabhängig davon, dass noch nicht sicher sei, ob die Erde tatsächlich die Gestalt einer Kugel habe, wie immer mehr Leute glaubten, so gliche doch das Wagnis, über den wilden und unberechenbaren Atlantik zu segeln, mehr einem unchristlichen Selbstmord denn einer Forschungsreise. Nicht ganz so laut witzelte man darüber, dass der königliche Rat bei seinen Besprechungen reichlich Wein getrunken haben müsse, denn anderenfalls wäre es nicht zu verstehen, wie der König habe empfehlen können, diesem Cristóbal Colón tatsächlich drei Schiffe bereitzustellen. Bevor man diese Schiffe im Meer versenke oder sie doch am Rand der Erde abstürzen lasse, solle man sie lieber im Meer zerschlagen und das Holz an kalten Wintertagen verheizen.

Fernando Calvez erinnerte sich an die Erzählungen seines Großvaters. Immer wieder hatte der ihm erklärt, dass die Erde eine Scheibe sei. Die Kirche hatte dies streng gepredigt und keine andere Meinung geduldet. Nun war die Überzeugung, die Erde gleiche einer

Kugel, weit verbreitet, aber es gab unzählige Menschen, die diese neue Wahrheit als Ketzerei verdammten.

Calvez war sich sicher, dass er »wusste«, dass die Erde nicht flach wie ein Teller sein konnte. Er erinnerte sich an seine ersten Tage unter Kapitän Sontante.

Die Luft war mild gewesen und ein leichter, kaum merklicher Wind hatte sich über das Meer gelegt. Sontante hatte ihn in den Ausguck befohlen, wo er nach anderen Schiffen Ausschau halten sollte. Die Sicht war klar und obwohl sie Valencia bereits vor zwei Tagen verlassen hatten, glaubte er, in der Ferne die Küste Spaniens zu erkennen.

Als er den Horizont nach weiteren Schiffen absuchte, schien er ihm nicht gerade, sondern in einem Bogen zu verlaufen. Immer wieder rieb er sich die Augen, um sicherzugehen, dass er nicht irrte. Als er seinen Ausguck endlich verlassen durfte, schilderte er dem Kapitän verstört, aber auch aufgeregt seine Beobachtungen. Dieser führte ihn in seine Kajüte und legte ihm, beinahe schon gütig, die Hand auf die Schulter.

»Nun, mein junger Fernando, jetzt hast du es selbst gesehen. Unsere Mutter Erde ist eine Kugel. Nur noch wenige Bauerntölpel vertrauen dem Geschwätz der alten Pfaffen, die Erde sei eine Scheibe. Natürlich ist es den meisten Pfaffen recht, wenn die Menschen glauben, die Erde sei platt wie ein Serviertablett. Je dümmer der Mensch, desto leichter lässt er sich führen. Aber hier auf hoher See haben uns die Kirchenbrüder nichts zu sagen. Hier können wir die Wahrheit entdecken, wie du eben.«

Die Neugier nach weiteren Entdeckungen, die Aussicht auf neues, geheimnisvolles Wissen, die Hoffnung, der Erde noch mehr Geheimnisse entlocken zu können, fesselten Calvez nach jenem Tag noch fester ans Meer.

Auf dem Weg zum Kontor, in dem er mit Jaime De Nabero den Verlauf der letzten Reise besprechen und die nächste Fahrt planen wollte, biss sich ein Gedanke in ihm fest, grub sich immer tiefer.

Nach einem freundschaftlichen Händedruck setzten sich De Nabero und er in zwei gemütliche Sessel, und Fernando berichtete sachlich und knapp, wie der Schiffsherr es liebte, vom Verlauf der Reise, von seinen politischen Beobachtungen, von den Entwicklungen der Preise, von Nachfrage und Bedarf und legte dann die Abrechnungsbögen vor, bevor er zum Schluss Kassensturz machte. Die unerwartet hohen Einnahmen zeichneten einen deutlichen Ausdruck der Freude in De Naberos Gesicht. Bevor er sich bei Fernando bedanken konnte, fragte dieser schon, ob die Gerüchte über jenen Genuesen, die er im Hafen vernommen hatte, den Tatsachen entsprächen. De Nabero versicherte, es gebe diesen Genuesen und seinen verrückten Plan, und in der Tat werde dieses Vorhaben von der Krone unterstützt. Dabei zeigte er sich besorgt, dass dieses Vorhaben den Handelsbeziehungen schaden könnte, die ohnehin durch die Schlachten um Granada beeinträchtigt waren. Wohl auch grundsätzlich würde sich die Beziehung zu Genua und Venedig, insbesondere jedoch zu Rom, deutlich verschlechtern, da diese Reise geeignet sei, Beweis zu erbringen, dass sich die heilige Römische Kirche über Jahre hinweg geirrt habe.

De Nabero beklagte weiter, dass gerade jetzt, nachdem Spanien durch die Vertreibung der Ungläubigen aus Europa vor dem Heiligen Stuhl an Ansehen gewonnen hätte, der neu erworbene Ruf leichtfertig aufs Spiel gesetzt werde.

»Die Genuesen werden schon Gründe gehabt haben, warum sie einem Sohn ihrer Stadt die Unterstützung für ein solches Abenteuer verweigert haben.« Dann fluchte er darüber, dass es in seinen Augen sinnvoller sei, das Meer südlich der Kanaren und der Küste Afrikas zu erforschen, als einem Fantasten drei Schiffe bereitzustellen, um einen westlichen Seeweg nach Indien zu erkunden.

Fernando Calvez zögerte einen Moment. Die Argumente von De Nabero waren stichhaltig. Warum verweigerte gerade die Heimatstadt des Fremden jegliche Unterstützung, einen Seeweg nach Indien zu suchen? Auch die Portugiesen, die verschiedene Reisen nach Westen unternommen hatten, konnten trotz wochenlanger Wagnisse auf hoher See von nichts anderem berichteten als von einem wütenden, brüllenden Meer, von erheblichen Verlusten in der Mannschaft und von der Entdeckung einiger kleiner, unbedeutender Inseln. Auch Calvez fiel kein Argument ein, warum gerade Spanien, das noch immer unter den Folgen der Jahrzehnte andauernden Besetzung durch die Mauren litt, nunmehr diese Expedition finanzieren sollte. Dass es mit Sicherheit einen westlichen Seeweg nach Indien gab, stand für Calvez außer Frage. Doch war das Meer, das es zu überqueren galt, nicht zu groß, zu gewaltig, zu wild und gefährlich, um von den Schiffen der Menschen bezwungen zu werden? Andererseits, wie sollte er die Erde besser kennenlernen, besser verstehen, wenn er stets auf alle Zweifel Rücksicht nahm und nur darauf wartete, was andere berichteten? Calvez hielt De Nabero vor, dass von Zeit zu Zeit Männer ein Risiko wagen müssten.

»Ohne den Mut eines Marco Polo wäre uns China heute noch unbekannt. Bedenkt, welch vielfältiges Wissen wir durch Polo erlangt haben. Ich will nicht glauben, dass unser gnädiger Gott uns eine runde Erde schenkt, uns aber auch ein Meer von solcher Grausamkeit gibt, dass wir daran scheitern müssen.«

»Kapitän, versündigt Euch nicht. Bedenkt die Vertreibung aus dem Paradies, dass es alleine Adam war, der die Früchte des verbotenen Baumes kostete.«

»Werter Herr, Ihr werdet doch nicht den Genuesen als eine Schlange in Menschengestalt sehen, die uns gesandt wurde, um uns zur Sünde zu verführen. Ich kenne weder im Alten noch im Neuen Testament einen Hinweis des Herrn, der uns untersagt, die Meere zu erforschen.«

»Doch: die heilige Römische Kirche …«

»Werter Herr, es wäre nicht das erste Mal, dass sich unsere Päpste irren.«

De Nabero und Calvez stritten noch einige Zeit, und je länger ihr Disput dauerte, umso mehr verloren sie ihr ursprüngliches Thema, nämlich Sinn und Zweck der Reise Colóns, aus den Augen und verstrickten sich in einer religiösen Diskussion.

Schließlich schwiegen sich die beiden Männer längere Zeit ratlos an, bis Calvez endlich seine Gedanken geordnet hatte und Jaime De Nabero bat, ihn von seinen Pflichten als Kapitän der Santa Maria zu entbinden. Fernando Calvez war entschlossen, sich der abenteuerlichen Reise des Genuesen anzuschließen. De Nabero schien wie gelähmt, er stotterte: »Calvez, Ihr seid mein bester Kapitän, mittlerweile ein Bestandteil meines Handelshauses.« Er erschrak sichtlich bei dem Gedanken, ihn zu verlieren; Calvez wusste, er sicherte ihm bisher die größten Gewinne, wollte ihn deswegen von dem Plan abbringen, stellte ihm sogar ein neues Schiff in Aussicht. Doch an der Entscheidung von Calvez gab es nichts zu rütteln.

Zum Abschied und in Hoffnung auf eine gesunde Wiederkehr lud De Nabero Calvez ein, gemeinsam eine Flasche alten Wein zu trinken. Die Männer saßen noch lange zusammen, es wurde eine zweite Flasche Wein, und während Calvez mit wachsender Begeisterung von den unendlichen Möglichkeiten berichtete, die eine Seeroute nach Indien mit sich bringen könnte, schien sich De Nabero langsam mit der Entscheidung von Calvez anzufreunden.

Es könne ihm ein Vorteil daraus erwachsen, meinte er zu Calvez, dass, sollte es den Weg nach Westen tatsächlich geben, sein Kapitän den Kurs kennen und vielleicht Handelsbeziehungen knüpfen würde. »Immerhin trage ich zum Erfolg der Expedition bei, indem ich meinen besten Kapitän für die Forschungsreise abstelle.«

Der Wein hatte ihre Zungen gelöst, und als sie sich am späten Abend verabschiedeten, trennten sie sich fast als Freunde.

Am nächsten Morgen packte Calvez an Bord der Santa Maria seine Sachen, insbesondere seine geliebten Messinstrumente. Den Kompass, den Jakobsstab, das Nocturnum und das Stundenglas, das von venezianischen Glasbläsern meisterlich gefertigt worden war, wickelte er jeweils in weichen Stoff und verstaute alles vorsichtig in seiner Tasche. Die Geräte waren das Wertvollste, was er besaß. Sie waren sorgfältig und präzise gearbeitet, maßen genau und hatten sich in der Vergangenheit als Garant für seine erfolgreiche Arbeit als Kapitän erwiesen. Dann unterrichtete er die Mannschaft, dass er nicht mehr der Kapitän der Santa Maria sei, verschwieg aber, um sich nicht dem Gespött auszusetzen, dass er sich der Expedition des Genuesen anschließen wollte. Stattdessen erfand er eine geheime Mission in den Norden Spaniens, über die er keine Einzelheiten preisgeben dürfe. Die Mannschaft war bestürzt und schaute sichtlich betroffen zu, wie er ein letztes Mal das Schiff inspizierte. Er streichelte nahezu jedes Tau, die Masten, das Steuerruder mit einer gewissen Wehmut, und als er von Bord ging und sich ein letztes Mal umdrehte, fühlte er Stiche in seiner Brust. Die Santa Maria war zwanzig Jahre lang sein Zuhause gewesen. Mit schnellen Schritten verließ er den Hafen und machte sich auf den Weg nach Palos, jener Stadt im Süden Spaniens, in der die Teilnehmer der Expedition zusammengestellt wurden. Auf der Reise nach Huelva erschrak er mehrfach über sich selbst. In seinem ganzen Leben war er nie ein Mensch schneller Entschlüsse gewesen. Jede Entscheidung seines Lebens hatte er bisher sorgfältig nach dem Für und Wider abgewogen, war ein sorgfältiger Arbeiter gewesen, wie man es ihn gelehrt hatte. Umso weniger konnte er verstehen, dass er in den lediglich fünfzehn Minuten, die er vom Verlassen der Santa Maria bis zum Kontor gebraucht hatte, sein ganzes bisheriges Leben aufgegeben hatte. Wäre er in den Diensten von De Nabero geblieben, hätte ihm eine sichere Zukunft bevorgestanden, sein Einkommen wäre üppig gewesen und hätte ihm erlaubt, eine Frau von Stande zu ehelichen und eine Familie zu gründen. Stattdessen stürzte er sich ins Abenteuer mit ungewissem Ausgang. Seine Verwunderung und Verärgerung über sich selbst wichen jedoch, verblassten geradezu, als er sich die neuen Menschen, Länder und Sitten in seinen Träumen ausmalte.

Erik war so atemlos und freudig erregt, wie sein Freund Calvez es in der Vergangenheit gewesen sein musste. Aufbruch zu neuen Ufern hieß es in Eriks Schriften, die er wie ferngesteuert verfasst hatte. Die Wörter flossen geradezu auf das Papier, ohne dass er sich entsprechender Gedanken bewusst werden konnte. Zeile um Zeile und Blatt für Blatt. Wieder einmal.

KAPITEL 8

anz Spanien war in jenen Tagen von zwei Gesprächsthemen beherrscht. Da war die landesweite Freude über die Vertreibung der Mauren aus Granada, und je weiter Fernandez nach Südwesten reiste, umso mehr sprach man über diesen seltsamen Cristóbal Colón und seine abenteuerlichen Ideen.

Als Calvez in Valencia aufbrach, hatte er die Befürchtung, er könne an der Entdeckungsreise nicht teilnehmen, da sich mit Sicherheit Tausende von Seeleuten eingefunden hätten und darum drängten, den neuen Seeweg zu erforschen und vielleicht das unbekannte Indien zu entdecken. Je näher er Huelva kam, umso mehr war er überzeugt, dass er sich umsonst sorgte. Aus den Gesprächen, die er auf Marktplätzen oder in Gasthöfen aufnahm, kannte er die fast einhellige Meinung der Menschen, dass es wohl keinen vernünftigen Seemann geben werde, der es vorzog, sich in den sicheren Tod zu stürzen, nur damit der Genuese seine Fantastereien ausleben könnte.

Wo immer er sich nach seiner Ankunft in Palos erkundigte, wo man sich für die Teilnahme an der Forschungsreise anmelden könne, er erntete bei allen Befragten ein mitleidiges Lächeln oder verständnisloses Kopfschütteln. Nur ein kleiner Junge bot ihm an, ihn zu dem Haus zu führen. Calvez hoffte, endlich Colón treffen zu können. Er stellte ihn sich ähnlich vor wie seinen Lehrmeister Sontante, der ruhig und sorgsam eine Reise vorbereitete, sämtliche Einzelheiten bis ins Detail plante und seine Mannschaft peinlichst genau beobachtete, um eventuelle Störenfriede ausfindig zu machen.

Calvez betrat das Gebäude, fand gleich hinter dem Eingang einen schäbigen Holztisch, hinter dem ein schlecht barbierter, verschwitzter Mann in Uniform saß. Gelangweilt hatte er den linken Ellenbogen auf dem Tisch aufgestützt und den Kopf in die offene Handfläche gelegt. Seine Rechte spielte mit ein paar Würfeln.

»Guten Tag, mein Name ist Fernando Calvez. Ist es möglich, den Kapitän Colón zu sprechen?«

»Nein.«

Calvez war verwirrt über die knappe Antwort. »Und warum nicht?«

»Nicht da, in Madrid. Warum?«

»Ich wollte anfragen, ob er auf der anstehenden Forschungsreise meiner Dienste bedarf.«

Der Uniformierte schlug ein vor ihm liegendes Register auf, griff zur Feder, tauchte sie tief in das Tintenfass und murmelte: »Matrosen, die anheuern wollen, brauchen nicht mit dem Kapitän zu sprechen.«

Calvez kochte vor Wut und hatte Mühe, Zurückhaltung zu wahren. »Guter Mann, erstens bin ich kein Matrose, sondern Kapitän Calvez. Zweitens habe ich nicht den Eindruck, dass sich viele Seemänner darum bemühen, auf dieser Fahrt anzuheuern. Die wenigen, die es dann doch tun, haben es sicherlich nicht nötig, sich von Euch wie Abschaum behandeln zu lassen.«

Schlagartig änderte sich die Haltung des Mannes. Er setzte sich auf, schaute Calvez feindselig an. Als er antwortete, standen die Worte im Widerspruch zu seinem Gesichtsausdruck.

»Entschuldigung, es tut mir leid. Kann ich Euch vielleicht zu Señor Pinzon bringen? Er bereitet die Reise während der Abwesenheit von Kapitän Colón vor.«

»Ja bitte!«

Er führte Calvez durch Gänge und über Treppen. Dabei hatte der Kapitän ein flaues Gefühl im Magen, weil er Colón nicht treffen konnte. Zu gern hätte er sich ein Bild von dem Mann gemacht, der solch wagemutige Pläne schmiedete und dem er sein Leben anvertrauen wollte.

»Wartet hier, ich frage, ob Señor Pinzon zu sprechen ist.«

Calvez schrak aus seinen Gedanken. Sein Führer verschwand hinter einer großen Eichentür, die mit aufwendigen Schnitzereien versehen war. Den Vorraum schmückten allerhand Gemälde von Künstlern, deren Namen Fernando kein Begriff waren. All das ließ darauf schließen, dass dieses Haus mehr als ein Verwaltungsgebäude war, in dem Matrosen anheuerten.

Pinzon, irgendwie kam Calvez der Name bekannt vor. Natürlich, De Nabero hatte ihn häufiger erwähnt. War das nicht der Kaufmann, der hauptsächlich die atlantischen Handelsrouten bediente? Er kam nicht weit mit seinen Überlegungen, da sein Führer wieder erschien.

»Señor Pinzon lässt bitten.«

Der Uniformierte trat aus der Tür und hielt sie mit einer Verbeugung für Calvez offen. Mit unsicherem Schritt trat der Kapitän ein. Durch große Fenster flutete das Sonnenlicht in den hohen Raum, kunstvolle Stuckarbeiten an der Decke erinnerten an das Gemach eines Palastes, Wandteppiche und orientalische Motive verliehen dem sonst kargen Zimmer eine Atmosphäre von Wärme und Geborgenheit. Ein riesiger, wahrhaft prächtiger Schreibtisch aus Eiche bildete den Mittelpunkt der Einrichtung. Hinter dem Tisch stand Pinzon, ein Mann von durchschnittlicher Größe, mit strengem Haarschnitt. Ohne eine Miene zu verziehen, schaute er Calvez an.

»Ihr seid Kapitän?«

»Ja, Señor. Calvez, Fernando Calvez.«

»Besitzt Ihr ein eigenes Schiff?«

»Nein, bisher stand ich im Dienste des Kaufmanns De Nabero.«

Pinzon runzelte die Stirn und schien nachzudenken. »De Nabero, De Nabero«, murmelte er vor sich hin, dann hellte sich seine Miene auf.

»Aus Valencia, richtig?«

»Ja, Señor!«

»Dann seid Ihr bisher immer im Mittelmeer unterwegs gewesen? Ich kenne mich in diesem Teil der Ozeane wenig aus, leider. Aber ich habe schon viel von der Schönheit der Inseln gehört.«

»Wenn man die Muße hat, auf diesen Inseln zu verweilen, sind sie sicherlich wunderbar. Doch für einen Seemann, der ein Schiff durch das Labyrinth der Inseln führen muss, sind sie zeitweise ein Grauen.«

Pinzon runzelte erneut die Stirn und Calvez fuhr fort: »Böige, manchmal unberechenbare Winde und Untiefen erfordern stets Wachsamkeit. Ganz zu schweigen von der Gefahr, dass aus irgendeiner unscheinbaren Bucht ein Piratenschiff erscheint.«

»Ich dachte bisher, die Straße von Messina sei in jeglicher Hinsicht das schwierigste Gewässer.«

Pinzon fragte offensichtlich nicht leichtfertig, sondern unterzog Calvez regelrecht einem Verhör. Und so beantwortete er Fragen zur Strömung von Korinth, zur Hafeneinfahrt von Genua, zur Insellage Venedigs, damit sich Pinzon sicher sein konnte, in Calvez einen erfahrenen Kapitän vor sich zu haben.

»Entschuldigung, Señor, doch Eure Fragen klingen so, als ob Ihr selbst ein Mann der See seid.«

»So ist es, ich bin auch Kapitän. Allerdings bin ich mit den Tücken der Kanarischen Inseln bestens vertraut.«

Calvez hörte aufmerksam zu, dann ließ ihm seine Neugier keine Ruhe. »Verzeiht mir meine Frage, aber seid Ihr mit dem Kaufman Pinzon verwandt?«

»Ah, Ihr habt schon von mir gehört. Ich bin Kaufmann und Seemann. Schaut, ich kenne die Stimmung in den Gossen, die Leute, die unsere Unternehmung als verrücktes Unterfangen beschimpfen. Ich weiß um die Meinung vieler Kaufleute, die von einer Seeroute nach Indien nichts hören wollen. Als Kapitän will ich wissen, was uns erwartet, wenn wir nach Westen segeln, wie weit der Weg nach Indien ist, und als Kaufmann reizt es mich festzustellen, ob ein Seeweg nach Indien unserer Krone und mir wirtschaftliche Vorteile bringt.

Gleichwohl ist der königliche Rat sehr zögerlich und hat Colón nur eine Karacke zur Verfügung gestellt. Ich habe mich entschlossen, die Forschungsreise mit zwei zusätzlichen Karavellen zu unterstützen.«

»Verzeiht, heißt das, dass Ihr zwei Eurer Schiffe ins Abenteuer schickt?«

»Ja, aber nicht nur das. Mein Bruder Vincent ist Kapitän der Niña, ich selbst werde die Pinta führen. Ich kann Euch daher kein Kommando über ein Schiff anvertrauen.«

Pinzon sah wohl die aufgekommene Enttäuschung in Calvez' Augen und fügte deshalb rasch hinzu: »Sollte Euch allerdings eine Arbeit als Navigator nicht zu nieder sein, so seid an Bord der Niña willkommen.«

»Solange ich nicht das Deck schrubben muss, bin ich Euer Mann!«

Pinzon lachte kurz auf, wurde aber gleich wieder sachlich: »Nun, ich sagte Euch, dass ich Kaufmann bin. Die Pinta und die Niña sind meine Schiffe, ich bezahle die Mannschaft und die komplette Ausrüstung. Ich weiß nicht, ob wir eine erfolgreiche Handelsfahrt haben werden. Die Heuer ist daher nicht üppig bemessen. Sollten wir jedoch günstig Waren eintauschen oder erwerben können, um sie hier zu verkaufen, so soll dies nicht zum Nachteil der Mannschaft gereichen, auch nicht zu Eurem. Ich muss leider so rechnen, nicht jeder bekommt ein Schiff vom königlichen Rat geschenkt.«

Calvez nickte, ein wenig nachdenklich geworden. So sehr sich Pinzon auch für die Idee Colóns zu begeistern schien, so waren die Vorbehalte gegen den Genuesen doch offensichtlich. Viel Zeit hatte er nicht, um darüber nachzudenken. Pinzon führte ihn zu dem großen Schreibtisch und breitete eine Karte aus. Es verging einige Zeit, ehe Calvez verstand, dass er eine Zeichnung der runden Erde vor Augen hatte. Er erkannte Spanien, Portugal, die Kanaren, die afrikanische Westküste

»Nun Kapitän, seht Ihr das Ziel unserer Fahrt?«

Calvez deutete mit dem Zeigefinger auf die Karte. »Dies sollte das chinesische Reich und dies Indien sein.«

»So ist es. Wir planen, mit Hilfe des Nordostpassats und der Strömung nah Südwest zu segeln, um dann Indien zu erreichen. Sicherlich birgt diese Karte noch einige kleine Ungenauigkeiten, die wir jedoch vor Ort korrigieren werden.«

So leicht es Fernando bald fiel, sich auf der Karte zurechtzufinden, konnte er dennoch ein Gefühl des Unbehagens kaum unterdrücken. Der große Atlantik erschien auf der Karte seltsam klein, nicht annähernd so erschreckend unendlich, wie von Seemännern berichtet. Doch so sehr er nachdachte, er konnte nichts entdecken, was an der Karte offensichtlich falsch war.

Die Reise nach Palos war beschwerlich gewesen. Tage in Kutschen, auf Eselswagen oder zu Fuß, unbequeme Nächte in Kaschemmen, Ställen oder unter freiem Himmel lagen hinter dem Kapitän. Als er nun in Palos im sauberen Bett des Gasthofs nahe der Kirche lag, hätte er sofort einschlafen müssen. Doch die Unruhe ließ ihn nicht los. Zu sehr beschäftigte ihn ein Gespräch zwischen den Brüdern Pinzon, dessen unfreiwilliger Zuhörer er geworden war. Vincent war in das Büro gekommen, um letzte Vorbereitungen zu besprechen, und der Kaufmann hatte Calvez gebeten, während der Unterredung mit seinem Bruder vor dem Büro zu warten. Zunächst hatte Calvez gedacht, das Gespräch gelte ihm, bis er sich des tatsächlichen Inhaltes bewusst wurde.

»Wer glaubt er denn, wer er ist? Mit seinen Segelkünsten ist er doch noch nicht über das Mittelmeer hinausgekommen.«

»Das stimmt so nicht, lieber Bruder, doch schon beim ersten Versuch wurde er gleich von Piraten gekapert.«

Hämisches Gelächter.

»Nicht zu vergessen die Brautschau auf Madeira, allerdings als Reisender.«

Erneutes Gelächter.

Calvez versuchte, die Stimmen zuzuordnen, aber es gelang ihm nicht.

»Eine größere Karacke will er, eine Karacke. Weiß der Kerl überhaupt, wo er segelt?«

»Wohl nicht, lieber Bruder.«

»Ich frage mich, wie man diesem Kerl ein spanisches Schiff anvertrauen kann. Hierzulande gibt es doch genug fähige Kapitäne, da brauchen wir niemanden, der weder in Portugal noch in unserer Heimat … aber nein – der königliche Rat …«

Mehr konnte Fernando nicht verstehen, aber es war sicher, dass die Brüder Pinzon nicht sonderlich viel von Colón hielten. Schließlich tröstete er sich mit dem Gedanken, dass das Flaggschiff des kleinen Verbundes Santa Maria hieß, so wie »sein« Schiff, das er für De Nabero durch das Mittelmeer gesteuert hatte. »Seine« Santa Maria hatte bereits eine stattliche Größe, um wie viel größer und prächtiger musste dann die Santa Maria des königlichen Rates sein!

Plagte ihn in der Nacht noch Unbehagen, so packte Calvez am nächsten Morgen blankes Entsetzen. Alonso Pinzon hatte eingeladen, die Schiffe zu inspizieren. Die königliche Santa Maria war allenfalls so groß wie die von De Nabero, doch ihr Zustand war beklagenswert. Noch schlimmer stand es um die beiden Karavellen. Die kleinere, die Niña, war kaum fünfundzwanzig Schritte lang, eine Nussschale, und Fernando fragte sich ernsthaft, wie sie einen Sturm überstehen sollte.

Die Niña hielt er kaum in der Lage, das Mittelmeer sicher zu durchqueren, niemals würde sie dem gewaltigen Atlantik trotzen können. In Calvez stieg Furcht auf, die sich weiter steigerte, als er den schäbigen Zustand der Schiffe feststellte. Schäden an Masten und Segeln waren nur oberflächlich behoben worden. Das Holz war alt. Mehr als Größe und Zustand der Schiffe entsetzte ihn jedoch die Mannschaft. Ungeachtet, dass die Männer auf keinem der Schiffe bisher vollzählig waren, setzte sich die Mannschaft der Niña aus undisziplinierten Abenteurern zusammen, die durch das Versprechen großer Goldvorkommen gelockt wurden, wie ihm in der Hafenspelunke von erfahrenen Seefahrern zugetragen wurde. Dazu kamen solche Matrosen, die man unter Zwang zum Dienst verpflichtet hatte. Einige der Letzteren waren bereits wieder desertiert und es galt, Ersatz zu finden. Calvez konnte kaum glauben, dass alle Vorbehalte der Bevölkerung gegen diese Expedition zutreffend sein sollten.

Er schämte sich seiner Naivität, wollte weglaufen. Pinzon sagte, dass die Expedition ein Witz sei. Doch es gab kein Zurück. Fernando wusste, dass er für alle Zeiten mit dem Makel eines wortbrüchigen und feigen Kapitäns gebrandmarkt wäre, wenn er jetzt einen Rückzieher machte. Er war zur Mitfahrt verdammt.

Eine Seereise in unbekannte Gewässer, die Suche nach einem historischen Seeweg nach Indien – sollten da nicht die besten und teuersten Schiffe, die treuesten Matrosen seiner Majestät bereitstehen? Mehr noch als seine Enttäuschung über Schiffe und Mannschaft peinigte Fernando, dass seine Träume und Hoffnungen zerstört schienen.

Nach zwanzig Jahren Seefahrt im Mittelmeer quälten ihn die Routinen der Arbeit immer mehr. Er war gern auf See, doch er kannte alle Häfen, die Städte und die versteckten Gassen und Winkel. Es gab nichts mehr Neues zu erkunden. In seiner Enttäuschung darüber hatte er zuletzt sogar darauf verzichtet, sein Schiff zu verlassen und in den Städten herumzuschlendern, wenn es sich irgendwie vermeiden ließ. Aus dieser Niedergeschlagenheit wollte er ausbrechen, neue Anregungen sammeln. Zu tief saß die Furcht, sich in den späteren Jahren vorzuwerfen, sein Leben mit langweiligen Fahrten durch das Mittelmeer vertan zu haben. Aber das hier? Wie nahe war er seinen Träumen nun gekommen?

Fünf Tage später lernte Calvez Colón kennen. Er wusste vom ersten Moment an nicht, ob er ihn bewundern oder verachten sollte. Mit Sicherheit war Colón ein sehr belesener Mann und ein hervorragender Redner. Wenn er von seinem Vorhaben sprach, von den Entdeckungen, dann mit einer Begeisterung, der sich auch Calvez nicht zu entziehen vermochte. Andererseits war Colón kein so präziser und disziplinierter Arbeiter wie Sontante, sondern eher ein fahriger Mann. Sicherlich, die Argumente und Überlegungen Colóns zur Überquerung des Atlantiks überzeugten, aber neben dem Vorhaben, in südwestliche Richtung zu segeln, vermisste Calvez konkrete Pläne. Natürlich waren diese nur eingeschränkt möglich, weil nicht viel bekannt war, aber dennoch.

Immerhin erfuhr Calvez, dass Colón nochmals nach Madrid gereist war, um bessere Schiffe und wertigere Ausrüstung einzufordern, was ihm jedoch vom königlichen Rat versagt wurde. Seltsamerweise beruhigte es Calvez, dass Colón den miserablen Zustand der Schiffe erkannte und kritisierte. Umso mehr ärgerte es ihn aber, dass Colón nicht müde wurde, zu betonen, dass mit eiserner Disziplin, viel Arbeit und Gottes Hilfe der Erfolg der Expedition feststünde. Auch wunderte er sich, dass Pinzon, den er bisher als kühl kalkulierenden Kaufmann eingeschätzt hatte, bereit war, sein Leben und das seiner Brüder bei diesem Abenteuer aufs Spiel zu setzen.

Als die Santa Maria, die Pinta und die Niña endlich auf See waren, bestätigten sich schon nach wenigen Tagen Calvez' Befürchtungen. An der Pinta gab es einen Mastschaden, sodass zunächst die Kanaren angelaufen werden mussten, um Reparaturen durchzuführen. Die Santa Maria schien ihm zunächst das geeignetste Schiff für die Atlantikreise. Je länger die Fahrt jedoch dauerte, umso mehr stellte sich heraus, dass die Karacke ein Hemmschuh auf See war. Der Santa Maria fehlte es an Wendigkeit und sobald sich der Wind änderte, mussten Segel eingeholt und neu gesetzt werden. Die Pinta und die Niña mussten deshalb Fahrt herausnehmen, um der Santa Maria nicht davonzusegeln. Schließlich ordnete Colón an, zunächst nur westwärts zu segeln, um ständige Manöver zu vermeiden.

Vincent Pinzon bemühte sich gar nicht, seinen Missmut zu unterdrücken.

»Es musste so kommen, es musste ja unbedingt eine Karacke sein. Der Admiral bestand darauf. Dabei könnten wir schon mehr als zwanzig Leguas weiter sein. Und überhaupt, wo führt er uns hin? Dort liegt Indien!« Mit seiner ausgestreckten Hand deutete er Backbord voraus.

Eines Nachmittages ließ sich Vincent Pinzon zur Pinta hinüberrudern. Nach mehreren Stunden erst kehrte er zurück und grinste verschmitzt. Am nächsten Morgen war die Pinta verschwunden.
Colón bezichtigte die Brüder Pinzon der Verschwörung und Meuterei und ließ sofort Kurs Südwest steuern. Der Streit zwischen den Kapitänen schürte die Unruhe unter den Matrosen. Dann spielte auf beiden verbliebenen Schiffen der Kompass verrückt. Auch Calvez fand keine Erklärung. Unter den einfachen Männern an Bord verbreitete sich das Gerücht um das Ende der Welt, um Seeungeheuer und die Strafe Gottes wie ein Lauffeuer. Seit drei Tagen, dies war eine Tatsache, hätte Indien zu sehen sein müssen. Die Berechnung Colóns stellte sich als immer unzutreffender heraus. Die Stimmung unter den Männern wurde ständig gereizter und Calvez glaubte, dass lediglich der lang ersehnte Ruf »Land in Sicht« eine Meuterei verhinderte. Und als sie dann endlich Land betraten, war Calvez enttäuscht, dass es statt einer hohen Kultur, schönen Städten und Gold geschmückter Tempel lediglich primitive Eingeborene gab. Colón jedoch war vom Erfolg seiner Reise begeistert und bestand darauf, weiterzusegeln. So irrte man kreuz und quer durch das unbekannte Meer, entdeckte immer wieder eine Insel, bis schließlich die Santa Maria verlorenging.

Erik rieb sich über die Augen und sah kurz hoch. Wieder ins Jetzt zurückzukehren, war ein Schock. Er konnte es kaum glauben, was er hier zu Papier gebracht hatte.

Beinahe ungläubig warf er noch einen Blick auf die letzten Zeilen von heute, überflog sie. Die Heimfahrt unter Kolumbus – Colón – hatte sich schwierig gestaltet, aber natürlich hatte Calvez sie überstanden. So viele Träume und Schreibarbeiten lagen noch vor Erik und er zitterte vor Aufregung, als er zu Bett ging.

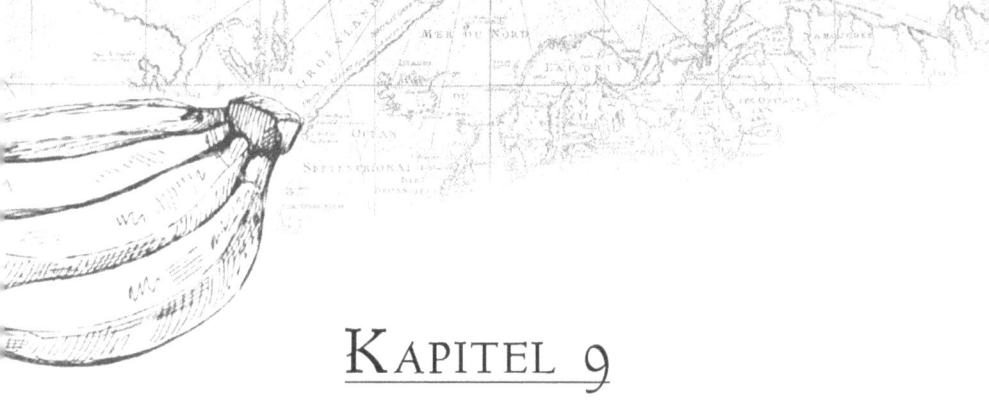

KAPITEL 9

aum hatte Calvez wieder spanischen Boden unter den Füßen, schwor er sich, keine Reise über den Atlantik mehr zu unternehmen. Während Colón unmittelbar nach der Ankunft aufbrach, um sich vom Volk und der Krone feiern zu lassen, verabschiedete sich Calvez leise von der Mannschaft und machte sich auf den Weg nach Valencia. So sehr er sich auch bemühte, unauffällig das Kontor De Naberos zu erreichen, es wollte ihm nicht gelingen. De Nabero schien ganz Valencia über die Reise »seines« Kapitäns unterrichtet zu haben. Wer Calvez erkannte, drängte ihn, von der Fahrt zu berichten, und selbst einige feine Leute, die ihn in der Vergangenheit noch nicht einmal eines Kopfnickens für würdig befunden hatten, bestanden nun darauf, ihm die Hand zu schütteln.

Jaime De Nabero begrüßte Calvez in seinem Kontor genauso herzlich, wie er sich vor einem Jahr verabschiedet hatte. Er war sichtlich erfreut, Calvez wiederzusehen. Der Mann, der mit einigen tollkühnen Seemännern den Seeweg nach Indien gefunden hatte, suchte wieder Beschäftigung bei ihm. De Nabero malte sich aus, wie sich die Rückkehr des Kapitäns auf das Handelsgeschäft auswirken könnte. Sicherlich würde er von dem allseits bekannten und guten Ruf des Kapitäns profitieren. Insbesondere hatte er jetzt einen Mann in seinen Reihen, der auch De Naberos Rang in der Gesellschaft Valencias förderlich war.

De Nabero gab vor, er müsse noch eine Ladung abrechnen und kontrollieren und lud Calvez für den Abend zu sich nach Hause ein, wo mit Sicherheit jeder gespannt sei, von der Reise nach Westen zu hören.

Es war das erste Mal, dass Calvez das Privathaus von Jaime De Nabero sah. Es lag am Rande der Stadt an einem Hügel. Die Bauweise erinnerte ihn entfernt an eine kleine Festung. Er konnte nur drei Seiten des Hauses sehen, der Blick auf die vierte war durch eine große Mauer versperrt, die den Garten umgab. Das Gebäude war ursprünglich eingeschossig und hatte kleine Fenster, zur Mitte hin war ein zweiter Stock mit etwas größeren Fenstern aufgesetzt. Calvez wandte sich ab und bewunderte den herrlichen Blick auf das Meer. Dann stieg er sieben Stufen zum Eingang des Hauses hinauf und erschrak, als die Tür geöffnet wurde, kaum, dass er die Glocke betätigt hatte.

Ein Diener nahm ihm seinen Umhang ab und führte ihn zu einer geräumigen Empfangshalle. Dort warteten bereits Jaime De Nabero und zur Überraschung von Calvez auch dessen Frau und Tochter. De Nabero begrüßte ihn mit einem freundlichen, festen Händedruck und stellte ihm dann seine Gattin und seine Tochter Rosa Maria vor. Fernando hatte bei dieser Einladung ein Gespräch unter vier Augen mit De Nabero erwartet und nicht ein Treffen im Rahmen der Familie. Es war ihm peinlich, dass er für die Damen des Hauses keine Aufmerksamkeiten mitgebracht hatte. Man ließ ihm kaum Zeit, sich hierfür zu entschuldigen, da der Diener alle in den Speisesaal bat. Kaum hatten sie Platz genommen, wollte Calvez sofort mit dem Reisebericht beginnen, wurde jedoch von De Nabero unterbrochen. Erst solle man das Essen genießen und danach wolle man entspannt seinen Erzählungen lauschen. Eine Köstlichkeit nach der anderen wurde serviert, De Nabero gestaltete das Gespräch am Tisch allein, indem er über die Herkunft der Leckereien und den dazu gereichten Wein referierte und wiederholt die Leistung der Küche lobte, als wäre es seine.

All das nahm Calvez kaum wahr. Zwar antwortete er geistesabwesend auf Fragen des Hausherrn, ertappte sich jedoch dabei, dass er Rosa Maria immer wieder verstohlen aus dem Augenwinkel betrachtete. Sie mochte ungefähr fünfunddreißig Jahre alt sein, hatte dunkle, fast schwarze Haare, die geflochten zu einem Knoten zusammengesteckt waren. Diese Frisur gab ihr zwar ein strenges Aussehen, betonte jedoch den makellosen, schlanken Hals. Ihre Augenfarbe, so stellte Calvez fest, als sich ihre Blicke kurz streiften, glich der ihrer Haare. Die Finger waren schlank, Hände und Gesicht, entgegen der mancherorts aufkommenden Mode, von der Sonne gebräunt.

Calvez wusste, dass Rosa Maria verheiratet gewesen, ihr Mann jedoch vor Granada gefallen war. Er wunderte sich, dass diese attraktive Frau nicht erneut geheiratet hatte. Auch er hatte in der Vergangenheit gelegentlich darüber nachgedacht, eine Familie zu gründen. Die wenigen Tage, die er jedoch in Valencia verbrachte, ehe er zu einer neuen Fahrt aufbrach, ließen nicht die Zeit, die notwendig gewesen wäre, sich nach einer standesgemäßen und seinem Geschmack entsprechenden Braut umzuschauen. Das Gefühl, nach Einlaufen in den farbenfrohen Hafen von Valencia nicht von einer Frau und Kindern sehnsuchtsvoll erwartet zu werden, sich nicht in einem liebevoll gepflegten und warmen Heim niederlassen zu können, bedrückte ihn anfänglich. Schließlich tröstete er sich damit, dass es wohl unverantwortlich sei, eine Ehe einzugehen und nur wenige Tage im Jahr zu Hause zu sein.

Calvez war froh, als die Tafel durch Jaime De Nabero aufgehoben wurde. Der führte den Kapitän in einen Raum, dessen Boden mit den edelsten orientalischen Teppichen ausgelegt war, Tische und Stühle waren aus Edelhölzern gearbeitet und an den Wänden hing ein Ölgemälde, das die zwölf Apostel zeigte und, wie De Nabero stolz erklärte, von einem italienischen Maler stammte. Calvez hatte bemerkt, dass auch die Damen den Raum betraten, und wieder konnte er es sich nicht erklären, warum ihn dies beunruhigte. Nachdem die Frauen sich gesetzt hatten, wies ihm der Kaufmann einen Platz zu und bat ihn, von der Reise nach Westen zu berichten.

Calvez hatte seine Erlebnisse auf der Rückreise nach Valencia mehrfach erzählen müssen, wusste daher, welche Abschnitte der Ereignisse die Zuhörer am meisten interessierten. Er hatte gelernt, an welchen Stellen seiner Erzählungen eine kurze Pause und einmal Luft holen geeignet waren, die Spannung des Erlebten zusätzlich zu steigern. Es fiel ihm jedoch schwer, sich zu konzentrieren, die Gegenwart von Rosa Maria verunsicherte ihn. Und dennoch, je nachdem, von welchen Ereignissen er berichtete, spiegelten sich in ihren Augen Furcht, Erwartung und Neugier wider, und Fernando las jede Regung ab, wartete darauf. Manchmal schaute sie ihn so intensiv an, dass er befürchtete, sie könne seine Gedanken lesen.

Nachdem Calvez seinen Bericht mit der Feststellung beendet hatte, dass man auf den Inseln weder hohe Kulturen noch Reichtum, sondern lediglich einige Wilde und seltsame Früchte entdeckt hatte, die auf der Rückfahrt verdorben waren, lehnte sich Jaime De Nabero sichtlich zufrieden zurück. Als Calvez auf die Frage von Rosa Maria versicherte, dass er sich geschworen hatte, den wilden Atlantik nicht noch einmal zu überqueren, platzte De Nabero damit heraus, dass er vom Misserfolg der Reise ohnehin überzeugt gewesen sei und hoffe, dass die spanische Krone in Zukunft nicht erneut Schiffe für solche Narreteien bereitstellte. Sicherlich sei es erfreulich, dass man nun wisse, dass es möglich sei, auch auf dem Seeweg Indien zu erreichen, doch aus der Sicht eines Kaufmanns sei doch der Weg zu Lande, trotz aller Unwägbarkeiten, Wegelagerer und Wüsten sicherer und kürzer.

Wie von Calvez befürchtet, erfuhr er von De Nabero, dass die Santa Maria einen neuen Kapitän hatte, im nächsten Satz jedoch auch, dass De Nabero den Bau eines weiteren Schiffes in Auftrag gegeben hatte. Calvez willigte sofort ein, als De Nabero ihm anbot, dieses als Kapitän für Handelsfahrten in den Norden Europas zu führen. Die Fertigstellung des Schiffes dauerte jedoch noch einige Monate und da es auch einem Kapitän nicht schade, kaufmännische Kenntnisse zu haben, solle Fernando so lange in seinem Kontor arbeiten.

Es war fast Mitternacht, als Fernando das Haus von De Nabero verließ. Langsam löste sich die Verkrampfung in seiner Brust und er atmete mehrfach tief durch. Auch wenn er sich bei De Nabero wie ein Esel verhalten hatte, so beflügelte ihn dennoch die Aussicht, bald wieder als Kapitän ein Schiff führen zu können. Im Gehen träumte er vor sich hin, sah sich auf einer nagelneuen Karavelle auf der Brücke stehen und neben ihm Rosa Maria. Er schüttelte sich, stellte sich vor, wie er einen Blick auf die geblähten weißen Segel warf – und sah auf dem weißen Tuch das Gesicht von Rosa Maria. Als er endlich seinen Gasthof am Rande des Hafens erreichte, fühlte er die Gewissheit: Er hatte sich verliebt.

Am nächsten Morgen im Kontor von De Nabero musste sich Calvez eingestehen, dass er mit seinem Tagespensum nur schleppend vorankam, da seine Gedanken viel zu oft um Rosa Maria kreisten. De Nabero erwies sich als sehr geduldig und schlug Calvez gegen

Abend vor, die restliche Arbeit in seinem Haus zu erledigen, zumal er selbst gern vor Einbruch der Dunkelheit heimkehrte. Calvez willigte ein.

Alles war nach weniger als einer halben Stunde erledigt und der Kaufmann drängte ihn, mit der Familie gemeinsam das Abendessen einzunehmen. Anschließend trafen sie sich im Salon und Fernando wurde erneut zu Einzelheiten der Reise befragt. Die Enge in seiner Brust stellte sich umgehend wieder ein und er führte dieses Gefühl eindeutig auf die Anwesenheit von Rosa Maria zurück.

Auch in den folgenden vier Tagen blieb stets Arbeit übrig, die De Nabero mit zu sich nach Hause nehmen wollte, und die Abende endeten damit, dass man bereits nach wenigen Minuten bei einem gemeinsamen Abendessen mit anschließenden Gesprächen zusammensaß. Calvez merkte, wie seine Konzentration von Tag zu Tag nachließ und sich immer häufiger Bilder von Rosa Maria in seinen Geist drängten. Als ihn De Nabero am nächsten Abend erneut zu sich einlud, um die »restlichen Arbeiten« zu erledigen, bat Fernando darum, die Unterlagen im Kontor zu belassen, er wolle dort länger arbeiten und auch diese Angelegenheiten vom Tisch schaffen. Der Kaufmann nickte und Fernando war froh, als auch in den nächsten Tagen keine weiteren Einladungen erfolgten.

Dennoch konnte er Rosa Maria nicht aus seinen Tagträumen verbannen und kam zu der Einsicht, dass er seinen Gedanken wohl nur auf See würde entfliehen können.

Eines Morgens erschien De Nabero nicht in seinem Büro, stattdessen kam ein Bote und überbrachte die Nachricht, der Kaufmann habe sich am Bein verletzt. Calvez möge bitte so freundlich sein und eine Auswertung des Tagesgeschäfts bei De Nabero vorbeibringen. Der Kapitän willigte ein. Als er am Abend die Glocke an De Naberos Haus geläutet hatte und die Tür geöffnet wurde, wollte er dem Bediensteten die Unterlagen übergeben und unverzüglich wieder gehen. Der Lakai drängte ihn jedoch freundlich, aber bestimmt in das Speisezimmer, wo De Nabero mit einem dicken Verband um das Knie auf einem Stuhl saß. Er überflog kurz die Unterlagen und bat Calvez, mit ihnen zu Abend zu essen. Im Anschluss ging es wie gehabt in den Salon und Fernando berichtete in Anwesenheit von Rosa Maria von den Einzelheiten des Tages. De Nabero war zufrieden und trug Calvez auf, ihm abendlich die Tagesauswertungen zu bringen und einen kurzen Bericht zu erstatten.

Fernando war froh, als der Kaufmann nach über zwei Wochen endlich wieder im Kontor erscheinen konnte.

Immer häufiger fragte Calvez nach den Fortschritten des Schiffbaus und De Nabero vertröstete ihn stets aufs Neue. Fernando schlug vor, selbst nach Cádiz zu reisen, um sich über den Baufortschritt zu informieren. Dies wehrte De Nabero mürrisch ab. Der Kapitän solle seine Zeit lieber sinnvoll nutzen und die Vorgänge im Kontor im Auge behalten, als in der Gegend herumzureisen.

Die Hoffnung, durch die Gesundung De Naberos nicht mehr mit Rosa Maria zusammentreffen zu müssen, zerschlug sich. Eines Tages bat De Nabero, Calvez möge ihn am Abend aufsuchen, da er einen guten Geschäftsfreund eingeladen habe und es sowohl für das Handelsgeschäft als auch für die Zukunft von Calvez von Vorteil wäre, wenn er diesen Mann kennenlernte.

Nach einem gemeinsamen Abendessen mit dem Geschäftsfreund und der Familie De Naberos zogen sich die Herren lediglich für ein fünfzehnminütiges Gespräch zurück, und dann bat ihn De Nabero mit dem Hinweis auf wichtige Geschäftsgeheimnisse aus dem Raum. Er solle sich in dieser Zeit um die Tochter seines Arbeitgebers kümmern und ihr ein wenig Gesellschaft leisten.

Rosa Maria entführte den Kapitän in den Garten zu einem kleinen Teich, in den sie als Kind hineingefallen war, wie sie ihm mit einem bezaubernden Lachen berichtete. Bei diesem Lachen dachte Calvez, dass die Sonne für einen Moment erschiene, um gleich darauf sein Herz zu verbrennen. Dann führte ihn Rosa Maria zu einer Sitzbank unter einer Palme, redete weiter, erzählte ihm, dass sie hier immer ihre Näharbeiten verrichtet hatte. Scheinbar achtlos legte sie ihre Hand auf sein Bein, neigte den Kopf zu ihm hinüber, um ihm mit dem anderen Arm das Zimmer im Haus zu zeigen, in dem früher ihre Privatlehrerin gewohnt hatte. Dabei streiften ihre Haare leicht die Wange von Calvez und er verspürte den Wunsch, diese Stelle nie mehr zu waschen. So zeigte ihm Rosa Maria plaudernd und lachend den gesamten Garten und Fernando sog jedes Wort in sich auf. Sein Blick hing an ihren feingeschwungenen Lippen, an den Lachfältchen in den Mundwinkeln. Ihre Augen wirkten dunkel und geheimnisvoll wie der tiefe Ozean, und gleichzeitig hatte er den Eindruck, die Frau könne ihm in sein Herz schauen. Sein Verstand wollte ihm befehlen, Rosa Maria nicht anzusehen, ihrem Blick auszuweichen, um seine Gefühle nicht zu verraten. Seine Augen jedoch sehnten sich nach ihrem Antlitz und konnten diesem Drängen nicht widerstehen.

Die Sterne funkelten und es war spät in der Nacht, als Calvez an diesem milden Abend nach Hause ging. Er fühlte sich in einer ungeheuren Verzweiflung gefangen. De Nabero war einer der reichsten Kaufleute Valencias und Calvez nur jemand, der eines seiner Schiffe führen durfte. Er hatte nicht genug Gold und Geld, um Rosa Maria das Leben zu bieten, das sie von ihrem Elternhaus gewohnt war und das sie auch verdient hatte. So sehr ihn De Nabero auch achtete, so sehr war sich Calvez sicher, dass der Kaufmann einer Hochzeit nie zustimmen würde. Auch an den folgenden Tagen wurde Calvez stets wichtigen Geschäftsfreunden vorgestellt und nach kurzer Zeit der Obhut von Rosa Maria überlassen. Bald verzehrte er sich so sehr nach ihr, dass er nicht mehr in der Lage war, einen klaren Gedanken zu fassen.

Seine Arbeit litt zunehmend, er bewältigte immer weniger seines Pensums, und er wunderte sich, dass De Nabero seinen Unmut noch nicht zum Ausdruck gebracht hatte. Im Gegenteil, die Zahl der Einladungen nahm zu und er verbrachte auch die Wochenenden im Gästeflügel des Hauses der Kaufmannsfamilie. So sehr die Anwesenheit von Rosa Maria ihn auch schmerzte, so ertrug er die Stunden ohne sie inzwischen ebenso wenig, ja, sie quälten ihn sogar noch mehr.

Diesen Zustand würde er nicht länger ertragen können ohne Schaden zu nehmen, zu diesem Schluss kam er nach reiflicher Überlegung. Eine Ehe mit Rosa Maria war ausgeschlossen. In Valencia gab es sicherlich eine Vielzahl von Herren ihres Standes. Rosa Maria schien ihm viel zu wertvoll, als dass er ihr das bescheidene Leben einer Kapitänsfrau hätte zumuten wollen.

Eine Flucht aus diesem Dilemma und vor seinen Gefühlen bot ihm nur die endlose See.

Tagelang trug er seine Verzweiflung, seine Gedanken mit sich herum, ehe er den Mut fand, das Gespräch mit De Nabero zu suchen und ihn zu bitten, Calvez aus seinen Diensten zu entlassen. Der Kaufmann war sichtlich erschrocken und fragte nach den Gründen, bot sogar, noch bevor Calvez etwas sagen konnte, ein höheres Salär und weitere Vergünstigungen.

Der Kapitän quälte sich, die Wahrheit zu sagen, er wollte den Kaufmann nicht beleidigen. Umständlich erklärte er, wie sehr er den Kaufmann schätze, dass er ihn nicht verletzen wolle, dass er sich nicht anmaßen wolle, einen kleinen Kapitän auf eine Stufe mit einem bekannten Geschäftsmann zu setzen und vielerlei mehr. De Nabero sah ihn mit einem Blick an, in dem nichts als Unverständnis lag. Ausschweifend schilderte Calvez die Hochachtung, die er für Rosa Maria empfand, dass er ihre Ehre nicht verletzen wolle. Schließlich schloss er seine Feststellung damit, welche tiefen Gefühle er für die junge Frau hegte. Dann wartete er, rechnete jeden Moment mit einem Hinauswurf durch De Nabero. Doch stattdessen musterte ihn der Kaufmann lange und eindringlich, stand auf und griff Calvez mit beiden Händen an den Schultern. Ein warmes, freundschaftliches Lächeln breitete sich in De Naberos Gesicht aus, ehe er tief durchatmete. »Lieber Fernando, ich kann mir keinen besseren Schwiegersohn vorstellen als dich, sodass du meinen Segen hast. Doch was mir noch viel wichtiger ist: Rosa Maria empfindet für dich wie du für sie.«

Ungläubig starrte ihn Calvez an und es dauerte lange, bis er den Inhalt der Worte begriff, die er eben gehört hatte. Er wollte nicht glauben, was der Kaufmann gesagt hatte. Irgendetwas musste er missverstanden haben. Es war unmöglich, dass seine Sehnsüchte so einfach gestillt würden, dass er sich die letzten Wochen umsonst gequält hatte. Calvez suchte nach Worten, doch in seinem Kopf herrschte Leere.

De Nabero schien das hilflose, versteinerte Gesicht und die Sprachlosigkeit des Kapitäns zu genießen.

»Ich habe schon Angst gehabt, du fändest keinen Gefallen an Rosa Maria und würdest nie um ihre Hand anhalten. Ihr solltet heiraten, bevor du wieder zur See fährst. Lass mich die Feierlichkeiten vorbereiten. Dir empfehle ich den Schneider neben der Kathedrale, ein ausgezeichneter Mann.«

Mehr als ein »Danke« brachte Calvez nicht heraus.

»Das will ich auch meinen. Es ist ja unglaublich, was man einem Kapitän alles bieten muss, um sich seiner Dienste sicher zu sein.«

Dann lachte er und Fernando stimmte in dieses Lachen ein. Anschließend machte er sich auf den Heimweg.

Es hätte regnen, hageln und stürmen können und es wäre dennoch der schönste Tag in seinem Leben gewesen. Er spürte nicht einmal mehr den Boden unter seinen Füßen, grüßte fast jeden überschwänglich und half schließlich der Wirtin eines Gasthofs, ein Fass Wein aus dem Keller in den Schankraum zu bringen.

Vier Wochen später heirateten Fernando Calvez und Rosa Maria De Nabero. Der Kaufmann ließ eine »kleine Feier« ausrichten, nur die siebzig wichtigsten Honoratioren und Kaufleute Valencias samt ihren Familien waren eingeladen. De Nabero versäumte es nicht, Calvez als den Kapitän und Forscher vorzustellen, der »für mich die Handelsroute nach Westen und deren wirtschaftlichen Nutzen erkundete«.

Calvez fand die Beschreibung seiner Person maßlos übertrieben und unzutreffend, gönnte seinem Schwiegervater jedoch die Anerkennung, die er so von seinen Gästen erfuhr. Immer wieder wurde der Kaufmann für seinen Wagemut und seine Voraussicht gelobt, einen eigenen Mann für die Expedition entsandt zu haben. Fernando erkannte bald, dass auf der Feier nicht das Brautpaar, sondern der Kaufmann im Rampenlicht stand.

Es störte ihn nicht, im Gegenteil, Rosa Maria und er konnten so alle Aufmerksamkeit sich und ihrer Liebe widmen. Es war schon Mitternacht, als die letzten Gäste vor das Haus begleitet wurden. Die Familie fand sich zu einem Glas Wein im Salon ein, De Nabero rieb sich genüsslich die Hände.

»Welch ein herrlicher Tag, eine glückliche Tochter, ein zufriedener Schwiegersohn, eine standesgemäße Feier und gute Geschäfte. Mehr konnte ich mir nicht wünschen.«

Calvez schmunzelte in sich hinein, er wollte kaum glauben, dass der alte Fuchs auch die Hochzeitsfeier seiner Tochter nutzte, um lohnende Geschäfte abzuschließen.

De Nabero schenkte ihnen zur Hochzeit ein kleines Anwesen am Rande der Stadt. Es gebot sich nicht, dass seine Tochter und sein Schwiegersohn in einem Mietshaus in Valencia wohnten. Auch befahl er Calvez, nicht mehr zum Kontor zu kommen, sondern den Monat bis zur Fertigstellung des Schiffes mit Rosa Maria zu verbringen.

Fernando war sich sicher, der glücklichste Mensch dieser Welt zu sein. Die Zeit bis zu seiner Abreise nutzten sie, um ihr Anwesen einzurichten. Calvez, der sein Leben überwiegend in kargen Kajüten und Gasthofzimmern zugebracht hatte, war begeistert, mit welchem Feinsinn Rosa Maria die Räumlichkeiten gemütlich herrichten ließ. Er fragte sich, wie er in all den Jahren zuvor ohne diese Frau und ein Heim hatte auskommen können, und sah nun keine Möglichkeit mehr, in der Zukunft auf all das zu verzichten.

Die Zeit bis zu seiner Abreise nach Cádiz verging wie im Flug, und, hätte er nicht bei dem Kaufmann im Wort gestanden, so wäre er am liebsten daheimgeblieben. De Nabero bat Calvez, einen jungen Kapitän mit an Bord zu nehmen, dem er ein Schiff anvertrauen wolle, sollte Calvez dies für richtig erachten. Fernando wunderte sich. Bisher hatte De Nabero stets allein entschieden, welche Kapitäne er einstellte. Umso größer wog nun sein Stolz, dass er auch in die Entscheidungen des Kaufmanns einbezogen wurde.

KAPITEL 10

Mit einer innigen Umarmung verabschiedeten sich Fernando und Rosa Maria. Calvez freute sich bereits jetzt auf den Moment, in dem sie wieder zusammen sein würden und seiner Frau ging es offensichtlich ebenso.

Die neue Karavelle war schnell und wendig, wie erwartet, die Mannschaft zuverlässig, und der neue junge Kapitän Ronte erledigte die ihm übertragenen Aufgaben so, wie es Calvez selbst getan hätte. Nach nur drei Monaten lief das Schiff bereits wieder im Hafen von Valencia ein.

Auf dem Weg zu seinem Heim rannte Calvez den größten Teil der Strecke. Rosa Maria hatte schon von der Ankunft gehört und alle Räume geschmückt. Glücklich fielen sie sich in die Arme und genossen es, sich einfach nur still festzuhalten und die Gegenwart des anderen zu spüren. Dann bereitete ihm seine Frau ein kleines Mahl und er erzählte von den Ereignissen seiner Reise. Immer wieder musste er Rosa Maria anschauen und atmete tief durch, als versuchte er, sein Glück mit der Luft einzusaugen. Schweren Herzens machte er sich noch auf zum Kontor, um mit De Nabero die Abrechnungen durchzusehen. Sein Schwiegervater zeigte sich erfreut über die heile und vor allem zügige Rückkehr, ebenso wie über den unerwartet hohen Gewinn. Dennoch hatte Calvez den Eindruck, dass De Nabero etwas bedrückte. Nach einiger Zeit begann der Kaufmann ihn scheinbar beiläufig über das Schiff, die Mannschaft und auch den jungen Kapitän auszufragen. Dabei ließ er den Grund seiner Fragen nicht erkennen.

»Das Schiff ist wendig und schnell und liegt sicher im Wasser, die Mannschaft arbeitet zuverlässig, ich bin rundherum zufrieden.«

»Und was ist mit Ronte, wie hat er sich angestellt?«

»Ein sehr guter junger Mann, ich hätte keine Bedenken, ihm ein Schiff anzuvertrauen.«

De Nabero atmete hörbar auf. »Gut, dass wir einer Meinung sind!« Der Kaufmann wirkte fahrig, fast gehetzt und Calvez konnte sich das sonderbare Verhalten nicht erklären. Er wartete also ab, bis sein Schwiegervater fortfuhr.

»Ich will gleich zur Sache kommen. Ich werde älter und merke, dass mir die Arbeit schwerer fällt.«

Calvez wollte widersprechen, doch mit einer unwirschen Handbewegung gebot der Kaufmann ihm zu schweigen.

»Ich werde in den nächsten Jahren jemanden im Kontor brauchen, der mir die Arbeit abnimmt. Du solltest dich mehr mit den Handelsgeschäften vertraut machen. Außerdem ist es mir nicht recht, wenn du dich unnötig den Gefahren der See aussetzt. Rosa Maria hat bereits einen Mann verloren. Ich möchte nicht, dass du sie erneut zur Witwe machst. Meine Tochter ist nicht mehr jung. Es werden euch nur wenige Jahre bleiben, mir einen Enkel zu schenken. Statt auf hoher See die Zeit zu vergeuden, solltet ihr besser euren ehelichen Pflichten nachkommen und einen Erben zeugen.«

Calvez erschrak über den schroffen, direkten Ton. Seine Frau und er liebten es, ihren »ehelichen Pflichten« nachzukommen, doch sah er sie beide nicht als Zuchtrinder, deren Bestimmung es war, De Nabero mit der Geburt eines Enkels zu beglücken. Kein Zweifel, auch Calvez sehnte sich danach, das Familienglück durch ein Kind zu vervollkommnen. Doch er hatte Rosa Maria der Liebe und nicht der Fortpflanzung wegen geheiratet. Bevor der Kapitän etwas antworten konnte, legte De Nabero nach.

»Ich will es nicht leugnen, ich hatte gehofft, dass die Wochen vor deiner Abreise genügt hätten, Rosa Maria zu schwängern. Da dies nicht der Fall war, solltet ihr nun die folgende Zeit nutzen, ein Kind zu zeugen. Ich werde Kapitän Ronte das neue Schiff für die Nordroute anvertrauen. Solltet ihr endlich Eltern sein und du das Bedürfnis verspüren, wieder zur See zu fahren, werde ich sicherlich ein Schiff für dich finden.«

De Nabero hatte wohl das verwunderte und beinahe bestürzte Gesicht seines Schwiegersohnes gesehen und versuchte rasch, seine rohen Worte zu mildern.

»Schau, Fernando, ich liebe meine Tochter und möchte, dass sie glücklich ist. Ich weiß, sie liebt dich und ich wünsche mir, eine zufriedene Tochter und einen verantwortungsvollen Schwiegersohn um mich zu haben. Ich denke, wir wissen beide, dass das Glück erst mit einem Kind vollkommen ist.«

Calvez wusste, dass seine Gesichtszüge keine bedingungslose Zustimmung ausdrückten, was De Nabero sehen musste. Daher war es verständlich, dass der das Gespräch mit einem Witz abschloss: »Natürlich können es auch fünf oder sechs Bälger sein, die im Garten toben, je mehr, desto besser. Lass dir meine Worte durch den Kopf gehen, wir sehen uns morgen wieder.«

»Ja, Schwiegervater, du hast recht. Ich bin müde und in Gedanken noch auf hoher See. Wir sprechen morgen weiter.«

Calvez wusste nicht, wie er die Entscheidung seines Schwiegervaters beurteilen sollte. Natürlich freute er sich über jede Minute mit Rosa Maria. De Nabero hätte ihm folglich kein schöneres Geschenk machen können. Doch es war die Wahl der Worte, die nicht ausgesprochenen Gründe, die ihn beunruhigten. Den ganzen Weg nach Hause grübelte er, was er davon halten sollte. Bisher hatte er den Kaufmann für einen zuverlässigen Mann gehalten, dessen Worten man mit und ohne Handschlag trauen konnte. De Nabero war sicherlich ein Schlitzohr, doch nie hätte Calvez geglaubt, dass sein Schwiegervater hinterlistig Ränke schmieden könnte. Er hatte immer gedacht, De Nabero schätze ihn als Schwiegersohn und Mensch und nun überfiel ihn mit einem Male die Angst, er könne nur sein Spielball sein.

Betreten dachte Calvez an die Hochzeit zurück: »... mein Schwiegersohn, der für mich die Handelsroute nach Westen erforschte ...« Nein, De Nabero hatte damals sogar versucht, ihn von dieser Weltreise abzuhalten, das war die Wahrheit. Bei der Hochzeit lachte Fernando über diese Lüge, lachte auch darüber, dass De Nabero die Hochzeitsfeier und die Erlebnisse des Kapitäns für Geschäftsabschlüsse nutzte. Nun aber sah Fernando die Ereignisse in einem anderen Licht. Er war sich sicher, wäre Rosa Maria bereits schwanger, De Nabero würde ihn bis ans Ende seiner Tage zur See fahren lassen. Zweifel stiegen in ihm auf, ob der Kaufmann überhaupt an dem Glück seiner Tochter interessiert war. Immer mehr schien ihm De Nabero ein selbstverliebter, egoistischer Mensch zu sein, der Rosa Maria und ihn nur nutzte, um seine eigenen Lebensträume zu erfüllen.

Gedankenverloren streunte er durch die Gassen, blieb lange am Strand sitzen und starrte aufs Meer. Sollte er mit seiner Frau über seine Sorge sprechen, sie um Vermittlung bitten? Nein, er liebte sie viel zu sehr, als dass er sie mit diesem Ärger behelligen wollte. Zudem spürte er plötzlich ein flaues Gefühl, das seinen Brustkorb eng werden ließ. Was, wenn Rosa Maria ihn nicht wirklich liebte, sondern ihn nur als Vater ihres zukünftigen Kindes sehen würde?

Zweifel und ein Hauch von Angst ließen sein Herz heftig klopfen.

Doch als er nach vielen Stunden endlich sein Heim betrat, Rosa Maria ihren Körper zärtlich an ihn schmiegte, an seinem Ohrläppchen knabberte, er einen Hauch von Rosenwasser an ihrem schlanken Hals roch, lösten sich die Zweifel an ihren Gefühlen auf wie Tautropfen in der Mittagssonne.

In der Folgezeit unternahmen sie alle Anstrengungen, De Nabero den gewünschten Enkel zu schenken. Allerdings ohne Erfolg. Calvez war hierüber nicht besonders enttäuscht. Natürlich wünschte er sich einen Nachkommen, doch er sagte sich, dass er mit der Liebe von Rosa Maria bereits so gesegnet sei, dass er sein Glück überbeanspruchte, sollte die Familie noch um ein Kind bereichert werden. Rosa Maria und Calvez genossen jede gemeinsame Minute und einzig die immer häufigeren bohrenden Fragen von De Nabero, warum das erhoffte Enkelkind ausbleibe, störten die Idylle.

Fernando nahm es auch mit Gelassenheit hin, dass die Gewinne des Handelsgeschäftes leicht zurückgingen, sie aber immer noch ausreichten, De Nabero mit seinen Angestellten sowie ihn und Rosa Maria zu unterhalten.

Die Laune seines Schwiegervaters hingegen verschlechterte sich in den folgenden Monaten spürbar. Entgegen seiner Erwartung schien sich nun doch ein Handel über den Seeweg nach Westen zu ergeben. Viele seiner Konkurrenten hatten bereits Expeditionen mitfinanziert, sodass sie auch mit einer Gewinnbeteiligung rechnen konnten. Exotische Früchte und prächtige Blumen von den Inseln im Westen fanden immer mehr Freunde und Abnehmer unter den reichen Spaniern. Gerüchte über unermessliche Goldvorkommen verbreiteten sich wie ein Lauffeuer im ganzen Land. Immer mehr gute Seemänner verließen Valencia in der Hoffnung, sich einem Westfahrer anschließen und einen kleinen Teil des Reichtums der westlichen Inseln ergattern zu können. De Nabero hingegen war einer der Wenigen, die kein Geld in die Erforschung des Seeweges nach Westen oder gar in die Beteiligung an Handelsmissionen investiert hatten. Dies machte sich nun bei den Umsätzen bemerkbar.

Traurig musste Calvez feststellen, dass sein Schwiegervater ihm eine Teilschuld an dieser Entwicklung gab. In einem Streitgespräch mit einem Kapitän, das er zufällig mitanhörte, schimpfte der Kaufmann darüber, dass lediglich die Narren, die seinerzeit unter diesem Genuesen Cristóbal Colón in den Westen aufgebrochen waren, schuld am Rückgang seiner Umsätze seien. Fernando ahnte, dass diese Anschuldigung auch ihm galt. Doch anstatt ein eigenes Schiff auszurüsten, beharrte De Nabero darauf, von der Westroute und den entdeckten Inseln nichts wissen zu wollen. Immer noch vertraute er darauf, die gemeinsamen Truppen des Abendlandes würden das maurische Reich endgültig zerschlagen und einen schnellen Handelsweg nach Indien und China zu Lande sichern.

Rosa Maria tröstete Calvez und schmunzelte gar, als sie sagte, auch ihr Vater müsse lernen, ein paar Rückschläge hinzunehmen. Fernando solle sich keine Sorgen machen. Mehr jedoch als der Gewinnrückgang beschäftigten De Nabero offenkundig die ausbleibenden Enkelkinder. Auch hieran gab er dem Kapitän die Schuld. In den Gesprächen mit Calvez schlug er stets einen gereizten Unterton an, bezichtigte ihn bei den kleinsten Fehlern der Unfähigkeit und schlussendlich tat Fernando alles, um ihm aus dem Weg zu gehen.

Dann aber war es endlich so weit, und der Medicus beglückwünschte Rosa Maria zu dem Kind, das sie in ihrem Leib trug. Die Stimmung des Kaufmanns verbesserte sich zwar deutlich, hatte aber im Vergleich zu früher viel von ihrer Unbefangenheit eingebüßt.

Rosa Marias Leib rundete sich deutlich und Calvez empfand es stets als einen Glücksmoment, wenn er seinen Kopf an ihren Bauch legte, um zu fühlen, wie das Kind leicht strampelte. Sein Schwiegervater hatte ihm aufgetragen, zu Hause zu bleiben. Im Kontor würde Calvez ohnehin nur stören, sodass er sich wenigstens um Frau und Kind kümmern solle. Fernando war froh, dem ewig schlechtgelaunten und nörgelnden Kaufmann nicht mehr täglich begegnen zu müssen. Er verlegte sich stattdessen darauf, das Zuhause für den neuen Erdenbürger vorzubereiten.

Eines Tages, Rosa Maria musste nach der Berechnung des Medicus' im sechsten Monat ihrer Schwangerschaft sein, klagte sie über heftige Unterleibsschmerzen. Calvez ließ sofort den Medicus kommen und als dieser nicht auf Anhieb in der Lage war, eine für den Kapitän einleuchtende Diagnose zu stellen, sandte er nach einem zweiten aus. Er wachte die ganze Nacht neben Rosa Maria, die unter immer heftigeren Schmerzen litt.

Am nächsten Morgen hatte De Nabero von den Problemen gehört und eilte mit seiner Frau herbei. Er bezichtigte die Ärzte der Quacksalberei und fragte Calvez spitz, ob er keine besseren kenne. Dann bestellte er seinerseits drei Ärzte, jedoch auch deren Salben, Tinkturen und Kräutermischungen brachten keine Linderung. Immer wieder berieten sich die Ärzte, steckten die Köpfe zusammen, untersuchten Rosa Maria mit ernster Miene. Schließlich kamen die Mediziner überein, dass das Kind wohl tot sein müsse und eine Operation notwendig wäre, um das Leben der Mutter zu retten.

Calvez konnte sich ein Leben ohne Rosa Maria nicht vorstellen und willigte sofort in den Vorschlag der Ärzte ein. Ihm schossen die Tränen in die Augen bei dem Gedanken, er könnte seine Frau nie wieder strahlen und lachen sehen.

De Nabero hingegen geriet außer sich vor Zorn. Er glaube erst, dass das Kind tot sei, wenn er dies selbst gesehen habe. Auf keinen Fall solle man das Leben des Kindes durch einen leichtfertigen medizinischen Eingriff riskieren. Fernando warf De Nabero vor, dass er das Leben seiner Tochter aufs Spiel setze, der Kaufmann unterstellte seinem Schwiegersohn hingegen, die Tötung eines ungeborenen Kindes anzuordnen. Schließlich war es Rosa Maria, die die Entscheidung traf. Mit einem wehmütigen Blick zu Fernando Calvez sagte sie, sie wünsche sich nichts sehnlicher, als einen kleinen Fernando im Arm zu halten.

Der Gesundheitszustand von Rosa Maria verschlechterte sich rapide. Bereits am Abend bekam sie hohes Fieber, das in der Nacht noch weiter anstieg. Am nächsten Morgen musste sie erbrechen und verlor viel Blut. Tag und Nacht wachte Calvez an ihrem Bett, versuchte, sie in ihrem Entschluss umzustimmen. Doch Rosa Maria lächelte ihn liebevoll an, streichelte mit kalten Händen sein Gesicht. »Ach Fernando, ich liebe dich. Ich vertraue auf dich und den Herrn, lassen wir doch seinen Willen geschehen.«

Nach zwei weiteren Tagen war die junge Frau so geschwächt, dass sie sich nicht mehr allein aufrichten konnte. Immer noch verabreichten die Ärzte Kräutermischungen, legten Wickel an, doch in ihren Gesichtern stand Hoffnungslosigkeit. Calvez gab es auf, Rosa Maria umstimmen zu wollen. Er spürte, wie ihm seine geliebte Ehefrau entglitt und ihnen nur noch wenig Zeit beschieden war.

Am nächsten Morgen erkannte seine Frau kaum noch die Welt und die Menschen um sich. Ihr Gesicht war weiß und die dunklen Augen lagen tief in ihren Höhlen. Nur wenn Calvez sein Gesicht ganz nahe zu ihr beugte und zu ihr sprach, kämpfte sie tapfer um ein Lächeln und quälte ein »Ich liebe dich, Fernando« über ihre spröden Lippen.

Die Glocken verkündeten die sechste Stunde des Tages, Fernando hielt Rosa Marias Hände, als ein heftiges Schütteln ihren Körper erfasste, sie leise stöhnte und dann für immer die Augen schloss. Rosa Maria war tot, ohne dass sie den kleinen Fernando in den Armen hatte halten können.

An die Tage bis zur Beisetzung seiner Frau konnte sich Calvez später überhaupt nicht mehr erinnern. Er war leer, seiner Träume und Hoffnungen beraubt, er spürte keine Gefühle, keine Liebe in sich. Unentwegt starrte er auf das Bett, in dem Rosa Maria gestorben war, und irgendwann hatte er auch keine Tränen mehr. Bei der Beisetzung erlitt er einen letzten Wein- und Schreikrampf und wollte den Sarg, in den man Rosa Maria gebettet hatte, nicht loslassen. Seine Freunde mussten ihn mit Gewalt davon lösen und nach Hause bringen.

Drei Tage lang betrank er sich bereits am frühen Morgen, bis er nicht mehr stehen konnte. Dann hatte er das Gefühl, sich genug bestraft zu haben, und ging zum Kontor, um De Nabero zu sagen, dass er den Kaufmann und Valencia verlassen würde.

Auch der Kaufmann hatte in diesen Tagen zu sich gefunden, jedoch nicht im Guten. Kaum hatte Calvez das Büro De Naberos betreten, entluden sich dessen ganzer Hass und die Wut, die sich in den letzten Wochen und Monaten angestaut haben mussten. Er beschuldigte Calvez, dass erst mit ihm das Unglück über seine Familie hereingebrochen wäre, dass er den Tag bitter bereue, an dem er ihn kennengelernt habe. Calvez habe ihn hintergangen und an die Konkurrenten verraten und ihm schließlich das Liebste genommen.

Fernando wusste, wie falsch und ungerecht die Vorwürfe waren, aber er hatte keine Kraft zu streiten, wäre sogar bereit gewesen, alle Schuld dieser Welt auf sich zu nehmen. Er sagte daher nichts zu

De Nabero, nicht einmal auf Wiedersehen, sondern nahm nur seine Habseligkeiten und ging nach Hause.

Calvez wusste, De Nabero würde darauf bestehen, dass er das Haus räumte, und beschloss, dem Kaufmann zuvorzukommen. Noch in derselben Nacht packte er sein Bündel sowie eine Brosche mit einem Porträt von Rosa Maria, das einzige Erinnerungsstück an seine geliebte Frau, und verließ Valencia.

Erik liefen die Tränen von den Wangen über die Schrift auf dem Blatt vor ihm. Raus, er musste raus aus der Geschichte. Sofort stand er auf und lief unter dem Sternenhimmel immer und immer wieder um die Casa Maria herum, tankte Kraft und Luft. Der Tod von Rosa Maria berührte ihn, ließ sich nicht abschütteln. Ebenso wenig wie Finns Verschwinden. Die Erinnerung daran lebte in ihm wieder auf, verfolgte ihn regelrecht.

Verdammt, es sind nur Menschen aus der Vergangenheit, die ich nicht kennen kann, beschimpfte er sich selbst. Es half nicht. Er trauerte um Rosa Maria, wie auch Calvez um sie getrauert hatte. Und er trauerte um Finn, ließ zum ersten Mal den Gedanken zu, seinen Sohn nie wieder zu finden.

Erik war fertig mit den Nerven. In der Küche öffnete er eine Flasche Rioja und trank sie fast bis zur Neige leer, fiel betäubt ins Bett.

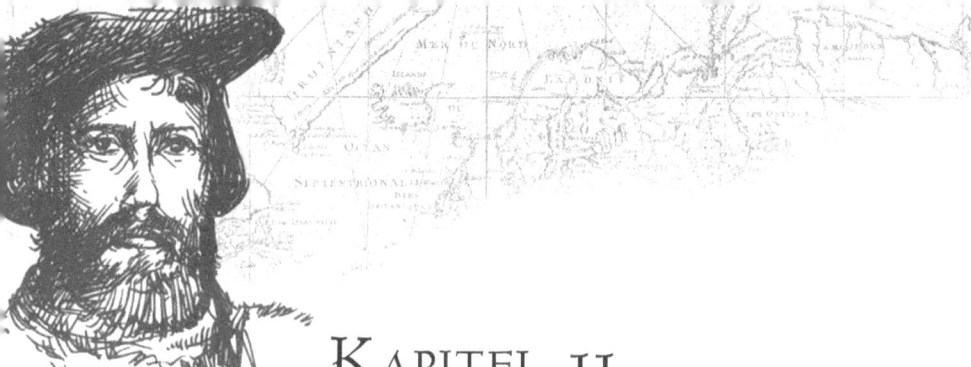

KAPITEL 11

ast ein halbes Jahr irrte Calvez ohne Ziel durch Städte und Häfen. Er sehnte sich danach, wieder zur See zu fahren, doch der Gedanke, auf offenem Meer der Santa Maria oder einem anderen Schiff aus De Naberos Flotte zu begegnen, schnürte seinen Hals zusammen. In den Jahren als Kapitän hatte Calvez einiges an Geld gespart und hätte nicht mehr arbeiten müssen. Doch die Tage der Untätigkeit waren in einen dunklen Schleier der Trauer und unerfüllten Sehnsucht gehüllt. So drängte er sich nach jedweder Beschäftigung, sei es auch nur, beim Be- und Entladen der Schiffe zu helfen. Einzig an solchen Tagen konnte er einschlafen, erschöpft von der schweren körperlichen Arbeit, ohne an die Vergangenheit zu denken.

Schließlich erfuhr er, dass ein gewisser Alonso Hojeda mit Billigung des königlichen Rates drei Schiffe ausrüstete, um die im Westen gelegenen Inseln weiter zu erforschen. Tief in sich verspürte Calvez den Wunsch, an dieser Forschungsreise teilzunehmen. In Spanien erinnerte ihn alles an Rosa Maria. Auch Handelsreisen, sei es auf dem Mittelmeer oder entlang der europäischen Küste in den Norden, hätten in ihm immer wieder Erinnerungen an die glücklichste Zeit seines Lebens wachgerufen. Er entsann sich jedoch auch seines früheren Vorsatzes, niemals wieder mit einem Schiff in den Westen reisen zu wollen.

Allerdings erschienen ihm die Voraussetzungen für die Expedition jetzt anders zu sein. Unter Colón waren die Schiffe schlecht ausgerüstet gewesen und das Erreichen des Ziels mehr als ungewiss. Bei der von Hojeda geplanten Reise jedoch stand das Ziel fest, nämlich die Erkundung der entdeckten Inseln, verbunden mit einer kartographischen Erfassung derselben. Obwohl Calvez' Stärken eher in der Navigation lagen, hatte er doch die Liebe zur Kartographie von Sontante übernommen. In seinen Augen gab es also viele Gründe, das einst gegebene Gelübde zu brechen.

Als er im Jahre 1500 von der Expedition unter Hojeda zurückkehrte, brachte Calvez nur wenige gute Erinnerungen an diese Reise mit. Während der gesamten Zeit kristallisierte sich heraus, dass Hojeda seine Rolle als Protegé des Bischofs von Burgos weidlich ausnutzte. Schon zu Beginn der Unternehmung war es für Calvez unverständlich, mit welch unnötiger Härte er gegen die Mannschaft vorging. Unter den Einheimischen der Insel im Westen veranstaltete Hojeda wahre Blutbäder, immer getrieben von der Gier nach Gold und Reichtum. Bereits während der Rückreise wurde Calvez von Albträumen gequält, in denen er Bilder der geschlachteten, wehrlosen Wilden sah. Selbst als er wieder spanischen Boden unter den Füßen hatte, machte er sich Vorwürfe, er trüge an dem Tod all dieser Menschen eine Mitschuld. Er fühlte sich schmutzig, unwürdig, und es dauerte lange, bis er die Gedanken an diese Reise zurückdrängen konnte.

Calvez war froh, dass er auf dieser Fahrt nicht an Bord von Hojedas Schiff als dessen Untergebener reisen musste, sondern ein eigenes Schiff kommandieren durfte. Die einzige positive Erinnerung von Fernando war die Bekanntschaft mit dem florentinischen Seemann Amerigo Vespucci. Auch Vespucci war der Führungsstil Hojedas zuwider, und so taten sich die Männer zusammen, bemühten sich gemeinsam um eine exakte Navigation und hielten die neuen Erkenntnisse kartographisch fest. Immerhin erreichte die Expedition ein Gebiet so tief im Süden, das auf den Westexpeditionen bisher noch nicht erforscht worden war. Sie stießen vor bis an die Mündung eines gewaltigen Stromes und segelten von diesem in nordwestlicher Richtung an der Küste entlang. Die Dauer der Nordwestfahrt ließ nur den Schluss zu, dass es sich entweder um eine riesige Insel handeln müsse oder um Festland, welches dem indischen Subkontinent zuzurechnen wäre.

Calvez stellte bei der Zusammenarbeit mit Vespucci fest, dass auch ihn die navigatorischen Ergebnisse beunruhigten. Nur schien es, als könne keiner von beiden sagen, was die Gründe für ihre Unruhe waren. Stets von Hojeda getrieben und gehetzt, blieb auch keine Zeit, die Ergebnisse in Ruhe zu durchdenken.

Unmittelbar nach ihrer Rückkehr nahm Vespucci das Angebot des portugiesischen Königshauses an, für die Krone die Westküste Afrikas zu erforschen. Angeblich vermutete der königliche Rat in der Forschungsreise ein Täuschungsmanöver und war der Überzeugung, der tatsächliche Auftrag des Vespucci sei es, die große Insel im Westen, die Hojeda vor einem Jahr entdeckt hatte, für Portugal zu erobern und damit den Vertrag von Tordesillas zu verletzen. So wurde in der Stadt gemunkelt und das erreichte auch Calvez. Ebenfalls kam ihm zu Ohren, dass die Krone Pläne für eine weitere Expedition zu den westlichen Inseln vorbereitete. Deren einziges Ziel sollte es sein, spanische Soldaten auf der neu entdeckten Insel zu stationieren, um eine Besetzung durch die Portugiesen zu verhindern. Zwar waren die Aufzeichnungen von Vespucci und Calvez bezüglich der Navigation sehr präzise, versicherte man Fernando, dennoch scheute sich der königliche Rat, einen in diesen Gewässern noch unerfahrenen Kapitän mit der Leitung des Unternehmens zu beauftragen. Vespucci jedoch war offensichtlich zu den Portugiesen übergelaufen und Hojeda stand nicht zur Verfügung.

Calvez verwaltete inzwischen das Lager eines genuesischen Kaufmanns in Almería. Schon seit einiger Zeit hatten es spanische Kaufleute abgelehnt, ihm eine Beschäftigung zu geben. Der kalte Hauch der Rache De Naberos hatte ihn eingeholt. Doch Calvez war immer noch zu teilnahmslos, zu gefühllos, um Wut oder Hass zu empfinden. Völlig überraschend klopfte eines Abends ein Besucher an die Tür des schäbigen Zimmers, das er über einer Hafentaverne angemietet hatte. Der Gast war in edle Tücher gekleidet und hob sich vom Schmutz und Gestank der Hafengegend ab wie ein poliertes Goldstück vom Tisch einer Fischverkäuferin.

»Seid Ihr Kapitän Fernando Calvez, der unter Colón und Hojeda die Inseln im Westen ansegelte?«

»Ja, der bin ich!«

Der Fremde schaute den unrasierten und ungewaschenen Kapitän missbilligend an und rümpfte die Nase. »Nun, der königliche Rat trug mir auf, Euch dieses Schreiben zu übergeben.« Er nestelte an einer dunklen Ledertasche, die er um die Schultern trug, bis er den Knoten mühsam gelöst hatte, und entnahm ihr eine Schriftrolle, die er Calvez mit langem Arm reichte. »Ihr müsst Euch bis morgen früh erklären. Ihr findet mich im Gasthaus Lucia.« Ohne eine Antwort abzuwarten, wandte sich der Unbekannte ab und ließ einen verdatterten Calvez zurück.

Der begutachtete misstrauisch die Schriftrolle. Kein Zweifel, sie trug das königliche Siegel. Unschlüssig drehte er die Rolle mehrmals hin und her, legte sie auf den kleinen Nachtschrank, um sie wieder in die Hand zu nehmen. Was sollte der königliche Rat von ihm wollen? Nach einigem Zögern brach er das Siegel.

Hochgeschätzter Kapitän Calvez,
Ihr habt Euch unschätzbare Verdienste um unser geliebtes Vaterland erworben. Die Erfahrungen, die Ihr unter Colón und Hojeda erworben habt, sind dem königlichen Rat nicht verborgen geblieben. Es wäre töricht von uns, in Zeiten des Wandels Euer Wissen nicht zum Wohle Spaniens zu nutzen.
Darum ersucht Euch der königliche Rat, als Navigator eine kleine Flotte zu den Inseln im Westen zu leiten. Seid der Dankbarkeit der spanischen Krone gewiss.
Weitere Einzelheiten sollt Ihr in Madrid erfahren.
In ergebenster Hochachtung

Die Unterschrift konnte Calvez nicht entziffern. Verwirrt hielt er das Schreiben in der Hand, las es ein zweites Mal. Was wollte der königliche Rat von ihm? Er lief einige Zeit in seinem Zimmer auf und ab, knäulte dann das Papier zusammen und feuerte es in eine Ecke. Von wegen hochgeschätzter, ich bin Kapitän und wenn ihr mir nichts anderes anbietet, als Navigator auf einem Schiff zu sein, dann sucht euch einen anderen, dachte er beleidigt.

Am nächsten Morgen ging er wie gewohnt zur Lagerhalle, erledigte seine Aufgaben. Am Abend erwartete ihn bereits der Fremde in der Taverne.

»Sagte ich Euch nicht, dass Ihr Euch bis zum heutigen Morgen erklären sollt?«

»Es gibt nichts zu erklären!«

»Ist das alles, was Ihr zu sagen habt?«

»Ich glaube nicht, dass Ihr meine weiteren Ausführungen verstehen würdet.«

»Vielleicht hätte der Kapitän die Güte, es dennoch mit einer Rechtfertigung zu probieren. Der königliche Rat hat Euch angeboten, einen Dienst zum Wohle der spanischen Krone zu verrichten. Es ist wohl mehr als unüblich, ein solches Angebot abzulehnen.«

Seit langer Zeit spürte Calvez wieder echte Wut. Die arrogante und hochnäsige Art des Besuchers trieb ihm Zornesröte ins Gesicht.

»Nun gut, wenn Ihr es unbedingt wissen wollt: Die angebliche Wertschätzung meiner Person scheint nicht allzu groß zu sein. Ich bin Kapitän! Ich habe den Atlantik zwei Mal überquert und es scheint mir eher beleidigend, wenn man mir dann nicht mehr anbietet, als die Flotte als Navigator zu begleiten. Des Weiteren wurde meine Treue zur spanischen Krone in der Vergangenheit dazu genutzt, für Gold und sonstige Reichtümer unschuldige Menschen zu töten. Als Christen sollte es aber unsere Aufgabe sein, Ungläubigen die Liebe Christi zu vermitteln und nicht die Brutalität der Eroberer. Ich habe in meinem Leben fast alles verloren. Das Letzte, was ich noch besitze, nämlich meine Würde, will ich behalten. Lebt wohl.«

Calvez schloss sein Zimmer auf, trat ein und knallte die Tür hinter sich zu. Als er nach einiger Zeit nachschaute, war der Fremde verschwunden. Calvez verlor nur wenige Gedanken daran, ob er sich womöglich falsch entschieden hatte. Die Kaufleute hatten ihn geschnitten, die Krone hatte ihn vergessen. Sollten die Herren doch jetzt zuschauen, wie sie ohne ihn zurechtkamen.

Die Nachrichten, die der Bote nach Madrid trug, sorgten für Unruhe am Hof. Immer wieder beriet sich der königliche Rat, suchte das Gespräch mit einflussreichen Kaufleuten und lud andere Kapitäne vor. Nach zwei Wochen wurde der Kurier mit einem neuerlichen Schreiben zu Calvez geschickt.

Der Fremde schien das spöttische »Ach, Ihr schon wieder« überhört zu haben, und bemühte sich im Gegensatz zu seinem letzten Besuch um eine nahezu unterwürfige Freundlichkeit.

»Der königliche Rat trug mir auf, Euch ein neues Schreiben zu übergeben, und bittet Euch, Eure Entscheidung mit Bedacht zu treffen.«

Calvez brach das Siegel vor den Augen des Unbekannten und begann zu lesen. Er konnte sich nicht vorstellen, dass der königliche Rat etwas wesentlich Neues schrieb. Doch er wurde überrascht.

Hochgeschätzter Kapitän Calvez,
Eure Reaktion auf unser Schreiben bestätigt uns mit unmissverständlicher Klarheit, dass wir uns mit unserer Entscheidung, Euch um einen besonderen Dienst zu bitten, nicht getäuscht haben.

Ihr habt recht, es ist weder im Sinne der Krone noch im Sinne der heiligen Mutter Kirche, dass Wilde in fremden Ländern getötet werden. Bereits seit geraumer Zeit beraten wir, wie wir diejenigen, die den Ruf Spaniens mit Füßen treten, zur Rechenschaft ziehen können.

Es freut uns, dass Ihr Euch von solchen Sündern distanziert.

Es ist uns ein besonderes Anliegen, einen besonnenen Seemann für unsere Mission zu gewinnen. Dass Euch wenig an Gold und Reichtum liegt, zeigt uns, dass wir in Euch diesen Seemann gefunden haben.

Die Zeiten sind schwierig und eine wichtige, vertrauliche Information in falschen Händen kann für Unruhen sorgen. Deshalb wiesen wir in unserem letzten Schreiben darauf hin, dass Einzelheiten zur Mission in Madrid mitgeteilt werden sollen. Wir haben nicht bedacht, dass Euch unser Schreiben in Eurer Ehre kränken könnte. Wir bitten, dies zu entschuldigen.

Der Bote, der Euch diese Nachricht überbringt, hat ein zweites Schrei-

ben für Euch. *Achtet darauf, dass das Siegel der Krone unverletzt ist, und schweigt über den Inhalt, bis wir diese Entscheidung bekanntgeben.*
In ergebenster Hochachtung

Calvez blickte nicht auf, sondern streckte nur die Hand aus. »Ihr habt ein zweites Schreiben für mich?«

»Ja, Herr Kapitän.« Der Bote beeilte sich, die Schriftrolle zu übergeben. Eingehend prüfte Fernando das Siegel und nachdem er sich versichert hatte, dass es unbeschädigt war, brach er es.

Hochgeschätzter Kapitän Calvez,
Euer Wissen und Eure Erfahrung sind uns viel zu wertvoll, als dass wir sie als Navigator verschwendet wissen wollen. Die Mission, die wir Euch anvertrauen würden, ist von solcher Bedeutung, dass der Mann, der die Flotte führt, den Rang eines königlichen Admirals führen soll.

Ihr sollt unserer Krone den Dienst erweisen und als Admiral die Flotte leiten. Wir erinnern nochmals, dass Ihr niemanden von unserer Absicht unterrichten dürft.
In ergebenster Hochachtung

Calvez las das Schreiben ein zweites und drittes Mal und wollte den Inhalt nicht glauben. Dann umspielte langsam ein Lächeln seinen Mund. Er setzte sich nieder und verfasste eine Antwort.

Hoher Rat, wertgeschätzte Herren,
Euer Angebot ehrt mich. Gerne will ich unserem Vaterland zu Diensten sein. Es ist nicht meine Art, eine begonnene Arbeit einfach abzubrechen und alles hinter mir zu lassen. Ich bin der Überzeugung, Eure Hochachtung wäre gering, wenn ich den Dienst, den ich gerade ausübe, aufgäbe und nicht Sorge trüge, dass mein bisheriger Auftraggeber keinen Schaden erleidet. Ich

*werde einige Tage benötigen, einen Nachfolger zu finden, der meine Arbeit
fortführt und dann unverzüglich nach Madrid aufbrechen.*
In ergebenster Hochachtung

Nachdem er den Brief versiegelt und dem Kurier übergeben hatte,
setzte sich Calvez und atmete tief durch. Welch seltsame Wandlung
in seinem Leben. Er grübelte, warum er sich so schnell entschlossen
hatte, das Angebot des königlichen Rates anzunehmen. Es war nicht
die Vorfreude, wieder auf das Meer hinauszusegeln, auch nicht die
Eitelkeit, den Titel eines Admirals tragen zu dürfen. Immer mehr
gestand er sich ein, dass ihn die Vorstellung, wie De Nabero vor
Zorn platzen würde, wenn er von dieser Nachricht erfuhr, zu seiner
Entscheidung getrieben hatte.

Nach drei Tagen war ein neuer Lagerverwalter gefunden und Calvez brach mit wenig Gepäck nach Madrid auf. Am Morgen seiner Ankunft genoss er die ausgiebige Pflege durch einen Bader,
kleidete sich in sein bestes Gewand und machte sich auf den
Weg zum königlichen Hof. Die Luft war klar und hin und wieder gaben Baulücken den Blick auf die schneebedeckten Hänge
der Sierra De Guadarrama frei. Ein schneidender, kalter Wind
zog von Norden in die Stadt und weder sein Überhang noch der
hochgestellte Kragen vermochten Calvez wirksam gegen die Kälte
zu schützen.

Seine Atemwolken blieben in der Luft hängen, seine Ohren brannten. Was mochte wohl König Ferdinand und Königin Isabella bewo-
gen haben, den königlichen Hof nach Madrid zu verlegen? Im Som-
mer war es stickig heiß und im Winter garstig kalt. Er selbst hätte
den frischen Sommerwind und die milden Winter der Hafenstädte
des Mittelmeeres vorgezogen.

Fernando war in Gedanken versunken und überrascht, als er vor dem königlichen Hof stand. Am Tor hatte er sich vorgestellt und es schien, als öffneten sich beim Klang seines Namens alle Türen wie von Geisterhand. Jeder Lakai verbeugte sich, so tief er konnte. Die ungewohnte Hochachtung und Anerkennung verwirrten Calvez. Er wurde in einen hohen Raum geführt, der trotz großer Fenster düster und bedrückend wirkte. Der Rauch des knisternden Feuers waberte durch den Saal und raubte ihm, da er noch die kalte Luft einer Wanderung in den Lungen hatte, fast den Atem.

Der königliche Rat hatte sich bereits an einer großen Tafel versammelt, deren Tische in Form eines ›U‹ angeordnet waren. Wie bei einem Ketzertribunal war auf der offenen Seite ein leerer Stuhl aufgestellt, der ihm zugedacht zu sein schien. Die anfängliche Sicherheit des Kapitäns wich Argwohn.

Der Empfang war geradezu überschwänglich, zu überschwänglich für Fernandos Begriff. Als würde man einen lang vermissten Freund wiedersehen, wurde Calvez mit weit ausholenden Armbewegungen begrüßt. Doch so misstrauisch er auch war, in den Fragen und Ausführungen des königlichen Rates konnte er keine Hinterhältigkeit erkennen.

Ja, er kannte Amerigo Vespucci. Ja, Vespucci war ein sehr erfahrener Kartograph. Ja, auf der gemeinsamen Reise unter Hojeda hatten sie versucht, die neue große Insel zu vermessen. Ja, nach seinen Erkenntnissen musste sie fast vollständig westlich der Grenze liegen, die im Vertrag von Tordesillas zwischen Portugal und Spanien vereinbart war. Ja, die große Insel musste gemäß dem Vertrag fast völlig spanischem Einfluss unterliegen.

»Kapitän, vielleicht könnt Ihr jetzt unsere Sorgen und den Grund erahnen, warum für die geplante Mission absolute Diskretion erforderlich ist.«

Calvez zuckte mit den Schultern. Nichts von dem, was bisher gefragt worden war, ergab für ihn einen Sinn.

»Nun, Ihr wisst, dass Vespucci jetzt unter portugiesischer Flagge segelt. Angeblich erforscht er die afrikanische Küste. Da wir in den letzten Jahren jedoch erleben mussten, dass die portugiesische Krone wenig Bereitschaft zeigt, sich an den Vertrag von Tordesillas zu halten, steht zu befürchten, dass Vespucci tatsächlich zur großen Insel reist, um sie für das portugiesische Königshaus zu besetzen.«

»Glaubt Ihr dies wirklich, meine edlen Herren? Tatsächlich, die Insel erscheint sehr groß und wir sind selten an Land gegangen. Doch das, was wir sahen, war wenig einladend und scheint mir nicht wert, dafür einen Vertrag zu brechen.«

Calvez wurde fast mitleidig belächelt. »Hoffen wir, dass Ihr recht behaltet, Kapitän. Doch Ihr kennt die Streitigkeiten um den Vertrag. Papst Alexander der Vierte schlug eine Grenze vor, die unserer Krone zum Vorteil gereicht. Nur um des lieben Friedens willen stimmte König Ferdinand zu, die Grenzlinie viermal weiter in den Westen zu verlagern, als Papst Alexander es vorschlug. Dennoch kriegen die Portugiesen den Hals nicht voll. Herrschte bei den Verhandlungen noch Einigkeit, dass von der Ostgrenze der Kapverdischen Inseln gemessen werden soll, so bestehen die Portugiesen nun darauf, dass der Ausgangspunkt der Messungen der äußerste westliche Fleck der Kapverden sein soll. Die Länge der portugiesischen Legua wird jeden Tag neu bestimmt und wenn wir nicht Einhalt gebieten, umspannt eine Legua bald die ganze Erde.«

Unwillkürlich musste Calvez lächeln. Tatsächlich wurde um die Auslegung des Vertrages von Tordesillas trotz aller scheinbaren Klarheit heftig gestritten. Und auch aus seiner patriotischen Sicht waren es die Portugiesen, die sich nicht an die Vereinbarungen hielten. Langsam begriff er auch, dass die Ängste des königlichen

Rates nicht völlig von der Hand zu weisen waren. »Was gedenkt der königliche Rat zu tun? Soll Vespucci ein Schiff nachgesandt werden, das ihn aufspürt und des Vertragsbruchs überführt?«

»Kapitän, wir glauben, dies würde der spanischen Krone wenig weiterhelfen. Nein, wir müssen Tatsachen schaffen. König Ferdinand hat angeordnet, spanische Truppen zur großen Insel zu entsenden, um zu verhindern, dass sie vollständig unter portugiesische Kontrolle gerät. Unsere Soldaten sollen die Insel erforschen und uns berichten, welche Vorteile sie uns bieten kann. Selbstverständlich darf die portugiesische Krone von diesem Plan nichts erfahren, bevor unsere Männer die Insel erreicht haben. Daher auch die unvermeidliche Diskretion.«

Calvez nickte. Die Pläne des königlichen Rates waren überzeugend, selbst wenn sich Fernando fragte, wie es in dem dichten Urwald, den er auf der großen Insel gesehen hatte, möglich sein sollte, einen feindlichen Portugiesen zu finden.

»Kapitän Calvez, wollt Ihr als Admiral der zuverlässige und verschwiegene Mann sein, der eine kleine Flotte mit Truppen zur großen Insel führt? Planung und Verantwortung für diese Flotte sollen allein in Eurer Hand liegen. Zu wichtig ist uns dieses Vorhaben, als dass wir es einem unerfahrenen Kapitän überlassen wollten. Wollt Ihr die Truppen an einem sicheren Ort absetzen und, wenn die Vorräte ausreichend sind, die Küste der Insel weiter erforschen?«

»Euer Angebot ehrt mich und ich will mich gerne in den Dienst der spanischen Krone stellen. Gebe mir Gott die Kraft, dass ich das Vertrauen, das Ihr in mich setzt, nicht enttäusche.«

Ein entspanntes Lächeln zeichnete sich auf den Gesichtern der Anwesenden ab. Auch Calvez war glücklich. Die ihm durch den königlichen Rat eingeräumten Befugnisse waren weitreichender, als er es sich in seinen kühnsten Träumen erhofft hätte. Er war Admiral, durfte die Flotte und Mannschaft selbst zusammenstellen und man ließ ihm freie Hand, die große Insel zu erforschen.

KAPITEL 12

ie Ernennung zum Admiral war ein unspektakulärer Akt und enttäuschte Calvez etwas. In einem Festsaal des Hofes durchschritt er ein Spalier spanischer Würdenträger, kniete vor dem Thron nieder und nahm die Ernennungsurkunde aus den Händen seiner Hoheit, König Ferdinand, entgegen.

Gleich darauf führten ihn die Bediensteten wieder in den Raum, in dem die morgendliche Besprechung stattgefunden hatte. Dort wurde ihm General Juan De Manoz vorgestellt, dem die Befehlsgewalt über die Truppen zu Lande anvertraut war. Die beiden Männer wurden sich selbst überlassen, der königliche Rat zog sich zurück. Admiral und General sollten sich über die nötigen Vorbereitungen zu der Expedition abstimmen.

Calvez hatte schon einiges von General De Manoz gehört. Juan De Manoz hatte sich bei der Eroberung Melillas im Jahre 1497 großen Ruhm erworben. Neben seinem Ruf als unerschrockener Kämpfer galt er als geschickt in strategischen und diplomatischen Fragen, sodass unnötige Verluste bei den Truppen vermieden werden konnten. Diese Einstellung gefiel Calvez. »General, es ist mir eine Freude und Ehre, Euch persönlich kennenzulernen. Eure Verdienste um das Wohl der Krone sind im ganzen Land bekannt.«

De Manoz lachte laut auf. »Danke Admiral, doch hätte ich nur die Hälfte der Heldentaten vollbracht, die mir angedichtet werden, müssten unsere Truppen heute schon Konstantinopel von den Mauren befreit haben. Leider sind wir noch weit davon entfernt. Ihr seht, dass ich auch nur ein einfacher Soldat bin.«

»Keine falsche Bescheidenheit, General. Ihr habt durch List und Entschlossenheit das erreicht, woran sich viele Soldaten in der Vergangenheit die Zähne ausgebissen haben. Verzeiht meine Offenheit. Gerade Euer Ruf, dass Ihr darum bemüht seid, eine Schlacht zu gewinnen, ohne dass es zum offenen Kampf kommt, ist eine besondere Empfehlung.«

»Admiral, ich möchte Euren Verdiensten, wenn möglich, in nichts nachstehen.«

»Welchen Verdiensten?«, fragte Calvez verwundert.

»Macht keine Witze, Admiral. Ich will offen sein, ich bewundere weniger Euren Mut, Colón auf seiner ersten Abenteuerreise begleitet zu haben. Auch dass Ihr großen Anteil an der Entdeckung der Insel im Westen tragt, sehe ich nicht als Eure bedeutendste Leistung. Nein, Eure Heldentat war, dass Ihr über Jahre mit Euren Handelsschiffen trotz aller Bedrohungen durch die Mauren durch das Mittelmeer gereist seid. Wie oft konnte ich meine ängstlichen Truppen anspornen: Schaut, da fährt ein Handelsschiff, ohne Soldaten, ohne Pulver und Kanonen und narrt die Kriegsschiffe der Mauren. Dann werdet ihr, die ihr Musketen tragt, wohl keine Furcht vor dem Gegner zeigen.«

Calvez fuhr zusammen. De Manoz hatte sich offenbar eingehend über ihn erkundigt. Er suchte in dem Gesicht des Generals einen Hinterhalt, ein Anzeichen der Verschlagenheit, konnte jedoch nur ein entspanntes, freundschaftliches Lächeln erkennen.

De Nabero und die Kaufleute, die ihn in den letzten Jahren geschnitten hatten, Hojeda, all diese Erfahrungen hatten ihn misstrauisch gemacht. Calvez bemühte sich, die kurze Gedankenpause zu überspielen.

»Wunderbar, wenn Ihr das gleiche Vertrauen in meine Arbeit legt wie ich in Eure Fähigkeiten, so sollte dem Erfolg unserer Mission nichts mehr im Wege stehen.«

»So ist es, Admiral.«

Die beiden Männer hatten sich abgetastet, waren sich sympathisch. Doch die Zeit des Kennenlernens war zu kurz, um ein tieferes Vertrauensverhältnis zu begründen. Die Gespräche über Planung und Gestaltung der Überfahrt bewiesen bald, dass sich die beiden auch in diesen Dingen einig waren. Das war auch notwendig, da sich bald offenbarte, dass die Zusicherungen des königlichen Rates kaum das Papier wert waren, auf dem sie standen.

Bei dem Versuch, die Flotte zusammenzustellen, zeigte sich, dass lediglich zwei Schiffe, nämlich die San Cristobal und die Santa Rosita ausreichende Größe und Ausrüstung boten, um die Fahrt über den Atlantik anzutreten. Die anderen atlantiktauglichen Schiffe waren entweder auf »Forschungsreise« oder befanden sich zur Durchführung dringend notwendiger Reparaturarbeiten in Werften. Die übrigen Schiffe, die der königliche Rat für Calvez' Flotte ausgewählt hatte, erreichten allenfalls die Größe der Pinta, die er während der ersten Überfahrt Colóns gesehen hatte.

Calvez lehnte ab, diese vier Schiffe in seinen Verband aufzunehmen, denn, wie der Untergang der Santa Maria und der Beinahe-Untergang der Niña anlässlich der ersten Reise Colóns gezeigt hatten, waren diese Schiffe kaum den Kräften des Ozeans gewachsen. Der königliche Rat versuchte ihn umzustimmen, doch Calvez behielt seinen Standpunkt bei.

»Edle Herren, in all der Zeit, in der ich die Verantwortung auf einem Schiff trug, hatte ich nie den Tod eines Seemannes zu beklagen. Ich möchte nicht, dass ich in den letzten Jahren auf See unnötig das Leben der tapferen Soldaten aufs Spiel setze und in den Ruf gerate, ein verantwortungsloser Hasardeur zu sein.«

Calvez wusste, dass er ein riskantes Spiel betrieb. Der königliche Rat konnte ihm das Kommando entziehen, den Titel des Admirals aberkennen. Wenn er auch nicht befürchten musste, wegen Missachtung der Anordnungen des Rates bestraft zu werden, so wäre zumindest ausgeschlossen, dass ihm jemals wieder ein Schiff anvertraut wurde. Sicherlich würde auch De Manoz darauf bestehen, ausreichend Truppen zur großen Insel mitnehmen zu können. Auf lediglich zwei Schiffen war dies nicht möglich. Umso mehr überraschte es Fernando, dass ihm der General vor dem königlichen Rate beistand.

»Meine Herren, ich kämpfe lieber mit einer kleinen, aber zufriedenen und ausgeruhten Truppe. Eine doppelt so große Truppe taugt nichts, wenn einem Teil der Soldaten Angst, Entbehrung und Unzufriedenheit bei der Überfahrt Geist und Glieder lähmen. Es schwächt ein Heer, wenn unzufriedene Soldaten die Moral der gesamten Truppe untergraben. Wenn der Admiral die übrigen Schiffe nicht geeignet für eine längere Überfahrt hält, und bei dieser Beurteilung vertraue ich auf seine langjährige Erfahrung, so sollten auch keine unnötigen Risiken eingegangen werden.«

Die Zeit drängte und so beugte sich der königliche Rat dem Wunsch der beiden Männer, nur eine kleine und ausgewählte Truppe von Soldaten mitzunehmen.

Auch die Suche nach einem zweiten geeigneten Kapitän gestaltete sich schwieriger, als Calvez erwartet hatte. Eine Vielzahl von Kapitänen stellte sich vor, überreichte Empfehlungsschreiben von Herzögen und Bischöfen, die Calvez teilweise unverhohlen erhebliche Vorteile in Aussicht stellten, sollte er ihren Protegé anderen Konkurrenten vorziehen. In den Gesprächen mit den Bewerbern musste Calvez jedoch feststellen, dass sie allesamt Menschen waren, die nur das Abenteuer suchten. Jedem Einzelnen von ihnen fehlte das, was in Fernandos Augen für diese Überfahrt wichtig war, nämlich eine Händlerseele. Sinn und Zweck war es nicht, neue Inseln und Reichtümer zu entdecken, vielmehr galt es, möglichst sichere Fracht, nämlich Soldaten, an einen Ort zu befördern, und alsdann ohne Verlust von Menschenleben und Material den heimatlichen Hafen wieder zu erreichen.

Eines Tages bat ein Kapitän namens Pablo Ronte um Vorsprache. Calvez erinnerte sich sofort an jenen jungen Mann, der ihn damals, kurz nach der Hochzeit mit Rosa Maria, auf seiner Handelsfahrt in den Norden Europas begleitet hatte. Calvez hatte, da er meist im Kontor arbeitete, weder das Schiff noch den Kapitän wiedergesehen, wusste jedoch aus den Büchern, dass Ronte in den mehr als sechs Jahren, die er diese Route fuhr, lediglich zwei Mann verloren hatte, die bei heftigem Sturm aus den Masten stürzten. Auch bei seinen Kurzbesuchen im Hafen erfuhr Calvez allenfalls, dass die Mannschaft ausgesprochen zufrieden war.

Dass Ronte nun so überraschend auftauchte, riss in Calvez Wunden auf, die er längst geheilt glaubte. Trauer und Verbitterung stiegen in ihm hoch und er befürchtete, dass die Gegenwart Rontes diesen Zustand noch verschlimmern könnte. Dennoch bat er ihn darum, einzutreten. Sie begrüßten sich herzlich, jedoch abwartend.

»Guten Tag, Kapitän, was verschafft mir die Ehre Eures überraschenden Besuches?«

»Admiral, ich weiß, dass Ihr mich kaum noch kennt. Die einzige Fahrt, die wir zusammen unternommen haben, wird Euch wenig über meine Arbeit als Kapitän gesagt haben. Dennoch wollte ich wagen, Euch zu fragen, ob ich an Eurer Fahrt in den Westen teilnehmen kann.«

»Reizt Euch das Abenteuer oder was ist der Grund für Euren Entschluss?

»Nein, ich suche kein Abenteuer. Ich glaube auch nicht, dass – mit Verlaub – Ihr der Mann seid, der Wagnisse sucht. Erlaubt bitte, dass ich die Hintergründe meiner Entscheidung ausführlich schildere.«

»Bitte tut dies, Kapitän!«

»Ich glaube, Jaime De Nabero fällt dem Wahnsinn anheim. Nachdem Ihr Valencia verlassen hattet, verging kein Tag, an dem er Euch nicht verfluchte und mit übelsten Schimpfwörtern belegte. Die Geschäfte liefen immer schlechter und De Nabero machte es sich zur Gewohnheit, die Ausdrücke, die er zunächst nur für Euch vorbehielt, immer häufiger auch gegenüber Kapitänen und Kaufleuten anzuwenden. Immer mehr alte Freunde und Bekannte wandten sich von ihm ab. Kapitäne, die nach Meinung De Naberos nicht genug Gewinn erwirtschafteten, wurden entlassen und durch unerfahrene Schiffsführer ersetzt. Doch sanken die Gewinne weiter und die Zahl der Schäden stieg. Einem der jungen Kapitäne gelang sogar das Kunststück, sein Schiff mit solcher Wucht gegen die Hafenmauer zu steuern, dass der gesamte Bug der Karavelle aufgerissen wurde. Schließlich hielt ich die Launen des Kaufmanns nicht mehr aus und kündigte meinen Dienst. Doch obwohl De Nabero keine Freunde mehr hat, scheinen seine Beziehungen gut zu sein. Kein anderer Kaufmann war bereit, mir sein Schiff anzuvertrauen.«

»Ja, das kenne ich gut. Der Arm des kleinen Kaufmanns scheint weit zu reichen.« Calvez starrte in Gedanken einige Zeit das Tintenfass auf seinem Schreibtisch an, schien dann seine Überlegungen abgeschlossen zu haben, richtete sich auf und schaute Ronte direkt ins Gesicht. »Kapitän, ich habe Eure Arbeit in Valencia stets im Auge gehabt. Ihr scheint mir ein besonnener und zuverlässiger Kapitän zu sein. Die Reise, die uns bevorsteht, fasse ich wie eine Handelsfahrt auf. Wir haben einen Transport in den Westen, werden unsere Fracht dort absetzen und zurückkreisen. Ich plane keine Fahrt in unbekannte Gewässer, keine Entdeckung neuer Inseln. Dennoch solltet Ihr Euch bewusst sein, dass der Atlantik ein viel gefährlicheres Gewässer ist als das Nordmeer, das Ihr bisher befahren habt. Ihr habt Frau und Kinder, bedenkt dies bei Eurem Entschluss.«

»Admiral, ich habe das Risiko abgewogen. Ohne Anstellung kann ich meine Familie nicht ernähren. Doch da Ihr das Kommando auf dieser Fahrt habt, scheint mir die Gefahr eines Unglücks gering. Ich hätte mich wohl nicht zu dieser Reise beworben, wenn ein anderer als Ihr die Schiffe führte.«

Calvez wusste, dass er mit Pablo Ronte den richtigen Kapitän für das zweite Schiff gefunden hatte. Trotz großer Widerstände im königlichen Rat konnte Calvez mit Unterstützung von De Manoz die Ernennung von Pablo Ronte durchsetzen.

Das Wiedersehen mit Pablo Ronte hatte ihn nicht, wie er befürchtet hatte, nachhaltig beunruhigt. Auch wenn er wusste, dass es ihm die Liebste nicht zurückbringen würde, so empfand er doch eine tiefe Zufriedenheit, dass De Nabero, der ihm alles gegeben und alles genommen hatte, nun nach einem langen Aufstieg einen langen Abstieg erleben würde. Das Gefühl der Rache war zwar unchristlich, aber Fernando musste sich eingestehen, dass er es genoss. Er hatte schon lange aufgegeben, De Nabero als väterlichen Freund anzusehen, sondern erkannte vielmehr, dass dieser Mann ein harter und kühl kalkulierender Kaufmann war, der sogar den Tod seiner Tochter in Kauf genommen hatte, als es ihm nützlich war und seiner Eitelkeit schmeichelte.

Erik freute sich für Fernando Calvez. Die Reise half ihm sicher über die grenzenlose Trauer um sein geliebtes Weib. So, wie ihm jetzt diese Reise half, von dem Bestreben, Finn zu suchen, wegzukommen. Manchmal brauchte es wohl einen radikalen Wechsel der Lebensumstände, um sich neu zu finden und quälende Gedanken loszuwerden.

Gähnend streckte sich Erik und ging vor die Tür. Tief atmete er ein, fühlte die jetzt kühle Luft. Um die verspannten Muskeln zu lockern, lief er ein paar Schritte auf und ab, bis er fröstelte. Eine schwere Müdigkeit verdrängte schließlich alle Gedanken an Calvez.

Wieder im Haus brachte Erik nur noch seine Teetasse zur Spüle und kroch dann sofort ins Bett. Erfüllt und zufrieden schloss er die Augen. Was würde ihm heute Nacht wohl widerfahren?

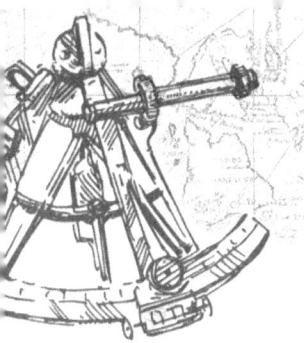

KAPITEL 13

nd nun stand Calvez hier, im Jahr 1503, nach so vielen Erfolgen und Rückschlägen, um etwas Neues zu wagen. Wenn er auf sein Leben zurückblickte, gab es Momente, in denen er eine Entscheidung schmerzlich bereute, und dann wieder andere, die nicht besser hätten sein können. Calvez nahm sich vor, all das hinter sich zu lassen. Er war am Leben, musste weitermachen. Wollte es. Und hier war die Gelegenheit und er würde sie nutzen.

Seine Mannschaft hatte er sorgsam zusammengesucht, doch da er keinen Matrosen näher kannte, beobachtete er zu Beginn peinlich genau Arbeitsrhythmus und Zusammenspiel bei Manövern. Er kritisierte sämtliche Unzulänglichkeiten, sparte aber auch nicht an Lob. Inzwischen, nach acht Tagen auf See, erfüllten die Matrosen ihre Arbeit so, wie er es von ihnen erwartete. Ähnlich schien es auf der Santa Rosita zu sein, die seit der Abfahrt aus Cádiz mit fast immer gleichem Abstand in einer achtel Legua der San Cristobal folgte.

Für die Überfahrt zur großen Insel hatte Calvez eine Route geplant, die sich wesentlich von denen seiner spanischen Vorgänger unterschied. Diese starteten ihre Fahrten nach Westen nämlich ausnahmslos von den Kanarischen Inseln.

Er hatte die Aufzeichnungen des Amerigo Vespucci über den Verlauf der afrikanischen Küste eingehend studiert. Dieser beschrieb, dass der afrikanische Kontinent sich lange Zeit leicht nach Westen gerundet gen Süden hinzog, bevor das Land weit nach Osten zurückwich. Vor Antritt der Reise hatte Calvez immer wieder diese Aufzeichnungen Vespuccis mit seinen Aufzeichnungen von der Reise zur großen Insel abgeglichen. Er verglich die Messungen, versuchte, eine Karte zu zeichnen. Dann zerriss er seinen ersten Entwurf, den zweiten ebenfalls, doch auch die dritte Zeichnung brachte das gleiche Ergebnis wie die beiden zuvor: Kein Zweifel, wenn seine eigenen Berechnungen und Messungen und die von Vespucci zutreffend waren, gab es einen kürzeren Weg über den offenen Atlantik.

Vespucci mochte zwar spanische Interessen an die portugiesische Krone verraten haben, doch er war ein zuverlässiger Seemann und mit Sicherheit hätte er keine falschen Messergebnisse bekannt gegeben und das Leben eines Seemanns gefährdet, der auf seine Angaben vertraute. Nach allen Unterlagen, die Calvez zusammengetragen hatte, konnte er zunächst im Schutze der afrikanischen Küste nach Süden segeln. Etwa zweihundert Leguas südlich der portugiesischen Besitzungen, Kap Verde, wenn sich die Landmassen des Kontinents nach Osten zurückzogen, mussten die Schiffe einen Kurs nach Westen einschlagen, um die östlichen Ausläufer der großen Insel zu erreichen. Dann galt es, an deren Küste gen Norden bis zu jener Grenzlinie zu segeln, die in etwa im Vertrag von Tordesillas ausgehandelt war.

Dieser Kurs stellte einen Umweg dar, denn der Weg über den offenen wilden Atlantik war etwa halb so weit wie die Route, die von den Kanaren direkt in südwestliche Richtung geführt hätte. Das Risiko, das eine Fahrt über den Ozean in sich barg, wurde jedoch verringert.

Nachdem der Admiral in seinen Überlegungen keinen offensichtlichen Fehler entdeckt hatte, übergab er seine und Vespuccis Messungen an Ronte. Calvez wusste, dass der Kapitän nicht genügend Erfahrungen in der Kartographie hatte, dennoch erhoffte er sich Anregungen und Fragen Rontes, die ihn in seinen Plänen bestärken würden.

Nach drei Tagen des Studiums suchte Ronte den Admiral auf. »Admiral, ich bin kein Kartograph. Doch soweit ich die Aufzeichnungen verstehe, die Ihr mir gegeben habt, scheint es mir doch einen kürzeren Weg über den Ozean zu geben als den, welchen unsere bisherigen Westfahrer genommen haben.«

Calvez ließ sich Rontes Überlegungen schildern. Dann zog er die von ihm selbst gefertigte Seekarte heraus und legte sie dem Kapitän vor.

»Kapitän, könnte nach Euren Berechnungen die große Insel in der Position zu Afrika liegen, wie ich es in dieser Karte aufzuzeichnen versucht habe?«

Ronte studierte die Karte eingehend, verglich sie immer wieder mit seinen Notizen. Schließlich schaute er Calvez an. »Ich wüsste keine andere Lage der Insel als die, die Ihr vermerkt habt. Könnte ich eine Karte fertigen, Admiral, so müsste sie genauso aussehen wie die Eure.« Ronte schwieg einen Moment, offenbar, um die Reaktion von Calvez zu beobachten. Der Admiral sagte jedoch nichts und schaute Ronte wiederum abwartend an.

Schließlich räusperte sich der Kapitän. »Wenn die Karte zutreffend den Ozean, den afrikanischen Kontinent und die Lage der großen Insel zeigt, so erscheint es mir die Überlegung wert, einen anderen Kurs zur großen Insel zu nehmen.« Ohne von Calvez beeinflusst zu sein, schlug auch Ronte vor, an der afrikanischen Küste entlangzusegeln und erst zu einem späteren Zeitpunkt Kurs nach Westen zu nehmen.

Calvez war erleichtert. Beide sprachen ihre Überlegungen nochmals durch, dann schloss Calvez: »Somit dürfte dem Gelingen der Mission nichts mehr im Wege stehen.« Und doch blieb eine Ungewissheit, die er sich nicht erklären konnte, die er jedoch Ronte gegenüber nicht zugab. Die Reise Vespuccis entlang des afrikanischen Kontinents bestimmte die Größe der Erde nach Süden. Die Berichte von Ronte über seine Reisen in den Norden und Gespräche mit Kaufleuten, die Handel bis in die Länder des ewigen Eises betrieben, bestimmten die Größe der Erde nach Norden.

Die Ausdehnung der Erde von Ost nach West konnte er anhand seiner zwei Forschungsreisen über den Atlantik, seinen Handelsreisen durch das Mittelmeer nach Osten, im Übrigen durch Berichte von Kaufleuten über die Größe Indiens, des Perserreiches, des maurischen Reiches und schließlich durch die Beschreibung des Marco Polo über die Größe Chinas berechnen.

Die Addition der Werte über die ostwestliche Ausdehnung führte jedoch zu den Sorgen, unter denen Calvez zeitweise litt. Entweder, so sagte er sich, mussten sich die Kaufleute, die die Größe der Welt von Byzanz bis China errechnet hatten, so erheblich geirrt haben, dass er es für unwahrscheinlich hielt, oder die Erde hatte nicht die Gestalt einer Kugel, sondern die eines Zapfens, oder Colón hatte gar nicht China und Indien entdeckt, sondern lediglich vereinzelte Inseln und der Atlantik reichte noch viel weiter nach Westen.

Die vierte Möglichkeit, die entdeckten Inseln wären von einer solchen Größe, dass sie einen eigenen Kontinent darstellten, schloss Calvez kategorisch aus, da die Welt mit Ausnahme einzelner Inseln bekannt war und niemand, sei es in Indien, China oder Europa von einem solchen Kontinent wusste.

So oft Calvez über das Problem nachdachte, er konnte es nicht lösen und obwohl er sich schließlich damit tröstete, dass wohl klügere Köpfe als er eine Antwort auf seine Fragen finden würden, so reichte die Ungewissheit dennoch aus, dass er seine Reiseroute stets aufs Neue in Frage stellte, um sie sich dann letztendlich zu bestätigen. Calvez schrak aus seinen Gedanken hoch.

De Manoz war neben ihn getreten. »Entschuldigt Admiral, haltet Ihr es für möglich, dass ich das Deck für eine Stunde belege? Ihr wisst, unsere täglichen Exerzierübungen warten.«

»Selbstverständlich steht Euch das Deck zur Verfügung, General!«, erwiderte Calvez. »Doch gestattet mir die Frage. Erscheint es Euch tatsächlich angebracht, Eure Truppen in der prallen Mittagssonne an Deck exerzieren zu lassen? Befürchtet Ihr nicht, dass die Soldaten es als unnötige Quälerei empfinden und unzufrieden werden?«

»In der Tat halte ich es für angebracht!« Die Antwort von De Manoz war barsch und Calvez zuckte wegen des schroffen Tons zusammen. De Manoz schien das bemerkt zu haben und fuhr deutlich freundlicher fort: »Aus den Berichten der bisherigen Westfahrer habe ich zweierlei erfahren: Auf den neuen Inseln soll es heiß sein und das Gelände teils sumpfig, dicht bewachsen und hügelig. Mir erscheint es daher ratsam, die Soldaten auf die Hitze vorzubereiten und dafür zu sorgen, dass sie den körperlichen Anforderungen der anstrengenden Tagesmärsche gewachsen sind.«

»Ihr habt recht, General!« Calvez musste sich eingestehen, dass er solche Überlegungen nicht angestellt hatte, und er bewunderte De Manoz, mit welcher Sorgfalt er die militärische Planung vorbereitete. In den letzten Tagen hatte sich Calvez stets über die scharfen Übungen, die der General seinen Soldaten abverlangte, gewundert. Nun freute er sich jedoch, einen Mann an Bord zu haben, der nichts dem Zufall überließ.

Die sorgsame Planung und Vorbereitung sah man auch dem Auftreten und dem Aussehen der Soldaten an. Im Unterschied zu den üblicherweise zusammengewürfelten Haufen, deren Mitglieder ihre Truppenzugehörigkeit allenfalls durch ein buntes Tuch zum Ausdruck brachten, legte De Manoz Wert darauf, dass alle Soldaten die gleiche Kleidung und Bewaffnung führten. Über dem gelb und grün gestreiften Hemd trugen die Truppen Brustpanzer. Der leichte Helm war nicht mit Federn und sonstigen Auffälligkeiten verziert. Die Füße steckten in Stiefeln und die Pluderhose reichte genau bis zum Schaft des Schuhwerkes. Neben einer Lanze trugen die Soldaten ein kurzes Schwert und ein Messer.

»Verzeiht, General, wir haben Musketen an Bord, doch Ihr lasst Eure Männer nicht damit üben.«

»Wisst Ihr, warum wir so lange nicht gegen die Mauren siegen konnten?« De Manoz wartete die Antwort von Calvez nicht ab. »In allen Kämpfen rennen Hunderte von Soldaten aufeinander zu und versuchen, ihr Gegenüber zu töten, damit sie nicht selbst zum Opfer werden. Ihr könnt Euch vorstellen, welch ein Durcheinander auf dem Schlachtfeld herrscht. In diesen Schlachten, in denen Seite an Seite, Rücken an Rücken gekämpft wurde, blieb keine Zeit, Musketen zu laden. Unsere langen Schwerter waren zu schwer und zu unhandlich, um sie in dem Getümmel schlagkräftig einsetzen zu können. Die Mauren kämpften mit leichten, kurzen Krummschwertern. Sie konnten schneller einen Schlag abwehren und selbst einen Streich führen als unsere Truppen. Zack, zack …« De Manoz untermalte seine Schilderung mit ausholenden Armbewegungen, »… während unsere Männer verzweifelt versuchten, ihre Lanzen auszurichten, ihre Musketen zu laden oder ihre Schwerter gegen den Feind zu wenden. Musketen sind eine wirkungsvolle Waffe auf freiem Gelände, wenn sich die Truppen in einer gewissen Entfernung gegenüberstehen. Der Wald auf der großen Insel soll jedoch so dicht sein, dass ich nicht wüsste, wie dort eine Muskete eingesetzt werden könnte. Sicherlich meinte es der königliche Rat gut, dass er uns so reichlich mit Waffen bedachte, wir werden sie auch sicherheitshalber mit an Land nehmen. Sollten die Bäume jedoch so dicht beieinanderstehen, wie ich befürchte, vertraue ich im Falle einer Schlacht lieber auf mein kurzes Schwert. Doch sagt, wie ist es auf der Insel? Ihr kennt sie?«

»In der Tat, Ihr habt recht, General. Zwar stehen die Bäume nicht so eng zusammen, wie manch einer erzählt, doch wuchert am Boden allerlei Grünzeug, das manchmal höher wächst als ein Mann. Zu allem Überfluss ranken einige Pflanzen von Baum zu Baum und müssen mit dem Schwert durchtrennt werden, will man im Wald vorwärtskommen. Auch wenn ich kein Soldat bin, stimme ich Euch zu. Da Ihr es gesagt habt – ich wüsste auch nicht, wie eine Muskete genutzt werden sollte.«

»Danke, Admiral, Ihr habt mir geholfen. Ich trage schon seit längerer Zeit Zweifel in mir, ob meine Vorbereitung der Truppe richtig ist. Ihr habt mir einige meiner Sorgen genommen.«

Die Übungen der Soldaten beschränkten sich nicht auf disziplinarischen Drill. Immer wieder ließ De Manoz die Männer einige Zeit auf der Stelle laufen und mit Holzstöcken Schwertkämpfe üben. Die Seeleute sahen diesem Treiben mit gemischten Gefühlen zu. Einerseits bedauerten sie die Soldaten, andererseits genossen sie das tägliche Schauspiel, das etwas Abwechslung in den Alltag auf See brachte. Auch wenn Calvez den Männern das tägliche Strammstehen in der prallen Hitze nicht ersparen konnte, so gönnte er den Soldaten zumindest den gleichmäßigen Wind und die nur leichte Dünung, die den auf dem Meer unerfahrenen Truppen die Seekrankheit ersparte.

KAPITEL 14

as Wetter war der San Cristobal, der Santa Rosita und deren Mannen nicht wohlgesonnen. Am fernen Horizont waren noch die Felsen von Gran Canaria zu erkennen, da schlief mit der untergehenden Sonne auch der Wind ein. Calvez befahl, alle Segel zu setzen, doch als er am Morgen aufwachte, war die Silhouette Gran Canarias immer noch im Dunst zu erkennen. Aus eigener Erfahrung und aus den Erzählungen der Westsegler kannte Calvez den Passat als zuverlässigen, von Nordost nach Südwest wehenden Wind. Die jetzige Windstille war zwar ausgesprochen ungewöhnlich, für den Admiral aber noch kein Anlass zur Besorgnis. Die Meeresströmung trieb die beiden Karavellen stetig nach Süden und es sollte nur eine Frage der Zeit sein, bis der Wind wieder auffrischte. Nicht dieses Mal. Nach sechs Tagen waren sie, lediglich durch die Strömung, circa fünfzig Leguas in südwestliche Richtung getrieben. Calvez signalisierte Kapitän Ronte, dass er zu einer Besprechung an Bord der San Cristobal kommen sollte. Auch De Manoz war zu dem Treffen geladen, und es war ihm anzusehen, dass er sich über diesen Umstand wunderte.

»Meine Herren, ich habe für die Überfahrt zu der großen Insel maximal vierzig Tage eingeplant. Dennoch habe ich veranlasst, dass Wasser und Vorräte für fünfzig Tage geladen werden. Trotz der Flaute besteht daher kein Anlass zur Sorge. Niemand von uns weiß aber, wie lange die Flaute anhalten wird und welche weiteren Unwägbarkeiten uns auf dieser Reise erwarten. Ich ziehe es vor, mit dem Schlimmsten zu rechnen und daher vorbeugende Maßnahmen zu ergreifen.« Ronte und De Manoz lauschten den Ausführungen von Calvez und nickten zustimmend.

»Ich denke, kein Mann an Bord wird Schaden nehmen, wenn wir bereits jetzt beginnen, die Portionen zu rationieren. Die Männer müssen ohnehin nicht schwer arbeiten. Es gibt, abgesehen von einigen disziplinarischen Übungen, nichts zu tun. Ich bitte die Herren, über meine Pläne nachzudenken oder eigene Vorschläge zu machen.«

»Admiral, Ihr wisst, dass ich an Bord keine Entscheidungen zu treffen habe. Solltet Ihr eine Rationierung anordnen, so werden meine Soldaten und ich ihr natürlich folgen.«

»Danke, General, Eure Loyalität ehrt Euch. Ich lege dennoch Wert auf Eure Meinung, denn ich kenne Eure Soldaten nicht und kann daher nicht beurteilen, ob die Einschränkung unter ihnen zu Unruhen führen könnte. Ihr werdet es auch sein, der den Soldaten die Entscheidung erklärt.«

»Admiral, ich stimme Euch zu, dass es besser ist, sich frühzeitig auf mögliche Gefahren einzustellen. Ich bin kein Mann der See. Daher bitte ich die Herren, mir zunächst zu erklären, welche Möglichkeiten wir haben, um unnötigen Gefährdungen aller Männer vorzubeugen. Ist es nicht möglich, die Schiffe mit Beibooten zurück zu den Kanaren zu ziehen?«

Ronte schaute Manoz beinahe verächtlich an. »Ruderer müssen noch mehr trinken.«

Calvez warf dem Kapitän einen mahnenden Blick zu und De Manoz fuhr fort: »Ich kann Seekarten nicht verstehen und kenne daher auch nicht die Entfernung zu den großen Inseln oder dem afrikanischen Kontinent.«

»Entschuldigt, General«, erwiderte Calvez, »lasst mich die Position der Schiffe und unsere Möglichkeiten darlegen. Wir könnten versuchen, zurück zu den Kanaren zu gelangen. Die Strömung des Meeres treibt uns jedoch nach Süden, sodass die Männer stets gegen den Strom rudern müssten. Unsere Schiffe sind schwer beladen. Wir kämen daher nur sehr langsam vorwärts und es könnte Wochen dauern, bis wir eine der Kanarischen Inseln erreicht haben. Wir könnten auch versuchen, die Schiffe nach Osten zu dem afrikanischen Kontinent zu ziehen. Allerdings landeten wir dann genau in der Höhe der großen Wüste. Wir müssen befürchten, afrikanischen Stämmen in die Hände zu fallen.

Zuletzt hätten wir die Möglichkeit, zu den portugiesischen Besitzungen im Atlantik zu fahren. Diese Strecke wäre die Weiteste und ferner ist Euch bekannt, dass die portugiesische Krone den spanischen Eroberern nicht freundlich gegenübersteht. Ich fürchte, dass man uns, ungeachtet unserer Notlage, auf den portugiesischen Inseln festsetzen würde.«

De Manoz dachte einige Minuten nach. Das Kinn in der Hand vergraben lief er in der Kajüte auf und ab.

»Danke Admiral, ich sehe, Ihr habt Eure Entscheidung, die Vorräte zu rationieren, sehr ausgiebig geprüft. Ich stimme selbstverständlich einer vorsorglichen Rationierung zu, nachdem ich erfahren habe, dass wir keine erfolgversprechenden Ausweichmöglichkeiten haben. Ich bin sicher, jeder Mann an Bord wird diese Entscheidung verstehen.«

Die Mannschaft nahm diese Nachricht mit etwas Murren zur Kenntnis, akzeptierte sie jedoch, als sie sah, dass auch Calvez und De Manoz sich an die Einsparungen hielten. De Manoz erbarmte sich darüber hinaus und setzte die Truppenübungen drei Tage lang aus.

Die Flaute hielt an. Die Sonne brannte unnachgiebig vom Himmel. Um jedes schattige Plätzchen an Bord wurde gestritten. Unter Deck war es unerträglich heiß und stickig. Jede Luke, jedes Fenster wurde geöffnet, wenn schon keine Kühlung, so sollte wenigstens etwas frische Luft die Mannschaftsräume erreichen. Bei Flaute ein schier unmögliches Unterfangen.

Kein Mann erkrankte, trotz Rationierung waren Wasser und Essen ausreichend. Dennoch sahen die Matrosen übel aus. Alle hatten aufgeplatzte Lippen und Sonnenbrand auf den Armen und im Gesicht.

Calvez war stolz auf seine Mannschaft. Trotz der widrigen Umstände arbeiteten die Seeleute zuverlässig und diszipliniert. Auch freute er sich darüber, dass die Soldaten ihr Schicksal ebenfalls eisern ertrugen. De Manoz hatte seine Truppen im Griff und unterband aufkommenden Unmut frühzeitig.

Mit der Zeit vertieften sich die Sorgenfalten in Calvez' Gesicht. Die Schiffe waren zehn Tagesreisen hinter seiner Planung. Sie hätten bereits Kap Verde passiert und den Weg gen Westen eingeschlagen haben müssen. So aber dümpelten die Karavellen noch immer nördlich der Kapverdischen Inseln. Zum Ärger des Admirals konnten die Schiffe auch nicht gesteuert werden. Die Geschwindigkeit war zu gering, als dass ausreichend Druck auf die Ruder gekommen wäre. So entfernten sie sich immer weiter von der geplanten Route, im Schutze der Küste nach Süden zu segeln. Stattdessen trieb die Strömung sie nach Südwesten aufs Meer hinaus.

Vierzehn Tage hielt die Windstille an und die beiden Schiffe lagen träge im Atlantik. Die Sonne war untergegangen und Calvez hatte sich gerade widerwillig in seine stickige, heiße Kapitänskajüte zurückgezogen, als er von Deck den Ruf »Land in Sicht« hörte. Er stürzte aus seiner Kajüte und war noch in Gedanken, dass es in diesem gut erforschten Teil des Atlantischen Ozeans kein unbekanntes

Land geben könne, da vernahm er auch schon die Sturmglocke. Als er die Brücke erreichte, sah er mit Entsetzen, wie in wenigen Sekunden eine schwarze Wolke über Mond und Sterne rollte und die herannahende weiße Gischt die Sturmwogen erahnen ließ.

Fasziniert und voller Furcht zugleich beobachtete er, wie sich das Meer in kürzester Zeit von einem ruhigen Tümpel in ein rasendes Ungeheuer verwandelte. Der Schreck fuhr ihm in die Glieder, er schnappte nach Luft. Mehr aus Routine denn bewusst schrie er seine Kommandos.

»Sturmtaue spannen, alle Segel reffen, doppelte Besetzung am Ruder, Schiff gegen den Wind, die restlichen Männer unter Deck.«

Der Sturm tobte schon so laut, dass Calvez nicht glauben wollte, dass alle seine Befehle gehört wurden. Er war umso erstaunter, dass seine Anweisungen von der geschwächten Mannschaft schnell und geordnet befolgt wurden. Die ersten Wogen schlugen über Deck und trotz des Eifers der Männer sah Calvez ein, dass es nicht möglich war, alle Segel zu bergen. Also befahl er die Mannschaft aus den Masten und den Wanten unter Deck, bis auf diejenigen, die er zur Führung des Schiffes unbedingt brauchte. Er sah, wie De Manoz – sich an den Sturmtauen entlanghangelnd – auf ihn zukam und versuchte, ihm etwas zu sagen. Der General winkte ab und kämpfte sich wieder unter Deck.

Die Segel, die nicht mehr geborgen werden konnten, wurden vom Sturm zerfetzt. Calvez sah dies mit Erleichterung, denn so war wenigstens die Gefahr eines Mastbruchs geringer.

Mit Angst und Ehrfurcht zugleich beobachtete der Admiral die Wasserwände, die sich vor dem Schiff auftürmten, es trotz seiner Masse emporhoben und, obwohl es Calvez stets erwartete, dann nicht ganz verschlangen, sondern nur überrollten. Lange würde die San Cristobal dieser Gewalt nicht mehr widerstehen können. Plötzlich tauchte nur wenig entfernt an Backbord die Santa Rosita aus dem Wellental auf und verschwand gleich wieder. In dem kurzen Moment nahm er zur Kenntnis, dass es auch dort gelungen war, einen Großteil der Segel zu bergen. Dann war die Santa Rosita komplett außer Sicht und so sehr er auch Ausschau hielt, er sah sie in der Nacht kein zweites Mal.

Calvez beobachtete die beiden Männer am Ruder, die ständig gegen die schlingernden Bewegungen des Schiffes ankämpften. Die Karavelle ächzte und knarrte und es schien lediglich eine Frage der Zeit, bis ein Mast oder das Ruder brachen. Er befahl, einen Ersatzmast an zwei Tauen am Heck festzumachen, ins Meer zu werfen und dann mit einem Abstand von hundert Fuß nachzuziehen. Einerseits wollte er vermeiden, dass die San Cristobal zu weit von der bisherigen Position abgetrieben wurde, andererseits hoffte er, das Schlingern des Schiffes eindämmen und es in einem stabilen Kurs halten zu können. Tatsächlich mussten die Männer am Ruder nicht mehr so viel arbeiten, dennoch waren sie nach einer Stunde erschöpft und der Admiral befahl zwei ausgeruhte Matrosen nach oben. Calvez konnte sich ausmalen, welches Entsetzen die Matrosen beim Anblick der riesigen Wasserwände überkommen musste. Es würde sie unmenschliche Kraft kosten, das Ruder nicht in panischer Angst loszulassen.

Nach einer Weile wich die Furcht in Calvez. Wenn Gott es wollte, so würde er bald mit Rosa Maria vereint sein. Trotz der kalten Sturzfluten war ihm warm und sein Zorn auf das Wetter, welches sie nun vierzehn Tagen gequält hatte, schwand. Die Gedanken an seine Frau gaben ihm Ruhe und Kraft zugleich. Immerzu starrte er hinaus auf das dunkle Meer, versuchte zu erkennen, aus welcher Richtung die nächste Woge herankam und brüllte den Männern am Ruder zu, welcher Kurs zu steuern sei, stets in der Hoffnung, dass keine Welle sie seitlich treffen würde.

Calvez klammerte sich am Geländer der Brücke fest und empfand mit jeder neu anrollenden Sturzsee ein seltsames Gefühl aus Schrecken und Bewunderung. Er hatte bereits einige Unwetter auf dem Meer erlebt, manches Mal gedacht, seine letzte Stunde sei gekommen. Doch dieser Sturm war heftiger, die Wogen höher und das Meer gewaltsamer als bei allen bisherigen Unwettern. Umso mehr wunderte ihn, dass die San Cristobal noch nicht gekentert war.

Tiefe Dankbarkeit für das stöhnende Schiff und die treue Mannschaft erfüllte ihn.

Erst als ein heller werdender Himmel darauf schließen ließ, dass der Morgen nahte, bogen zwei Matrosen seine verkrampften und vor Kälte starren Finger auf und zerrten ihn unter Deck.

Dort spiegelte sich das ganze Ausmaß der Katastrophe wider. Durch die Flaute der letzten Wochen hatte sich bei den Männern ein Schlendrian eingeschlichen, hatten die Matrosen ihre Habseligkeiten nicht mehr ordentlich weggeräumt, sodass sie im aufkommenden Sturm durch die Mannschaftsunterkunft geschleudert worden waren. Einige Männer waren darum bemüht, Ordnung zu schaffen, dennoch rollte nach wie vor alles Mögliche über den Boden. Die Verletzungen bei den Matrosen hielten sich in Grenzen. Einem hatte ein herumfliegendes Tau eine tiefe Fleischwunde in die Wange geschlagen, zwei hatten sich den Arm ausgerenkt, einer den Fuß gebrochen. Ansonsten waren die meisten mit ein paar blauen Flecken und leichten Schürfwunden davongekommen und versuchten, sich gegenseitig zu helfen, so gut es ging.

In den Gesichtern stand Angst, niemand sagte etwas, doch alle schauten den Admiral erwartungsvoll an.

»Männer, ich danke euch für euren Mut und eure Kraft. Ich bin seit vielen Jahren auf den Meeren unterwegs und habe zweimal den Atlantik überquert. Ich wäre stolz gewesen, hätte ich auf eine Mannschaft wie diese vertrauen können. Ich bin sicher, nur wenige hätten diesem Unwetter getrotzt.«

Calvez wusste, dass seine Worte keinem der Matrosen die Furcht nehmen konnten, doch es war ihm ein Bedürfnis, sich zu bedanken, auch wenn er erkennen musste, dass einige Seemänner kaum zuhörten. Sie kümmerten sich um ihre Verletzungen und nicht wenige bewegten die Lippen in einem lautlosen Gebet. Er sah immer wieder die entsetzten Blicke, wenn das Schiff zu kentern und das Ende zu kommen drohte und ein leichtes Aufatmen in den Gesichtern, wenn die San Cristobal sich ächzend wieder aufrichtete. Calvez suchte De Manoz in dessen Kabine, fand ihn jedoch gemeinsam im Gebet mit seinen Soldaten, wobei er nicht stören wollte.

Erst gegen Mittag ließ der Orkan nach, doch immer noch war der Sturm zu heftig, um Segel zu setzen. Zumindest konnte Calvez die Schäden erfassen. Er verfluchte Gott, als er feststellte, dass der Sturm ein Wasserfass zerstört hatte und ein Fass mit getrocknetem Fleisch umgekippt war und der Inhalt nun im Salzwasser schwamm. Im Kiel stand das Wasser hüfthoch, und die einzige, für Calvez erfreuliche Erkenntnis war, dass dieses Wasser nicht durch die Bordwand eingedrungen, sondern lediglich durch die ständigen Überflutungen des Decks in den Kielraum gelangt war. Doch mit jedem weiteren Schwall Wasser im Kiel wurde die San Cristobal schwerer, und irgendwann würde sie nicht mehr aus einer Sturzsee auftauchen. In Calvez machte sich zunehmend die Befürchtung breit, dies könnte ihrer aller letzte Reise sein, aber diese Gedanken ließ er nicht nach außen dringen.

Er kämpfte sich erneut zu De Manoz' Kajüte.

»General, ich denke, Ihr habt auch erkannt, dass unsere Lage prekär ist. Ich bin verwundert, dass das Schiff den Sturm bis jetzt überstanden hat, glaube jedoch nicht, dass es noch mehrere Stunden standhalten kann. Im Kiel reicht das Wasser bis zur Hüfte und die San Cristobal lässt sich immer schwerer manövrieren. Alle verfügbaren Matrosen sind damit beschäftigt, den Kiel leerzuschöpfen. Trotzdem nehmen die Wassermassen nicht ab. Ein Wasserfass ist zerstört und ein Fass Trockenfleisch ging leider verloren. Sollten wir den Sturm überstehen, werden wir unter Hunger und Durst leiden müssen. Vielleicht ist es auch besser, wenn wir jetzt unser Ende finden.«

»Admiral, ob und wie lange Euer Schiff dem Sturm trotzen kann, vermag ich nicht zu sagen. Was Eure sonstigen Sorgen angeht, seid Ihr, verzeiht, wenn ich es sage, zu pessimistisch. Ich habe gehört, dass Ihr die ganze Nacht auf der Brücke gewesen seid, keinen Moment geruht habt. Dies mag der Grund für Eure Mutlosigkeit sein. Ich werde meine Soldaten anweisen, gemeinsam mit den Matrosen das Wasser aus dem Kiel zu schöpfen, vielleicht hilft uns das, unser Schiff zu halten. Ich kann mir vorstellen, dass wir durch den Sturm weit von unserem Kurs abgekommen sind. Unsere Vorräte reichen sicherlich noch zehn Tage. Sollte auch die Santa Rosita Glück gehabt haben, können wir vielleicht unsere Vorräte ergänzen.«

Dankbar nahm Calvez den Trost auf. Vielleicht hatten sie auf dieser Reise wenigstens einmal Glück und waren tatsächlich auf das Land zugetrieben worden. Der Admiral hatte wegen all seiner Sorgen die Santa Rosita, Kapitän Ronte und dessen Mannschaft ganz vergessen. Doch zum jetzigen Zeitpunkt erschien eine Suche sinnlos. Das Meer war zu unruhig und es gab keine Möglichkeit zu manövrieren. Im Gegenteil hielt es Calvez für einen Vorteil, dass die Santa Rosita nicht in der Nähe war. Das tobende Meer konnte die Schiffe so nicht gegeneinander schleudern.

»Mehr Sorgen bereitet mir zurzeit der seelische Zustand der Soldaten.«

Calvez fuhr aus seinen Überlegungen hoch, als De Manoz weitersprach. »Es mehren sich die Stimmen, dass wir den Rand der Erdscheibe erreicht haben und kurz vor dem Absturz in das ewig Leere stünden. Andere sehen den Sturm als eine Strafe Gottes für den Hochmut der Menschen, Gotteswerk erforschen zu wollen. Nur wenige Besonnene unter den Soldaten beharren darauf, dass man Pech gehabt habe und in einen heftigen Sturm geraten sei. Ich werde, wenn sich der Sturm etwas legt, einige Worte an meine Männer richten.«

Bald schon zog sich eine Kette Soldaten vom Kiel zum Deck. Eimer um Eimer wurde das Wasser geschöpft, von Soldat zu Soldat und Matrose zu Matrose weitergereicht und über Bord gegossen. Es schien Calvez die Arbeit des Sisyphos, denn mit jedem Eimer, der mühsam geschöpft wurde, schienen die nächsten Wellen neues Wasser zurück ins Schiff zu drücken.

Doch die Truppen des Generals ließen sich nicht entmutigen. Manchen Soldaten standen Schatten der Erschöpfung im Gesicht, viele waren blass und kämpften gegen die Seekrankheit, doch der Wunsch zu leben, die Furcht vor dem Tod im kalten Meer, ließen sie weitermachen.

Nach einer Stunde ersetzte De Manoz die erschöpften Männer durch frische Kräfte, die nach einer zweiten Stunde von Seeleuten abgelöst wurden. Die Quälerei der Mannschaft zeigte Erfolg.

Die San Cristobal wurde leichter, tauchte nicht mehr so tief in die Wellentäler und fasste weniger Wasser.

Am Nachmittag ließ De Manoz die Soldaten antreten. Calvez hielt sich im Hintergrund, wollte jedoch zugegen sein, sollten die Soldaten Fragen stellen, die nur er als Admiral beantworten konnte. Seine Ansprache leitete De Manoz damit ein, dass Soldaten es gewohnt seien, an Land zu kämpfen und ihnen ein Feind in Menschengestalt mit Waffen gegenüberstünde. Jeder Soldat kämpfe und setze sein Leben für Ruhm und Ehre Spaniens ein. Außer den Soldaten an Land gebe es jedoch auch Soldaten auf dem Meer, die für das gleiche Ziel ihr Leben riskierten. In der letzten Nacht sei die San Cristobal in einer Schlacht gewesen und es sei dem erfahrenen Admiral und seiner mutigen Mannschaft zu verdanken, dass diese Schlacht zur Ehre Spaniens erfolgreich habe geschlagen werden können.

Als sich ein verhaltener Jubel unter der Truppe verbreitete, erkannte Calvez, dass der General den richtigen Ton getroffen hatte. Es sei selbstverständlich, so fuhr De Manoz mit seiner Rede fort, dass Soldaten vor einem Kampf Angst hätten. Ein furchtloser Soldat, der unbedacht in den Kampf ziehe und dem ersten Schwertstreich zum Opfer fiele, sei kein guter Soldat, da er der Truppe nicht mehr helfen könne. Nur ein vorsichtiger Soldat, der zwischen seiner Angst, seiner Liebe und seiner Verpflichtung zum Wohle Spaniens abwäge und alles täte, um möglichst lange für Ruhm und Ehre Spaniens kämpfen zu können, sei ein guter Soldat.

Es erschallte etwas lebhafterer Jubel.

In nahezu jeder Schlacht, berichtete De Manoz weiter, gebe es berittene Truppen und Fußtruppen. In glücklichen Fällen könne es sein, dass die berittenen Truppen den Erfolg einer Schlacht alleine entschieden und dennoch wäre dieser Erfolg auch einer der Fußtruppe, da lediglich das Wissen um die Zuverlässigkeit und die Kampfeskraft der Fußtruppe es den Reitern ermögliche, Kampfestaktik und Kraft unbeirrt einzusetzen. Und so sei auch der Sieg über den Orkan ein Sieg aller Männer an Bord.

Dies ist wohl die Gedankenwelt eines Soldaten, grübelte Calvez. Man muss ihm nur sagen, er habe eine Schlacht gewonnen und schon jubelt er.

Noch in die Freudenrufe seiner Truppe hinein rief De Manoz, es sei die Aufgabe eines Soldaten zu kämpfen und das Unglück nicht als Gottes Strafe anzunehmen. Vielmehr sei er der Überzeugung, Gott habe seine schützende Hand über sie gehalten und ihnen beigestanden. Er habe, weiß Gott, schon viele Schlachten geschlagen, könne sich jedoch nicht daran erinnern, einen Sieg errungen zu haben, in dem kein Menschenleben zu beklagen war. Es zeige sich die Gnade Gottes, dass sie trotz der heftigen Schlacht zwar geringfügig verletzt, aber dennoch vollzählig und am Leben seien.

Nach der Rede versank De Manoz in ein Gebet, dem sich die Soldaten anschlossen. Zankereien unter den Männern waren ausgeräumt, die Truppe zusammengeschweißt, etwaige Zweifel an ihrer Reise zerstreut und neuer Mut aufgekommen.

Calvez ließ den General mit seinen Soldaten allein und ging zurück zur Kajüte, um mit der gewonnenen Ruhe ihre Lage zu überdenken. Natürlich war er höchst erfreut, dass es weder unter den Matrosen noch unter den Soldaten Verluste zu beklagen gab. Er war auch erleichtert, feststellen zu können, dass die Soldaten ebenso zuverlässig hinter De Manoz standen wie die Seemänner hinter ihm.

Die Rede des Generals hatte Calvez überrascht und beeindruckt. Dem nüchternen, analytischen Mann hatte er eine solche stimmungsvolle Ansprache nicht zugetraut. Verwundert stellte Calvez fest, dass sogar er aus dieser Rede Hoffnung und Kraft schöpfte.

Wie es jedoch tatsächlich um das Innere von De Manoz stand, erfuhr Calvez wenig später, als der General an die Tür seiner Kajüte klopfte und um ein kurzes Gespräch bat.

»Admiral, zunächst möchte ich Euch meine besondere Anerkennung zum Ausdruck bringen. Als ich in der Nacht die Wogen sah, glaubte ich nicht, diesem Unwetter lebend zu entkommen. Meine Soldaten und ich sind der Überzeugung, dass wir es Eurem unermüdlichen Einsatz und dem Eurer Männer zu verdanken haben, dass wir alle noch am Leben sind. Lediglich siebenunddreißig meiner Soldaten haben sich etwas schwerer verletzt, keine der Wunden ist jedoch lebensbedrohlich. Einige Männer leiden unter heftiger Seekrankheit, der Rest der Truppe steht aber für Einsätze zur Verfügung. Sollten Eure Leute zu erschöpft sein, werden meine Soldaten sie bei den Arbeiten, die keiner besonderen seemännischen Kunst bedürfen, mit Freude ablösen.«

Calvez hob abwehrend die Hände.

»Danke für Eure Wertschätzung. Ich denke, wir hatten sehr viel Glück.«

»Nein, Admiral, Ihr habt die Nacht an Deck verbracht. Immer wenn ich kurz nach Euch schaute, gabt Ihr Anweisungen an die Männer am Ruder. Als Euch Eure Männer heute Morgen unter Deck führten, waren Eure Lippen und Hände blau. Wenn Ihr darauf besteht, dass es Glück war, dass wir noch leben, dann bin ich der Überzeugung, dass Ihr dieses Glück erzwungen habt.«

Calvez war das Lob unangenehm, er wusste nicht, was er De Manoz erwidern sollte. So trat eine peinliche Stille ein. Auch der General blickte einige Zeit zu Boden, schaute dann aber abrupt den Admiral an und fragte: »Ich ersuche Euch um eine offene und ehrliche Antwort und versichere, keinen Groll zu hegen, sollte sie nicht der entsprechen, die ich erhoffe. Ich schäme mich fast, diese Frage zu stellen, und dennoch hätte ich keine Ruhe, wenn ich sie jetzt zurückhalten würde. Seid Ihr sicher und überzeugt, dass die Erde die Gestalt einer Kugel hat? Ich habe dies auf der Akademie gelernt, Admiral, und jeder kluge Mensch glaubt, dass die Gestalt der Erde rund sei. Doch noch kein Mensch hat die Erde vom Mond oder von der Sonne aus gesehen. Woher soll er also sicher sein, dass es kein Ende auf der Erde gibt?«

Da war einerseits die direkte und offene Frage, die Calvez erstmals zeigte, dass auch De Manoz, der sonst jeder Lage gewachsen schien, Angst hatte. Zum anderen verwunderte den Admiral die Frage, weil dieser disziplinierte Soldat, der jede seiner Schlachten sorgsam vorbereitet, der sich über Klimabedingungen auf den neuen Inseln informierte, nunmehr offenbar Sinn und Zweck der Reise in Frage stellte und zugab, den vielen unbekannten Situationen nicht gewachsen zu sein. Er war verwundert, dass De Manoz so unter seiner Angst litt, dass er seinem eigenen Wissen misstraute. Calvez überlegte, wie er seine Erklärungen beginnen sollte und führte De Manoz schließlich an den Tisch, wo er mehrere Karten ausbreitete.

»Danke, Admiral, solche oder ähnliche Karten habe ich bereits zuvor gesehen, ohne sie richtig zu verstehen, und ich vertraue Euren Worten mehr, als Darlegungen auf einer Karte, auf der ich nichts zu erkennen vermag.«

Calvez war beschämt. Auch er hatte die Erde noch nicht aus der Sicht des Mondes oder der Sonne gesehen, konnte daher aus seinem Wissen nicht sagen, welche Form die Erde haben mochte. »Ich bin der festen Überzeugung, dass die Erde keine Scheibe ist, dass es keine Stelle auf der Erde gibt, von der aus der Mensch ins Nichts stürzen kann. Ich bin allerdings nicht sicher, ob ich mir die Erde als Kugel oder eher als Ei vorstelle. Um dies zu erforschen, sind zahlreiche Karavellen der spanischen Flotte auf den Weltmeeren unterwegs. Lassen Sie mich erläutern …«

»Danke, Admiral«, unterbrach ihn De Manoz. »Seid gewiss, ich bin brennend an Euren Darlegungen interessiert. Ich glaube aber, dass wir beide wichtigere Sachen zu erledigen haben. Ich kann jedoch versichern, dass mich Eure Antworten sehr beruhigen.« Er räusperte sich verlegen. »Wenn Ihr einen Ratschlag erlaubt, Admiral, Ihr solltet einige Stunden ausruhen.«

Calvez dankte De Manoz, aber er konnte sich nicht vorstellen, jetzt zu schlafen. Er ging auf die Brücke und wollte versuchen, die Position des Schiffes zu bestimmen. Die Frage des Generals hatte neue Zweifel geweckt. Weniger ging es um das Rätsel der wahren Form der Erde, es quälte ihn vielmehr, ob er vielleicht doch die falsche Reiseroute gewählt hatte. Auch auf dem Land gab es Wüsten, die nicht zu durchqueren waren, Gelände mit ewigem Eis und Passagen, die über steile Berge führten, und andererseits bequeme Handelswege durch fruchtbares und ebenes Gelände. Sollte er etwa in seinem Hochmut, eine eigene Route über den Atlantik finden zu wollen, ausgerechnet eine Passage gewählt haben, in der die Stürme besonders heftig wehten, und damit Schiff und Mannschaft einer unnötigen Gefahr ausgesetzt haben?

Er wischte diese Gedanken von sich. Auch Sontante, ein erfahrener und vorsichtiger Seemann, war auf einer Fahrt in den Norden Europas, auf einer Strecke, die schon von vielen Seeleuten vor ihm befahren worden war, von einem Unwetter überrascht worden und nicht mehr zurückgekehrt. Orkane und Unwetter waren die ständigen Begleiter auf See und jeder Kapitän wusste um die Risiken.

Auf der Brücke erkannte Calvez enttäuscht, dass der Himmel noch immer von dicken Wolken verhangen war, die noch nicht einmal Mutmaßungen darüber zuließen, wo in etwa sich die Sonne befinden könnte. Die Position zu bestimmen, war daher unmöglich, Calvez hatte lediglich die Ahnung, dass sie durch den Sturm deutlich nach Süden abgetrieben worden waren. Noch immer wehte ein heftiger Wind und es war zu gefährlich, Segel setzen zu lassen. Er hielt Ausschau nach der Santa Rosita, konnte jedoch nichts von ihr entdecken. Trotzdem hatte er Vertrauen in die Leistungen von Kapitän Ronte. Auch sagte ihm eine innere

Stimme, dass das andere Schiff den Orkan überstanden hatte. Er ging wieder unter Deck, um sich den letzten Aufräumarbeiten zu widmen.

Auch für Erik wurde es Zeit, sich mal wieder um die Casa Maria zu kümmern, und er machte sich an die Arbeit. Danach lief er zum Hotel, wartete auf Pacos Bus und fuhr mit ihm zum Supermarkt, um Vorräte einzukaufen. An der Kasse begegnete ihm der Padre. Erik begrüßte ihn freundlich, zahlte und wollte schon wieder heim, um weiterzuschreiben. Doch der Priester folgte ihm nach draußen und löcherte ihn, wollte unbedingt wissen, was er von den Aufzeichnungen hielt. Fast wurde Erik ungeduldig, versuchte sich aber zu beherrschen und gab sehr vage Auskunft, wie fantastisch er die Chronik fände. Er konnte ja schlecht sagen, dass die wahrlich tollen Geschichten in seinen Träumen stattfanden. Der Padre plauderte und plauderte, bis Erik sich entschuldigte. »Ich muss jetzt meinen Bus erreichen, ich danke Ihnen vielmals, dass Sie mir die Aufzeichnungen anvertraut haben, ich gehe vorsichtig damit um.« Schon lief er los, ohne eine Entgegnung des Padre abzuwarten.

In der Casa räumte er eilig die Einkäufe weg und setzte sich an seine Arbeit. Erik schrieb bis tief in die Nacht. Schließlich brannten ihm die Augen und er legte sich ins Bett. Mittlerweile ängstigten ihn seine Träume in die Vergangenheit nicht mehr. Im Gegenteil wartete er gespannt aufs Einschlafen.

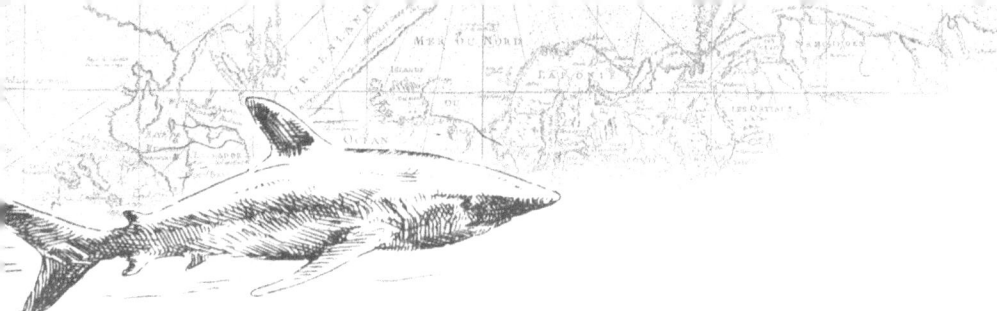

KAPITEL 15

Nur langsam ließ der Sturm nach, die Sonne war aber weiter hinter dichten Wolken versteckt. Der starke Regen, den sich der Admiral nach dem Sturm erhofft hatte, blieb jedoch aus. So wurde die Versorgungslage an Bord noch dramatischer. Dennoch war die Stimmung unter den Männern überraschend gut. Der Sturm hatte Matrosen und Soldaten zusammengeführt. Sie halfen sich gegenseitig, sprachen einander Mut zu. Dies übertrug sich auch auf Calvez und De Manoz.

Vier Tage trieb die San Cristobal auf dem Meer, bevor der Kapitän es wagte, leichte Besegelung anzuordnen. Er versuchte, die Sonne zu erahnen, die sich wie an den vorherigen Tagen immer noch hinter dicken Wolkenschichten verbarg, und war überzeugt, dass die San Cristobal deutlich nach Süden und nur wenig nach Westen abgetrieben war. Die Segel zu setzen dauerte lange, immer wieder verfing sich ein Tau. Der Admiral vermied es, der Mannschaft einen Vorwurf zu machen. Zum ersten Mal seit Tagen hatte er die Gelegenheit, sich seine Männer genauer anzuschauen. Durchweg sah er aufgeplatzte Lippen, mit eitrigen Pusteln übersäte Haut, vom Salzwasser zusammengeklebte Haare und Bärte, zerschlissene Kleidung und gerötete Augen. Sie erledigten ihre Arbeit mit viel Mühe und schienen nur noch am Leben, um zu arbeiten.

Die Segel waren gehisst und Calvez wollte gerade einen Kurs Richtung Nordwest anordnen, als er die Segel eines Schiffes mit Kurs voraus entdeckte. Er befahl, darauf zuzuhalten. Sein erster Gedanke war, die Vorräte für seine Mannschaft zu ergänzen, erst dann überlegte er, welches Schiff es wohl sein möge, das sich so tief im Süden mitten auf dem Ozean befände. Schließlich keimte in ihm die Hoffnung, dass es sich bei dem Schiff um die Santa Rosita handeln könnte, was sein Herz vor Freude höherschlagen ließ, jedoch keine Verbesserung der Versorgungslage in Aussicht stellte. Nach einiger Zeit bemerkte Calvez, dass auch dieses Schiff den Kurs geändert hatte und auf sie zuhielt.

Es war die Santa Rosita, doch sie sah seltsam aus. Erst nach einiger Zeit erkannte Calvez, dass einer der Masten gebrochen war. Ansonsten schien auch die Santa Rosita unbeschadet. Die Schiffe mussten Abstand halten, um in der noch immer unruhigen See nicht aufeinander getrieben zu werden.

Zu seinem Entsetzen beobachtete der Admiral, dass an Bord der Santa Rosita ein Beiboot mit einigen Männern zu Wasser gelassen wurde. Wegen der rauen See hielt er es für zu gefährlich, das Beiboot zu nutzen. Dennoch ruderten die Männer von der Santa Rosita eisern auf die San Cristobal zu, hätten sie ob der Strömung fast verfehlt.

Erst im letzten Moment konnten Männer ein geworfenes Tau greifen und sich schließlich zur San Cristobal heranziehen.

Ronte und die anderen Seemänner stiegen an Bord und wurden jubelnd empfangen. Calvez fühlte sich erleichtert und umarmte Ronte, ohne zu überlegen, klopfte ihm dabei erfreut auf die Schulter und bat ihn in die Kapitänskajüte. Auch De Manoz, der ihnen folgte, war die Erleichterung anzusehen.

»Nun, mein lieber Kapitän, es ist schön, Euch gesund und wohlbehalten hier an Bord zu sehen. Berichtet, wie stehen die Dinge an Bord der Santa Rosita, wie habt Ihr den Sturm überstanden?«

»Danke Admiral. Wir können unser Glück immer noch nicht fassen. Trotz solch hoher Sturzsee, wie ich nie zuvor gesehen habe, und die selbst meine schlimmsten Vorstellungen übertraf, haben wir wie durch ein Wunder keine Toten und Vermissten zu beklagen. Natürlich gibt es einige Brüche und offene Wunden, aber die Verletzungen sind nicht dramatisch. Ich hoffe, Ihr habt ähnliches Glück gehabt.«

Calvez und De Manoz strahlten um die Wette und schüttelten ungläubig die Köpfe.

Der Admiral musste einige Male tief durchatmen, ehe er antworten konnte. »Auch wir haben nur Verletzte zu beklagen. Ich kann es immer noch nicht glauben und frage mich, wie groß die schützende Hand unseres Herrn wohl sein muss.«

Ronte und De Manoz lachten, wohl weniger über den kleinen Witz, sondern mehr aus Erleichterung.

»Ronte, sagt, wie kommt es, dass Ihr uns überholt habt? Ich habe die Santa Rosita nicht passieren sehen. Sie ist das kleinere und ich denke auch schwerfälligere Schiff.«

»Wir haben die Gefahr des Sturmes wohl später erkannt als Ihr an Bord der San Cristobal. Es gelang uns nicht, viel Segel zu bergen. Dadurch wurden wir völlig manövrierunfähig. Immer wieder drohte sich die Santa Rosita quer zu den Wogen zu stellen. Wir wurden einige Male von schwerer See überrollt, wobei wir Gefahr liefen zu kentern. Ich besprach mich mit Hauptmann Vazevar und erläuterte ihm, dass die Santa Rosita zu schwer sei. Daraufhin ordnete Hauptmann Vazevar an, und es fiel ihm sicher nicht leicht, alle Kanonen und die schweren Waffen der Soldaten über Bord zu werfen.«

De Manoz war anzusehen, dass er nicht wusste, ob er lachen oder weinen sollte. Mit einer Miene, als hätte er in eine Zitrone gebissen, fragte er: »Und, hat es geholfen?«

»Auf jeden Fall. Die Santa Rosita tauchte nicht mehr so tief ein und wir gewannen etwas Manövrierfähigkeit zurück. Dadurch konnten wir das Schiff besser ausrichten und verhindern, ständig von der See überrollt zu werden. Allerdings gewannen wir auch deutlich an Fahrt. In der Nacht des Unwetters habe ich gesehen, dass wir an der San Cristobal vorbeigefahren sind. Vor zwei Tagen ließ der Sturm so weit nach, dass wir es wagten, Segel zu setzen. Wir kreuzten in einer Breite von acht Leguas langsam in nördliche Richtung in der Hoffnung, die San Cristobal wiederzufinden.«

»Hervorragende Arbeit, Kapitän.« Calvez reichte Ronte die Hand. »Gelang es Euch bereits, die Position zu bestimmen oder habt Ihr eine ungefähre Ahnung, wie weit wir vom Kurs abgekommen sind?«

»Nein, der Himmel ist zu verhangen. Mir scheint jedoch, dass uns der Sturm ziemlich weit nach Süden abgetrieben hat.«

Calvez nickte nachdenklich.

»Würdet Ihr mir zustimmen, dass unsere Position ziemlich in der Mitte zwischen der großen Insel im Westen und dem afrikanischen Kontinent liegt?«

»Ja, Admiral!«

»Gut, sollte morgen früh eine eindeutige Positionsbestimmung nicht möglich sein, werden Ihr und ich drei Messversuche vornehmen. Der Mittelwert aus unseren Messungen soll unserer weiteren Navigation zugrunde gelegt werden, bis wir eine eindeutige Position ermittelt haben. Bis in die Morgenstunden halten wir Kurs Nord/Nordwest.«

Nachdem Ronte und Calvez auf den Seekarten nochmals den Kurs abgeglichen und letzte Details zur Navigation erörtert hatten, wandte sich De Manoz an den Kapitän: »Entschuldigt, an Bord der San Cristobal sind ein Fass Wasser und ein Fass Fleisch zu Bruch gegangen. Unsere Vorräte dürften lediglich noch für sieben Tage reichen. Darf ich fragen, wie es um die Vorräte der Santa Rosita bestellt ist?«

»Leider sieht unsere Versorgungslage nicht besser aus. Ich denke, dass wir allenfalls noch acht Tage auf See aushalten.«

»Nun, mir scheint, Admiral«, De Manoz wandte sich erneut an Calvez, »eine Ergänzung unserer Vorräte kommt nicht in Betracht. Sollten wir eine weitere Rationierung in Erwägung ziehen?«

»Nein. Das kostet alle Männer nur zusätzlich Kraft und bringt die Gefahr mit sich, dass es unter den Geschwächten und Verletzten zu Opfern kommt.«

»Doch vielleicht könnten wir dann zumindest das Leben einiger Mann an Bord retten, Admiral!«

»General, ich würde Eurem Vorschlag gern folgen, wenn ich wüsste, wo auf diesem verdammten Ozean wir uns befinden und ich sagen könnte: In zehn Tagen erreichen wir Land. Ich scheue mich jedoch davor, bereits jetzt die Kranken im Stich zu lassen, wenn wir vielleicht in drei Tagen an einer Küste landen könnten.«

Ronte räusperte sich. »Nun, die San Cristobal ist unbeschädigt. Sie kann deutlich schneller segeln als die Santa Rosita. Vielleicht sollte die San Cristobal voraussegeln und das Meer erkunden, und wenn Ihr auf Land gestoßen seid, zur Santa Rosita zurückkehren.«

De Manoz nickte zustimmend, aber Calvez wies diesen Vorschlag sofort zurück.

»Kapitän, Ihr wisst, dass es ein ungeheuerlicher Glücksfall war, dass sich unsere beiden Schiffe auf offenem Meer gesehen und auch getroffen haben. Die See ist immer noch rau und sollte sich ein Schiff in einem Wellental befinden, während das andere auf einem

Kamm dahinsegelt, ohne uns zu sehen, könnten wir in weniger als einer halben Legua unbemerkt aneinander vorbeifahren. Sollte noch Nebel hinzukommen, würden wir uns wohl schon auf eine Distanz von fünfzig Varas nicht erkennen können. Nein, wir sollten zusammenbleiben. Der Sturm ist noch nicht vorüber, wir sind noch nicht sicher. Sollte, was Gott verhüten möge, dennoch eines der Schiffe in Seenot geraten, so könnte uns die andere Karavelle in der Not beistehen.«

»Ihr habt, obwohl ich kein Seemann bin, meines Erachtens recht. Doch erlaubt mir, dass ich meine gesunden Soldaten bitte, zugunsten der schwachen Kameraden bei Wasser und Verzehr Zurückhaltung zu üben.«

»Gewiss, General, tut dies. Auch ich werde meine Männer bitten, dem Vorbild Eurer Soldaten zu folgen.«

An Ronte gewandt fuhr Calvez fort: »So, Ihr Teufelskerl, jetzt kehrt zu Eurem Schiff zurück und kommt nicht noch einmal auf den Gedanken, bei diesem Wellengang das Beiboot auszusetzen. Wir werden uns morgen mit Flaggen zu verständigen wissen.«

Mit angehaltenem Atem beobachtete Calvez, wie das Beiboot, fast ein Spielball der Wellen, mühsam zur Santa Rosita zurückkehrte, und er atmete erst erleichtert auf, als er sah, dass alle Mann wohlbehalten an Bord angekommen waren. Das Wiedersehen mit der Santa Rosita hatte dem seelischen Zustand von Calvez gutgetan. Immer wieder hatte er sich in den letzten Tagen vorgeworfen, mit der Wahl eines eigenwilligen Kurses das Leben der Männer auf der Santa Rosita leichtfertig aufs Spiel gesetzt zu haben. Nun war er erleichtert, kein Mann war verlorengegangen, und innerlich gratulierte er sich, Ronte als Kapitän mitgenommen zu haben. Wahrlich, der Mann hatte seine Aufgabe besser erfüllt, als Calvez es zu hoffen gewagt hatte.

Der Wind ließ langsam nach, wehte jedoch weiterhin aus nördlicher Richtung. Weder am nächsten Morgen noch an den Tagen danach ließ sich die Sonne blicken und eine eindeutige Positionsbestimmung war unmöglich. Die Schiffe mussten ständig kreuzen, um den verabredeten Kurs zu halten und kamen gegen den Wind nur langsam voran.

Der Sturm hatte allen viel Kraft abverlangt. Die ständig notwendigen Manöver, um das Schiff auf Kurs zu halten, setzten der Mannschaft zu. Es mehrten sich die Zwistigkeiten, wer bei einem Manöver einen falschen Griff getan habe und der Mannschaft mehr Arbeit aufbürdete.

Selbst Calvez war kraftlos und wusste außerdem, dass es nicht sinnvoll war einzugreifen. Eines Morgens sah er De Manoz an, dessen Eiterpusteln und die tiefliegenden Augen erregten sein Mitgefühl. Der sonst sorgsam gestutzte Schnurrbart hing, nur notdürftig mit einer Schere gekürzt, halb in der Oberlippe. Die dunklen Haare waren zerzaust und verfilzt, viele blutende, kleine Schnitte im Gesicht zeigten, dass sich der General bemüht hatte, sich ohne Wasser und Seife zu rasieren. In einem Anflug von Sarkasmus malte er sich aus, die Schiffe könnten ihr Ziel erreichen und die ersten Menschen, die die Schiffe beträten, fänden lediglich verdurstete, verhungerte Matrosen vor.

Fünf Tage kreuzten sie schon in nordwestlicher Richtung. Calvez verharrte tagsüber eisern auf der Brücke, um zumindest durch seine Anwesenheit ein Aufkommen von Gewalt und Streitigkeiten an Bord zu verhindern. Der Himmel war immer noch stark bewölkt, eine saubere Navigation war nicht möglich. Auch De Manoz stand regelmäßig neben ihm und wenn sie sich etwas sagen wollten, beschränkten sie sich auf einige knappe Worte, weil der trockene Mund und der ausgedörrte Rachen keine ganzen Sätze zuließen.

Der Admiral suchte De Manoz in der Kajüte auf. »Unsere Vorräte reichen noch circa drei Tage. Ich habe mir die verletzten und gesunden Männer angesehen, wir können die Wasserration nicht weiter kürzen.«

De Manoz nickte und der Admiral fuhr fort: »Gott hat uns bisher beschützt und deshalb hoffe ich, er wird es auch weiter tun. Welch ein Zynismus, sollten wir hier, umgeben von Wasser, verdursten müssen. Ich will es nicht glauben.« Calvez versuchte etwas Speichel im Mund zu sammeln, um weitersprechen zu können. »Die Männer sind am Ende ihrer Kräfte. Je schwächer sie sind, umso langsamer werden auch die Schiffe. Ich beabsichtige, morgen früh eine Sonderration an alle Männer ausgeben zu lassen.«

»Ihr habt recht, Admiral, die Männer haben es verdient und es macht wohl keinen Unterschied, ob einen Tag früher oder später …« De Manoz vollendete den Satz nicht.

Calvez erschrak. Bisher war De Manoz der Mann gewesen, der nie die Hoffnung aufgab, immer kämpfte und sich mit aller Macht gegen eine Niederlage stemmte. Er hatte De Manoz aufgesucht, in der Hoffnung, dass ihm der General neuen Mut zusprechen könnte. Nun fühlte er sich seiner Hoffnungen beraubt. Während der ganzen Nacht konnte er keine Minute schlafen. Sein Leben lief vor seinen Augen ab. Doch keinen der Träume, keine der Erinnerungen konnte er festhalten. Sie zogen unaufhaltsam dahin wie die Wassermassen eines Flusses.

Mit dem ersten Grau des Morgens stand der Admiral auf, denn er hielt es nicht mehr in der Kajüte aus. Er musste sehen, schauen, beobachten, um seine trüben Gedanken abzuschütteln. Auf der Brücke traf er bereits De Manoz, der ebenfalls übernächtigt aussah.

»Admiral, wollt Ihr die Sonderration verkünden?«, krächzte De Manoz.

Calvez benötigte einige Zeit, bis er verstand, was der General ihn fragen wollte. Dann nickte er, gab den Männern an Deck ein Zeichen zu schweigen. Irritiert sah er, dass sein Handrücken feucht war, wischte ihn verärgert ab, fuhr sich dann über die Stirn. Calvez war fahrig und nervös, ein seltsames Kitzeln störte seine Konzentration. Sein Kopf war viel zu leer, als dass er einfach hätte sagen können: »Männer, Sonderration Wasser für alle.« Immer wieder musste er seine Haut reiben und es dauerte unendlich lange, bis er begriffen hatte, dass es regnete. Auch die Matrosen an Deck schienen die leichten Tropfen nicht bemerkt zu haben und starrten ihn erwartungsvoll an. Calvez war zu schwach, die Aussicht auf Regen, die keimende Hoffnung, dass das Ende doch nicht gekommen sei, lähmten seine Zunge und seinen Verstand. Er deutete nur mit dem Finger nach oben. Aus dem Augenwinkel sah er, wie ihn De Manoz verwundert anschaute. Es ging ihm durch den Sinn, wie seltsam es war, dass niemand außer ihm selbst zu begreifen schien, was hier gerade geschah. Langsam machte sich auf dem Deck Unruhe breit. Soldaten und Matrosen schauten sich verwundert um, als wollten sie sichergehen, dass der langersehnte Regen in diesem Moment wirklich auf die San Cristobal niederfiel, aber es war nicht zu bestreiten. Die vereinzelten Tropfen verwandelten sich schnell in einen gleichmäßig starken Regen.

Ohne dass De Manoz und Calvez es hätten verhindern können, brach in kürzester Zeit an Bord das Chaos aus. Jedes Behältnis, das geeignet war, Wasser aufzunehmen, wurde von Soldaten und Matrosen zum Himmel gestreckt und das aufgefangene Wasser wie kostbarer Nektar aufgesogen. Calvez stellte mit einer gewissen

Erleichterung fest, dass es keine Schlägereien um die Gefäße gab, sondern diese weitergereicht wurden.

Das Deck war zu klein, um alle Mann aufzunehmen, die aus dem Bauch des Schiffes nach oben strömen wollten. Ohne Calvez zu fragen, gab De Manoz den Soldaten ein Zeichen, auf die Brücke zu kommen, um den Seeleuten an Deck mehr Platz zu lassen. Erst dann vergewisserte er sich bei Calvez, dass dieser damit einverstanden war. Der Admiral nickte und versuchte zu verstehen, wann De Manoz der strenge, disziplinierte Soldat war und wann der verständnisvolle, fast freundschaftliche Kamerad.

Soldaten und Seeleute zogen ihre Kleidung aus und ließen sich den Regen auf ihre vom Salzwasser gequälte Haut fallen, nicht ohne dabei Freudentänze aufzuführen. Calvez und sicher auch De Manoz hätten es ihnen gerne gleichgetan, doch zur Wahrung ihrer Würde verharrten sie in Uniform.

Eine Stunde ließ der Admiral das wilde Treiben gewähren, ehe er einschritt. Er ordnete an, flache Wannen aufzustellen, um das aufgefangene Regenwasser in die leeren Fässer umzufüllen. Es schien, als habe der Regen allen Männern an Bord neues Leben verliehen. Doch die Anspannung der letzten Tage forderte ihren Tribut. Calvez spürte Tränen der Erschöpfung und der Erleichterung in sich aufsteigen. Eiligst entschuldigte er sich bei De Manoz und ging in seine Kajüte. Alleine, abseits des Trubels, ließ er seinen Gefühlen freien Lauf und weinte. Er nahm das Medaillon mit dem Bildnis von Rosa Maria, schaute sich ihr Gesicht lange an und flüsterte: »Meine Liebste, es sieht so aus, als müsstest du noch einige Zeit auf mich warten.« Dann sprach er ein Dankesgebet und begab sich zurück an Deck.

Erik fuhr verwirrt hoch und fand sich am Tisch. Er war über seinem Schreiben eingeschlafen. Sein Rücken schmerzte, er streckte sich und rieb sich übers Gesicht. Die linke Wange juckte. Und besonders merkwürdig kam Erik vor, dass er klitschnass war. Unwillkürlich blickte er zur Decke, ob da Wasser eingedrungen war, aber nein. Wieso, zum Teufel, war er so nass? Er beruhigte sich damit, dass er wahrscheinlich im Schlaf geschwitzt hatte und ging unter die Dusche. Im Spiegel sah er, weshalb ihn die Wange juckte: Ein roter Striemen zeichnete sie, gewiss von der Kante des Papierstapels, zu dem seine Aufzeichnungen angewachsen waren.

Er kochte Tee und ging mit seiner Tasse vor die Casa Maria. Nach der unbequemen Nacht genoss Erik den frühen Morgen, Tau lag auf allem Grün, die Vögel zirpten, die Sonne stieg über die Höhen.

Ehe er Pacos Bus sah, hörte er das Rumpeln über die steinige Straße. Dann kurvte das Gefährt um die letzte Biegung. Paco bremste, stieg aus.

»So früh schon unterwegs? Guten Morgen«, rief Erik ihm entgegen.

»Ja, ich wollte nur mal sehen, wie es hier so geht. Muss auch zu einer anderen Casa, Gäste zum Flughafen bringen.«

»Setzen Sie sich doch. Mögen Sie auch einen Tee?«

Paco nickte und nahm Platz. Als Erik mit der Tasse zurückkam kam, fragte er: »Und geht es gut?«

Erik wollte schon ansetzen, ihm von seinen unglaublichen Träumen zu erzählen, doch dann verbiss er sich das, der Indio würde ihn ja für komplett wahnsinnig halten. »Hervorragend. Ich erhole mich zusehends von allem in der Einöde.«

»Ist es nicht viel zu einsam hier, ich stelle mir vor, für einen Großstädter muss das sehr merkwürdig sein.«

»Ach«, wich Erik aus, »bis auf die totenstillen Nächte, ganz ohne Hintergrundrauschen, an die ich mich erst gewöhnen musste, ist alles bestens«, er grinste unwillkürlich. Von wegen totenstill.

»Darf ich auch mitlachen?« Paco trank den Tee aus, stand auf.

»Ich habe nur überlegt, wie eigenartig es ist, dass Menschen in großen Städten den Lärm einfach so hinnehmen und er ihnen in der Stille fehlt.« Das war nun eine richtig flache Ausrede, wusste Erik.

Doch Paco nickte und schien zuzustimmen. Sah wenigstens so aus. Dann zeigte er auf Eriks linke Wange. »Was ist denn da passiert? Haben Sie auf Holzplanken geschlafen?«

Eriks Hand fuhr zu dem Kniff, »Falte im Kissen.«

»Na dann, ich muss weiter, bis demnächst mal und danke für den Tee.«

Das angestrengte Rumpeln des Busses entfernte sich.

So gern würde Erik seine nächtlichen Abenteuer mit einem Menschen teilen und mit einem Mal fühlte er sich entsetzlich einsam.

KAPITEL 16

ie Arbeit war in vollem Gange. Die Sturmtaue wurden zusammengerollt, gerissene Segel gefaltet und für eine baldige Reparatur in die Segelkammer verbracht. Wasser wurde gesammelt und in Fässer umgefüllt. Jeder Mann an Bord war beschäftigt, niemand achtete auf die See und umso überraschender erschallte der Ruf aus dem Mast: »Land, Land, Land!« Calvez benötigte einige Sekunden, bis er sich über die Bedeutung des Rufes im Klaren war. Er suchte den Horizont in der Richtung ab, in die der Mann in dem Mast deutete, und langsam erkannte er durch den Regenvorhang die Konturen eines Berges.

Auf keinen Fall hatte der Sturm die Schiffe so weit nach Westen getrieben, dass sie ihr Ziel schon erreicht haben konnten. Nein, dies war unmöglich die große Insel, vielleicht eine Landzunge tiefer im Süden. Oder doch eine Insel, mitten in dem gewaltigen Ozean? Calvez war ratlos. Mit aufgesetzter Selbstsicherheit ordnete er an, zunächst in nördlicher Richtung mit ausreichendem Abstand zur Küste zu segeln.

Mit dem einsetzenden Regen hatten sich die heftigen Winde deutlich gelegt. Die Segel waren schwer von der Nässe, die Schiffe kamen nur langsam voran. Der Admiral versuchte die Küste zu erkunden, festzustellen, ob hier Menschen lebten, und einen geeigneten Ankerplatz zu finden. Doch wie sollten sich hier Menschen angesiedelt haben? Welche Schiffe hätten sie bauen müssen, um hierher zu gelangen? Sie segelten etwa fünfhundert Varas an der Küste entlang, Calvez erkannte begrünte, jedoch zum Teil steif abfallende Berghänge, und es schien nicht möglich, vor Anker zu gehen. Mit Einbruch der Dämmerung war sicher, dass sie der Insel nah genug gekommen waren. Er ließ einen Teil der Segel reffen und setzte den Anker, um zu verhindern, dass eines der Schiffe in der nächtlichen Strömung gegen den Felsen getrieben wurde.

Calvez und De Manoz trafen sich zur abendlichen Besprechung in der Kajüte.

»Ich gratuliere, Admiral, wie es scheint, haben wir einen Vorboten der großen Insel gefunden, und zwar viel schneller als gedacht.«

Calvez schüttelte den Kopf. »Wir sind noch einige dutzend, wenn nicht hunderte Leguas von der großen Insel entfernt. Verdammt, wenn sich doch einmal die Sonne blicken ließe, damit wir unsere Position anständig bestimmen können. Ich weiß, dass wir vor einer mir unbekannten Insel liegen und das ist auch das Einzige, dessen ich mir sicher bin. Gibt es Wasser auf der Insel? Gibt es wilde Tiere, die unseren Männern gefährlich werden könnten? Ist die Insel bewohnt? Und wenn ja, sind uns die Bewohner wohlgesonnen? Wie sind die Strömungsverhältnisse rings um die Insel? Wenn wir alle Fragen beantworten wollen, benötigen wir viel Zeit, Zeit, die wir später vielleicht dringend bräuchten.«

De Manoz schaute Calvez verwundert an und dachte einige Minuten nach.

»Soweit ich gesehen habe, ist die Insel begrünt. Ich kann mir kein Eiland vorstellen, auf dem nicht zumindest ein kleiner Tümpel mit frischem Wasser zu finden wäre. Mit Sicherheit gibt es Vögel und sonstiges Getier, das wir jagen und verzehren können. Meine Soldaten sind gut bewaffnet und ich bin sicher, dass sie mit wilden Tieren fertig werden. An Drachen oder ähnliche Fabelwesen glaube ich nicht. Sollte die Insel bewohnt sein, so sind meine Truppen, wenn auch etwas geschwächt, dennoch in der Lage, uns gegen Feindseligkeiten zu schützen. Ihr wisst selbst, wie es um unsere Männer steht. Die Verletzten müssen dringend an Land gebracht und versorgt werden, sofern dies möglich ist. Unter Deck stinkt es und wenn sich der Eiter und die Entzündungen weiter ausbreiten, werden wir bald Opfer zu beklagen haben.

Ich habe bemerkt, dass Eure Männer Euch vertrauen und sehr zuverlässig sind. Ich will aber nicht daran denken, wie die Matrosen und Soldaten reagieren, wenn wir an der Insel vorbeisegeln. Wir müssen an Land gehen und Kräfte sammeln. Das gilt im Übrigen auch für Euch. Dennoch, Ihr seid der Admiral und ich werde mich selbstverständlich Eurer Entscheidung beugen.«

»Ich sehe es wie Ihr, General. Das Ankern in fremden Gewässern ist jedoch gefährlich und ich will das Leben der Männer nicht durch die Tücken der Gewässer gefährden.«

»Entschuldigt meine scharfen Worte, aber ich bin überzeugt, dass Ihr das Leben der Männer gefährdet, wenn wir die Insel nicht anlaufen. Unsere Vorräte reichen doch auf keinen Fall bis zu der großen Insel, wenn diese tatsächlich noch so weit entfernt ist. Ich schätze Euch als bedachten und vorsichtigen Schiffsführer. Doch Vorsicht heißt zum jetzigen Zeitpunkt keineswegs, die Schiffe nicht zu gefährden, sondern jedes Menschenleben zu retten.«

Calvez erschrak über die klaren Worte von De Manoz. Aber so deutlich sie auch waren, klang die Stimme des Generals doch freundlich und aufmunternd.

»Wir erkunden morgen früh die restliche Küste und suchen nach einem besser geeigneten Ankerplatz.« Dem Admiral fiel ein Stein vom Herzen, als er diese Entscheidung getroffen hatte.

Im frühen Morgengrauen wurde er durch heftiges Glockenläuten geweckt. Er stürzte an Deck und fragte sich, ob erneut ein Sturm aufzog. Fast erleichtert erkannte er auf der Brücke, dass beide Schiffe durch die Strömung trotz Anker bedrohlich nahe an die Insel herangetrieben waren. Auf der Santa Rosita wurden bereits die Segel gehisst und auch Calvez scheuchte seine Männer in die Wanten. Als beide Schiffe einen Abstand von fünfhundert Varas zur Küste gewonnen hatten, setzen sie die Erkundungen in südlicher Richtung fort.

Erst jetzt nahm er einen gewaltigen Berg, der den Nordwesten der Insel krönte, zur Kenntnis. Die Erhebung besaß die gleichmäßige Beschaffenheit eines Vulkankraters, doch war ihr oberes Ende völlig abgestumpft und noch mehr fiel auf, dass aus dieser Ebene ein runder Felsen, ähnlich einer großen Säule, herausragte. Der mittlere Teil des Berges war üppig bewachsen, während der untere und obere Teil eher karg erschienen. Erst als er sich den Felsen genauer anschaute, hatte er den Eindruck, dass die begrünten Teile in Terrassen angelegt waren. Er eilte zurück, De Manoz direkt in die Arme.

»Guten Morgen, General. Schaut Euch diesen Berg an. Mir scheinen künstliche Terrassen angelegt worden zu sein, stimmt Ihr mir zu?«

De Manoz studierte den Berg genau. Nach einer Weile gab er einen leisen, bewundernden Zischlaut von sich.

»Damit dürfte Eure Frage, ob die Insel bewohnt ist, schon beantwortet sein.«

Sie segelten weiter in sicherem Abstand zur Küste, die von der gewaltigen Erhebung bestimmt wurde. Im Süden der Insel schnitt das Meer tief in den Berg. Es entstand eine Bucht, eher eine Schlucht, die geschätzte vierhundert Varas ins Land ragte.

Die Felswand im Westen der Schlucht war wohl über dreihundert Varas hoch und fiel senkrecht ins Meer ab. Calvez' Blick war gefangen von drei dicht nebeneinanderliegenden Wasserfällen, die aus gewaltiger Höhe tosend senkrecht in die Bucht stürzten. Auch De Manoz wandte seinen Blick nicht ab und nach einer Weile des Schweigens flüsterte er fast andächtig: »Isla des Cascadas«.

Erik hörte sich selbst nach Luft schnappen. Sein Herz schlug hörbar in der Brust und seine Hände bebten. Er stand auf, ging zur Spüle und wusch sich das Gesicht mit eiskaltem Wasser. Dann warf er einen Blick aus dem Fenster und glaubte für einen Moment, dort zwei Schiffe zu sehen. Als er blinzelte, waren sie verschwunden. Noch eine Weile stand er so da, auf den Rand der Spüle gestützt, und wartete, bis sein Herz sich beruhigt hatte. Er warf einen Blick zu den Aufzeichnungen.

Das war nicht normal, ganz und gar nicht. In seinen nächtlichen Träumen hörte er die Stimmen, er empfand, was die Menschen gespürt hatten, er schien sogar die Gedanken des Admirals zu fühlen. Wie konnte es sein, dass er einen Film sah, er mit an Bord war, die Salzluft schmeckte, die Sonne ihn verbrannte, er jedes Wort verstand? Und so gut beherrschte er die Sprache auch wieder nicht. Was passierte hier mit ihm?

Kurz überlegte Erik, ob er vielleicht aus Versehen mit irgendwelchen halluzinogenen Substanzen in Kontakt gekommen war. Vielleicht das Wasser aus den Zisternen? Gab es so etwas, dass man dann ganze Geschichten erlebte?

Aber nein, diese Kuttenmenschen, die hatte er schon zu Hause gesehen, in dem Prospekt.

Das Wort Zauberei kam ihm kurz in den Sinn, aber er wehrte den

Gedanken ab. An so was glaubte er nicht, alles Unsinn. Vielleicht hatte er einfach nur eine extrem gut ausgeprägte Fantasie und sein früheres Leben hatte ihn daran gehindert, diese Fähigkeit zu entfalten. Möglich, dass er ein geborener Schriftsteller war! Mit seinem neuen Wissen konnte er vielleicht einen fantastischen historischen Roman über die Entdeckung der Insel verfassen. Aber dafür musste er weiterträumen. Erik warf einen Blick über die Schulter, wo seine Niederschrift wartete, fortgeführt zu werden. Dann gab er dem Verlangen nach.

Der Admiral nickte und beobachtete fasziniert, wie sich die rauschenden Fluten der drei Kaskaden bei ihrem Sturz in die Tiefe zu einem gewaltigen Wasserfall vereinten. Das Meer in der Bucht schäumte und Calvez benötigte einige Zeit, um zu erkennen, in welcher Gefahr sich die San Cristobal befand. Strömung und Wind trieben das Schiff immer weiter in die Bucht, und die San Cristobal drohte entweder von den Wasserfällen erschlagen zu werden oder an den senkrechten Felswänden zu zerschellen. Hastig befahl er ein Segelmanöver nach Südwest und unter großer Anstrengung gelang es der Mannschaft, das Schiff gegen die heftige Strömung aus der Bucht zu segeln.

Doch die Sorgen von Calvez waren damit nicht behoben. Die Santa Rosita, die stets im Abstand von fast zweihundert Varas folgte, trieb nun ihrerseits in die Bucht. Ronte hatte wohl die gefährliche Strömung, ebenso wie Calvez zuvor, zu spät erkannt und versuchte nun auch ein Wendemanöver. Die Bucht war schmal und die Santa Rosita trieb auf die San Cristobal zu. Calvez ahnte, dass die Santa Rosita ihr Wendemanöver nicht vollenden konnte, ohne dass es zu einer Kollision der Schiffe kam. Er befahl allen Männern, sich mit langen Stangen an der Steuerbordseite des Schiffes zu sammeln. Die Santa Rosita hatte das Manöver fast vollendet, trieb jedoch noch immer Heck voraus der San Cristobal entgegen. Die Schiffe waren nur noch wenige Armlängen voneinander entfernt und Matrosen und Soldaten stemmten sich mit den Stangen gegen die Bordwand. Die Masse der Karavelle schob die Männer zunächst über das Deck, dann gelang es jedoch, den Abstand zwischen den Schiffen zu halten und die Santa Rosita langsam zu drehen. Weniger als zwanzig Schritte voneinander entfernt segelten die Karavellen aus der Bucht.

Calvez ließ eine Meile auf das offene Meer hinausfahren. Er signalisierte Ronte, dass er an Bord der San Cristobal kommen solle. In der Kajüte sah er, dass dem Kapitän der Schrecken noch im Gesicht stand.

»Das war knapp.«

»Entschuldigt meine Unachtsamkeit, Admiral. Meine Unbedachtheit hat uns alle in große Gefahr gebracht. Ich weiß auch nicht, wie mir das passieren konnte.«

»Grämt Euch nicht, Kapitän. Ich habe mich gestern Abend mit dem General besprochen. Wir alle sind erschöpft und müde, brauchen Erholung und müssen neue Kräfte sammeln. Wenn wir in unserem Zustand weitersegeln, ist es nur eine Frage der Zeit, bis ein Unglück geschieht. Wir werden daher noch heute an Land gehen.«

»Aber wir hatten den Auftrag, so schnell als möglich die Soldaten zur neuen Insel zu bringen.«

»Der General ist für den Zustand seiner Männer und den militärischen Einsatz verantwortlich. Er will frische und kampfbereite Soldaten haben. Es ist ihm lieber, zu einem späteren Zeitpunkt weiterzusegeln, als jetzt das Leben und die Gesundheit seiner Männer zu riskieren. Er drängt sogar darauf, an Land zu gehen.«

»Habt Ihr schon einen geeigneten Ankerplatz im Auge, Admiral?«

»Nein, aber das ist nur eine Sorge. De Manoz und ich sind uns einig, dass die Insel bewohnt ist. Wenn Ihr Euch den Berg genau anschaut, so scheinen an seinen Hängen Terrassen angelegt worden zu sein, die bewirtschaftet werden. Wir wissen nicht, ob uns die Bewohner freundlich oder feindlich gesonnen sind. Wir müssen daher in allen Belangen äußerste Vorsicht walten lassen. Ich möchte, dass Ihr stets einen Abstand von dreihundert Varas zur San Cristobal haltet. Wenn ich Euch ein Zeichen gebe, dass wir ankern wollen, macht auf der Santa Rosita bitte die Beiboote klar und haltet Euch bereit. Ich habe keine Ahnung, was geschehen könnte, will aber, dass auf beiden Schiffen schnell gehandelt werden kann.«

»Ich werde alles veranlassen, Admiral!«

Ronte kehrte zurück zur Santa Rosita und Calvez gab den Befehl, die Erkundung der Insel in östlicher Richtung fortzusetzen. Direkt im Südosten der Landzunge schloss sich eine weitere Bucht an, eine weit gestreckte Sandbucht, an deren Ende das Land zunächst ein kurzes Stück steil anstieg und dann langsam zu den Ausläufern der Berge anhob.

Diese Bucht, nur ein schwacher Wind, eine kaum merkliche Dünung, konnte es einen besseren und sichereren Ankerplatz geben? Dennoch quälte Calvez die Furcht, etwas übersehen zu haben, er fühlte sich unsicher und schwach. Er musste sich eingestehen, dass er zwar ein guter und zuverlässiger Seefahrer war, der jedoch lediglich gewöhnt war, von einem sicheren Hafen zum anderen zu fahren. Ihm fehlte seit seiner Reise mit Colón der Mut der Abenteurer, die ihre Schiffe in unbekannte Meere lenkten, verbunden mit dem unbändigen Willen, Land und Meer zu erforschen – Koste es, was es wolle, und seien es Menschenleben.

Calvez scheute sich vor einer Entscheidung und wäre am liebsten erneut um die Insel gesegelt, um nach sichereren Ankerplätzen zu suchen. Doch welcher Platz hätte geeigneter sein sollen? Er bemerkte, dass fast alle Männer an Bord nur scheinbar irgendwelchen Arbeiten nachgingen. Tatsächlich jedoch beobachteten sie ihn verstohlen. Der Admiral ahnte, dass die Mannschaft in nächster Zeit eine Entscheidung von ihm erwartete, und sollte er keinen Landgang anordnen, bedurfte es überzeugender Argumente.

Nochmals ging er alle Überlegungen durch, die gegen einen Landgang sprachen und es blieb dabei, dass es lediglich seine Unsicherheit und seine Ängste waren, die ihn zögern ließen.

»Alle Mann an Deck!«

Jeder, der laufen oder stehen konnte, drängelte sich auf dem zu kleinen Deck und starrte ihn an. De Manoz stand entspannt neben Fernando und gab seinen Soldaten ein Zeichen, Ruhe zu bewahren.

»Wir gehen an Land!«

An Bord brach lauter Jubel aus, die Männer fielen sich in die Arme und führten Freudentänze auf. Calvez wusste, dass er die Matrosen sofort an ihre Pflichten erinnern musste, um Nachlässigkeiten und Übermut zu verhindern, der sie alle das Leben kosten konnte.

»Ruhe, noch ist nicht die Zeit zum Jubeln gekommen! Jubeln könnt ihr, wenn ihr festen Boden unter den Füßen habt. Bis dahin erwarte ich von jedem, dass er seine Arbeit sorgsam und besonnen erledigt. Wir kennen diese Gewässer, die Strömungen und Untiefen nicht. Ein kleiner Fehler kann uns Schiff und Leben kosten.«

Schlagartig legte sich die Aufregung und nur noch vereinzelt war freudiges Getuschel zu hören.

»Signalisiert der Santa Rosita, dass wir an Land gehen. Holt Segel ein, macht die Beiboote klar. Wenn wir erneut Anker geworfen haben, soll eines der Beiboote mit Männern von General De Manoz besetzt werden, das andere bleibt vorerst hier.«

An Bord der San Cristobal brach hektische Betriebsamkeit aus. Befehle flogen hin und her, De Manoz teilte seine Männer ein. Calvez schaute zur Santa Rosita. Er bedauerte Ronte, der seinen Matrosen erklären musste, dass sich ihr Landgang noch verzögern würde. Auch in Rontes Mannschaft gab es Verletzte und Männer, die sehnlichst darauf warteten, endlich das Schiff verlassen zu können. An Bord der Santa Rosita wurden nun ebenfalls Segel gerefft und die Beiboote klargemacht.

»Bis auf die Fock alle Segel reffen, ein Mann an den Bug und Tiefe loten. Bei vier Faden Anker werfen! Zwei Männer ans Ruder, Kurs Nord.«

Die Mannschaft setzte die Anordnungen zügig um.

Trotz der gerefften Segel machte die San Cristobal immer noch gute Fahrt. Die hohe Geschwindigkeit des Schiffes beunruhigte den Admiral, ohne dass er hätte sagen können, warum. Calvez merkte, dass er sich selbst nach dem Landgang sehnte. Die Erschöpfung zerrte an ihm.

»Focksegel reffen!« Die San Cristobal schien ihm zu schnell, sie musste langsamer, vorsichtiger in die Bucht einfahren. Die Landschaft zeichnete sich nun deutlicher ab, am Strand sammelten sich Eingeborene. Die Strömung trieb das Schiff immer weiter in die Bucht. Die Männer am Bug meldeten die Wassertiefe: »Fünfzehn Faden, zwölf Faden.« Soldaten und Seemänner deuteten aufgeregt in Richtung Strand, einige winkten den Fremden zu. »Zehn Faden, sieben Faden.«

»Anker werfen!«

»Bei sieben Faden, Admiral?«

»Ja, sofort!« Calvez wusste nicht, warum er den Befehl gab. Irgendetwas hatte er übersehen. Wäre er nur nicht so müde … Das sorgsam gelegte Seil wickelte sich gleichmäßig ab, der Anker fand Grundberührung und die Matrosen befestigten das Ankertau.

»Fünf Faden, vier Faden …«

Der Anker fand keinen Halt. Warum gelang es dem schweren Anker nicht, die San Cristobal abzubremsen, sie anzuhalten? Immer noch trieb sie in die Bucht und begann nur langsam, nach Steuerbord zu drehen.

Calvez erahnte, in welcher Gefahr sich das Schiff befand und ihm wurde klar, was er die ganze Zeit nicht genügend beachtet hatte.

Die Strömung!

»Vier Faden, drei Faden …«

»Ruder hart Steuerbord, ausreffen!« Calvez brüllte, doch schien ihn niemand verstanden zu haben. Verwunderte, überraschte Gesichter starrten ihn an.

»Habt ihr nicht verstanden, beeilt euch, verdammt.«

Die Matrosen kamen der Aufforderung ihres Kapitäns nach. Viel zu langsam, um das Unglück noch abzuwenden.

»Ein Faden …«

Ein gewaltiger Ruck erschütterte die San Cristobal. Die Männer an Deck stürzten durcheinander. Fernando hatte zwar versucht, sich mit den Oberarmen abzustützen, doch die Wucht des Aufpralls war so heftig, dass auch er zu Boden geschleudert wurde und sich sein linkes Bein im Geländer der Brücke verfing.

Calvez rappelte sich auf.

»Zehn Mann in ein Beiboot. Bergt den Anker und rudert, soweit es möglich ist, in die Bucht und lasst ihn dort ab. De Manoz, Ihr besetzt das andere Beiboot mit Eurem Erkundungstrupp. Die restlichen Männer bergen zunächst die Verletzten unter Deck und versuchen aus dem Rumpf zu retten, was zu retten ist. Signalisiert der Santa Rosita, sie sollen uns ihre Beiboote schicken.«

Die Befehle waren klar und bedurften keiner Erklärung. Jeder wusste, dass die San Cristobal auf Grund gelaufen war und volllief.

Der Schreck hatte die Mannschaft nur kurz gelähmt. Jetzt eilte jeder, die Anweisungen des Admirals zu befolgen.

Die Matrosen, die den Anker lichten sollten, mühten sich bereits erfolglos, ihn in das Beiboot zu hieven. Er war viel zu schwer. De Manoz und eine Handvoll Männer stießen sich gerade von der San Cristobal ab. Die ersten Verletzten wurden an Deck getragen und vorsichtig abgelegt.

Calvez glaubte bereits zu spüren, dass sich das Heck absenkte und der Bug hob. Er war verzweifelt. Es gab zu wenig Beiboote, um alle Mann aufnehmen zu können. Er schaute aufs Meer und sah, wie die Boote von der Santa Rosita losmachten und auf sie zuhielten. Niemals könnte er sich verzeihen, wenn so nah am rettenden Ufer noch Männer zu Tode kämen. Das Beiboot mit dem Anker war mittlerweile so weit in die Bucht hineingerudert, wie es das Ankertau zuließ, und die Männer darin suchten nach einem Felsen oder einem Ritz, an dem der Anker Halt finden konnte.

»Lasst den Anker sofort ab. Hört auf zu suchen und kommt zurück. Wir müssen das Schiff verlassen.«

An Bord herrschte angespannte Stille. Erneut bewegte sich die San Cristobal und die Männer stöhnten entsetzt auf. Dann schien der Anker Halt gefunden zu haben, die San Cristobal sackte noch ein kurzes Stück ab, dann spannte sich das Ankertau und das Schiff kam ächzend zur Ruhe.

De Manoz hatte mittlerweile mit seinen Männern das Ufer erreicht. Calvez konnte keine Anzeichen von Feindseligkeit erkennen. Die Ruderer befanden sich bereits wieder auf dem Weg zur San Cristobal. Ein Beiboot der Santa Rosita hatte inzwischen neben ihnen festgemacht und die ersten Verletzten wurden vorsichtig hineingehoben. Ein weiteres Boot erreichte die San Cristobal und die Bergung von Soldaten und Mannschaft ging zügig voran.

Calvez arbeitete sich in seine Kajüte. Er konnte mit dem linken Bein nicht auftreten und hangelte sich an den Wänden entlang. Er musste sich beeilen, da er nicht wusste, wie lange die San Cristobal noch in dieser stabilen Lage verbleiben würde. Alles schien Calvez möglich, der Riss des Ankertaus ebenso wie ein Auseinanderbrechen des Schiffs. Die Strömung drückte die San Cristobal weiter gegen den Felsen, der das Schiff gebremst hatte. Wasser drang ein und drückte das Heck tiefer. Der Admiral sammelte seine Seekarte, das Logbuch, Jakobsstab, Kompass und Nocturnum ein.

Als er die Brosche mit dem Bildnis von Rosa Maria aus der Schublade seiner Kommode zog, überfiel ihn tiefe Niedergeschlagenheit. Er setzte sich und ihm war plötzlich egal, ob er mit der San Cristobal untergehen würde. Im Gegenteil, die Aussicht, keine Verantwortung mehr tragen zu müssen, im Himmel vielleicht wieder Rosa Maria zu treffen, schien ihm verlockend. Seine Müdigkeit und Kraftlosigkeit machten ihn willenlos. Der Steuermann platzte zur Tür herein und riss ihn aus seinen düsteren Gedanken.

»Admiral, alle Mann sind geborgen. Nur Ihr und ich sind noch an Bord. Es wird Zeit, die San Cristobal zu verlassen.«

Der Steuermann packte die bereitliegenden Karten und Messinstrumente in einen Lederbeutel, hängte sich diesen über den Rücken. Calvez versuchte aufzustehen, doch das linke Bein versagte seinen Dienst. Der Steuermann hatte ihn beobachtet.

»Wartet Admiral, ich helfe Euch.«

Der kräftige Mann legte sich Calvez' linken Arm über die Schulter, fasste ihn mit seiner rechten Hand an der Hüfte und half ihm so, Stufe für Stufe an Deck zu gelangen. Vorsichtig wurde Calvez in ein Beiboot gehoben und nachdem als Letzter der Steuermann von Bord gestiegen war, wurde das Boot abgestoßen.

Die Männer ruderten dem Ufer zu und Calvez war in diesem Moment wohl der Einzige, der zur San Cristobal zurückblickte. Die Karavelle war bereits reichlich vollgelaufen. Das Heck hing tief im Wasser und der Bug ragte unnatürlich in die Höhe. Der Admiral nahm das Loch im Bug des Schiffes wie das aufgerissene Maul eines wilden Tieres wahr, das Ankertau, das steil zum Bug der San Cristobal verlief, erschien ihm wie ein seidener Faden, an dem das Leben des treuen Schiffes hing.

Calvez konnte den Anblick nicht länger ertragen. Er drehte sich um und beobachtete die Ereignisse am Strand. Es herrschte ein ziemliches Durcheinander und Calvez konnte keine Einzelheiten erkennen, doch schien ihm der Empfang durch die Inselbewohner freundlich zu sein. Sie trugen bunte Gewänder und lediglich einige Männer in einfarbig gelben oder weißen Gewändern leuchteten heraus. Diese Männer schienen sich um die Verletzten zu kümmern, die anderen Inselbewohner reichten jedem zu trinken. Schließlich entdeckte Calvez De Manoz, der darum bemüht war, sich mit den Weißgekleideten in Zeichensprache zu verständigen.

Calvez war erfreut zu sehen, dass De Manoz darauf verzichtet hatte, in der Tradition anderer Eroberer die Fahne von Aragon und Kastilien in den Boden der Insel zu rammen. Er empfand diesen Akt immer als Erniedrigung und Beleidigung der Einheimischen.

Dann erinnerte er sich an die Zeit, als Granada noch von den Mauren besetzt war und wie es sich anfühlte, wenn ein fremdes Volk spanischen Boden als sein Eigentum bezeichnete. Ähnlich, dachte er, müssten auch die Einheimischen empfinden, wenn Spanier oder Portugiesen fremdes Land betraten und als Erstes dieses Land für ihren König in Besitz nahmen.

Erik legte den Stift weg, lehnte sich zurück und atmete tief durch. Als sein Blick auf den Stapel beschrifteter Blätter fiel, übermannte ihn ein leichtes Zittern. Hatte er das wirklich in den letzten Tagen geschafft? Etwas, das er vor wenigen Wochen nicht einmal im Traum für möglich gehalten hätte?

Ja, er wollte sein Leben ändern, heraus aus dem Loch, in dem er gefangen gewesen war.

Verwundert stellte er fest, dass sich nicht nur sein Leben verändert hatte, sondern auch er selbst. Hatten das die Insel, sein Aufenthalt hier und die intensive Beschäftigung mit ihrer Geschichte, mit Calvez geschafft? Kaum zu glauben, aber es musste so sein.

Seine Besessenheit, – ja, so fühlte er es – hinter das Geheimnis der Insel zu kommen, ließ ihm keine Möglichkeit, in den alten Mustern zu verharren. Sogar das Rauchen hatte er aufgegeben, ohne dass es ihm besonders aufgefallen wäre.

Das Lesen, seine Ausflüge, das Schreiben und das Eintauchen in Calvez' Geschichte, das vor allem, hatten ihn abgelenkt von der anderen Besessenheit, dieser Sucht, seinen Sohn zu finden. Doch es war mehr, viel mehr. Sein Denken und Fühlen hatten sich gewandelt. Nicht, dass Finn vergessen war – im Gegenteil. Er schien Erik näher als zuvor, aber auf eine andere Weise. Tief im Inneren hatte er während seiner Aufzeichnungen den Jungen gespürt und auch so etwas wie Akzeptanz. Und es war gut. Erik spürte, dass er lächelte. Verrückt. Er streckte die Arme, fühlte die verspannte Muskulatur. Und er war müde. Aber es war keine quälende, sondern eine wohltuende Müdigkeit. Morgen war ein neuer Tag.

Er stand auf, löschte das Licht und fiel wie tot ins Bett. Die Träume kamen …

Ausblick auf Band 2

Erik verlängert seinen Aufenthalt auf der Isla des Cascades, denn er weiß, die Träume in die Vergangenheit der Insel, die immer dramatischer werden, kann er nur hier träumen. Er fühlt, dass hier eine Aufgabe auf ihn wartet, eine Bestimmung, die er nicht greifen kann. Unter Admiral Fernando Calvez verliefen Monate des Zusammenlebens äußerst harmonisch, doch als weitere Spanier auf der fruchtbaren Insel vor Anker gingen, den Klerus in Form eines katholischen Fanatikers mitbrachten, kam es zu grausamen Morden an der Bevölkerung. Admiral Calvez, inzwischen von der Krone zum Gouverneur der Insel ernannt, fiel dem Gemetzel ebenfalls zum Opfer. Die übriggeblieben Insulaner wurden gezwungen, weiterhin die Felder und Plantagen zu bestellen, damit die eingefallenen Soldaten zu essen bekamen, während sie auf dem ehemaligen Tempelberg eine Kapelle erbauten.

Unsere Bücher – eine Auswahl

Ohne Schuld
Victoria Suffrage / Elsa Rieger

Sie sind wie Sonne und Mond, Feuer und Wasser. Gemeinsam träumen sie davon, als Designerin und Model die Metropolen der Welt zu erobern. Stattdessen wird Nina mit siebzehn schwanger, ausgerechnet von dem Mann, den Jenny wollte. Die Freundschaft der Frauen kriselt, zerbricht aber nicht. Bis Tommy, Ninas Sonnenschein, tödlich verunglückt und beide Frauen verantwortlich scheinen. Nina, weil sie nicht aufgepasst hat und Jenny, weil sie das Gartentor offenließ. Getrieben von Schuld, ohne eine Aussprache, zerbricht ihr großer Traum. Um ihn zu retten, brechen die Frauen ihre Zelte in Wien ab und wollen ihr Glück in Südfrankreich suchen. Doch die Vergangenheit reist mit.

E-Book und Taschenbuch

Träume bleiben ohne Reue
Victoria Suffrage

»Und wenn es bis zum Ende nur noch einen einzigen schönen Moment gibt, einen, wie ich unzählige in den letzten Tagen erlebt habe, dann hat es sich gelohnt.« (Edda Mochnitz). Edda, schnodderige Ex-Puffmutter, lebt im Altenheim und pflegt ihr Image als Scheusal. Darin wird sie bestärkt, als sie die tödliche Diagnose ALS erhält. Innerlich beginnt Edda sofort, ihren Abgang zu planen. Wilma, Eddas neue Mitbewohnerin, begegnet deren Gehässigkeit mit Herzlichkeit. Nach Anfangsschwierigkeiten erklärt sich Wilma sogar bereit, Edda bei ihrem Abgang mithilfe der »Beklopptengang« zu unterstützen. Der Altenpflegeschüler Vincent nennt sie »mon général«, wühlt unerlaubt in Schränken, die Schülerin Laura hat auf nichts Bock und schleudert das Jesuskind an die Wand. Und was wollen der Herrgott in Eddas Badezimmer und der schwarze Vogel auf dem Fensterbrett?

E-Book und Taschenbuch

Ein Mann wie Papa
Elsa Rieger

Die Geschichte trägt vielfach autobiografische Züge, ist aber dennoch ein Roman. Marie, Buchhändlerin, 47 Jahre alt, geschieden, ist jedes Mittel recht, um ein Treffen mit Paul zu arrangieren. Der Trick, sie würde ein Buch über ihn schreiben, funktioniert. Prompt willigt er ein, doch nach einem ersten Date macht er sich rar und taucht nicht einmal mehr in der Stammkneipe auf. Kurz vor Weihnachten, als Marie die Hoffnung schon aufgegeben hat, gibt Paul endlich bekannt, dass er nun soweit ist, sich auf eine Beziehung einzulassen. Maries Glück scheint so nah, würde Paul nicht zum Prüfstein ihres ganzen bisherigen Lebens. Maries Impulsivität und ihr allzu großes Herz lassen sie von einem Konflikt in den nächsten stürzen. Da ist noch ihre drogenabhängige Schwester Julia, für die sie sich verantwortlich fühlt und ihr fast schon erwachsener Sohn Max, den sie wie eine Löwin liebt. Nebenbei versucht sie, Pauls Vorstellungen von einer ausgeglichenen, reifen Beziehung zu erfüllen, für die sie sich ganz schön verbiegen muss.

E-Book und Taschenbuch

... also nachm Regenbogen um sechs Uhr abends
Victoria Suffrage

Demenz, Alter, Verlust ... mit ihrem Buch nimmt sich die Autorin Victoria Suffrage schwieriger Themen an. Dennoch besticht das Buch durch seine Leichtigkeit und einen tiefsinnigen Humor. Mit dem Witwer Paul und dem Altenpfleger Alex zeichnet sie liebevolle Figuren, authentisch und nah.

»Melde gehorsamst, ich bin blöd, Herr Oberlajtnant«, meint Paul, knapp an die achtzig, mit Sonnenschein im Herzen und manchmal auch im Kopf. Obwohl das Leben ein Arschloch ist. Muss ja weitergehen, irgendwie. Seine Frau Lissy ist gestorben, wartet auf ihn »nachm Regenbogen um sechs Uhr abends«. Und die 43-jährige Tochter schreit. Fast immer. Besonders, wenn Nuschi nicht da ist, das Katzenviech. Könnte er aushalten, gäbe es nicht die teuflische Nachbarin. Oder ist sie der siebenköpfige Drache? Wenigstens ist da Alex, sein Winnetou und Altenpfleger mit Hingabe und Humor. Dann ist Nuschi weg und es bleiben nur noch zwei Tage, bis Alex für immer gehen will. Paul und Alex machen sich auf. Mit einer Kühltasche. Eine Abschiedsreise nach Prag zur Moldau? Unterwegs lernen sie einen Tschechen kennen, den falschen «Gott».

Wird es die letzte Reise sein? Weiß Vojtech die Antwort auf alle Fragen, und welches Geheimnis bedrückt Alex?

E-Book und Taschenbuch

Heleneland
Elsa Rieger

Zwischen Realität und Fantasie taumelt Helene. Auf der Suche nach sich, der Liebe und der Wirklichkeit. Helene weiß nicht, wohin mit ihren Gefühlen. Sie baut sich eine Fantasiewelt, die manchmal beglückend, manchmal zum Fürchten ist. Aber »Helene-land« hilft dem Kind, dann der jungen Frau, die Welt da draußen als eine von vielen Möglichkeiten zu sehen. Eines ist gewiss: Helene sucht sich selbst, versucht sich zu lieben. Tief in sich spürt Helene, dass es eine Lücke, ein Familiengeheimnis gibt, das ihrem Glück im Weg steht.

E-Book und Taschenbuch

Bücher,
Layout und
Illustration

Kommunikationsdesign
Birte Lämmle

Für diesen Roman wurden Cover,
Buchsatz und Werbemittel gestaltet.
Referenzen und Kontakt unter:
www.b-laemmle.de